[清] 王闿运 著 — 朱汉民 主编

王闿运集续编

六

岳麓書社 · 长沙

湖湘文库
续编

全书总目录

前　言

《湘绮楼诗文集》在清末民初多次出版，传世最详备的版本有文集八卷、诗集十七卷，收录诗文并未齐全。王闿运的不少诗文或散见于报纸、杂志，或刻印于他人集中，或收于谱牒、方志，或被抄写传播。王闿运儿子王代功撰《湘绮府君年谱》卷六云："《湘绮楼诗集》十八卷、《杜若集》二卷、《夜雪集》一卷、《后集》一卷、《七夕词》一卷、《湘绮楼诗外集》二卷、《湘绮楼文集》二十六卷、《外集》二卷、《湘绮楼词钞》一卷。"王闿运弟子瞿兑之《杶庐所闻录·湘绮楼佚事》云："先生诗文随手散佚流传，不具稿者甚多。"由此可知，王闿运诗文散佚之作颇多。

岳麓书社 1996 年繁体版、2008 年简体版《湘绮楼诗文集》采用传世最详备的版本，并辑佚诗词四百余篇、文一百余篇，是当时最为完备的王闿运诗文集。21 世纪以来，随着晚清民国杂志、报纸数据库的大规模建设，大量晚清民国文人文集的整理出版，陆续有学者发表王闿运诗文辑佚的文章。

因近十年主要研究清代和民国的文人文集，我常泡在各大图书馆查阅资料，博士后导师朱汉民教授委托我做王闿运研究资料汇编。我系统地读了王闿运《湘绮楼诗文集》和《湘绮楼日记》，发现自己查阅晚清民国资料时读到的一些王闿运诗文，既没有被岳麓书社 1996 年繁体版、2008 年简体版收录，也没有被陆续发表的王闿运诗文辑佚文章收录。在了解了朱汉民教授正在主编的《王闿运全集》诗文辑佚情况后，我发现还有不少我读过的王闿运诗文没有收录其中。于是，主编朱汉民教授安排我负责《王闿运全集》的诗文辑佚工作。

通过梳理《湘绮楼日记》中有载而岳麓书社1996年繁体版、2008年简体版《湘绮楼诗文集》未收的王闿运诗文篇目，再系统查找与王闿运有交往的文人文集，并充分利用各种古籍、报刊数据库，最终辑佚诗文三百二十余篇，共二十余万字。由于王闿运的佚诗佚文不少是辗转传播的，版本繁多且杂乱，凭一己之力很难穷搜。因此，王闿运诗文的辑佚工作，还得到了王勇、李超平、刘安定、何歌劲、王振中等诸位同人的大力支持和帮助，故每篇佚作均详注辑佚者及文献来源。在此，一并向参与辑佚工作的同人致谢。疏漏之处，敬祈方家批评指正。

唐红卫

二〇二三年十二月

目　录

卷一

诗词课艺

卷二

奏疏书启

卷三

颂赞论记跋序

卷四

传状碑志

卷一

诗词课艺

示侍疾诸女妇[①]

闺门侍疾礼防严，妇舅还同父女嫌。但使婉容随几杖，不劳亲手涤褕襜。宵凉夜夜金盆侧，晓馔看看瓦豆添。共道经旬衣未解，解衣还寝更安恬。

卧疾示来问者[②]

维摩有意发高谈，问疾先防十不堪。无故费他香积饭，终须还我雨花庵。众生老病心无苦，一榻秋眠味自谙。惟有五溪金太守，解除八识了三参。

①辑自杨钧《草堂之灵》卷四“录湘绮杂诗”条，又见于《湘潭县文史》第4辑黄天《湘绮老人与湘绮楼》。本册无特别说明者，均为唐红卫辑佚、点校。

②辑自杨钧《草堂之灵》卷四“录湘绮杂诗”条，又见于《湘潭县文史》第4辑黄天《湘绮老人与湘绮楼》。

赠尹人墉、龚尧际[①]

至孝存肤发，临危不顾身。霜明一缕血，风降九莲神。计拙无汤药，慈深感扇茵。白头扶杖起，菽水莫言贫。

割体西方教，还醇南郡风。皇仁犹许孝，割肉疗亲，例不旌表。然每奏上，辄蒙褒异。圣道不妨同。骨肉忧危意，精诚沆瀣中。平时慎将护，休遣寸心穷。

题飞云山馆授经图[②]

云林先生授经图，为子继仁兄作。

盛业开淹馆，耆年闭礼堂。道心依石古，闲日入山长。书卷千秋在，兵戈一郡荒。只应书带草，苓乱向残阳。

令子传遗训，行箱有六经。云山非故馆，武冈云山福地之一。道德守先铭。此日求逵慎，从君见典刑。支流南教盛，堪建子云亭。

王开运书于武冈邓氏之修实斋。

为辟园兄弟题五橘并蒂图[③]

嘉树从来有颂词，楚风遥补白华诗。同心好咏兰双蒂，共气还如桂五枝。沈约吟成留翠叶，陆郎归后捧金卮。若能相伴园中

---

①辑自《（同治）桂阳直隶州志》卷二十七。

②辑自《历史文献》第21辑（上海古籍出版社2019年）张文《〈飞云山馆授经图〉题咏》。

③辑自梁焕奎《青郊诗存》卷二。

隐，应胜商山四皓芝。

梁辟园别墅看梅和自述原韵[①]

良游爱约早春天，岁岁东郊访弄田。樵隐不同非一事，琴樽偶得聚群仙。南临浏水川原敞，西忆吴门战伐年。莫道清谈能误国，如今夷甫不筹边。藏事本与丁文诚任之，丁薨，竟有边患。

苔梅如雪报春还，有酒应须半日闲。不逐鸳鸿上霄汉，暂随鸡犬住人间。新诗自咏江南曲，旧业犹留屋外山。且向莎湖泛渔艇，门前茸草未须删。

青郊小集辟园有诗奉酬一首[②]

沉阴每连旬，尘中郁相向。不有郊外游，岂识天宇旷？近郭访幽人，招寻乐闲放。辛勤农圃学，傲兀羲皇上。平台引遥山，川原了无障。桑果足供给，稻粱得家酿。且取卒岁资，共作新春饷。应有隔云人，苍然平楚望。

和芝耘兵备食瓜诗[③]

并剪哀梨未足夸，南皮宾从侍鸣笳。种来温谷悲嬴氏，摘句黄台误李家。见说星悬邻北斗，每因物变感南华。忧时莫漫谈分

---

①辑自梁焕奎《青郊诗存》卷三。

②辑自梁焕奎《青郊诗存》卷三。

③辑自《南强》旬刊1938年第1卷第5期“艺苑·湘绮楼未刊诗”。

剖，暑假闲游且会茶。

苦瓜留客午阴迟，更有琼琚好句贻。已自东陵甘寂寞，每求佳种向夫夷。将车道远难还蒂，沉李泉甘共满匙。隶事不须愁掣簟，正逢铨部选肥时。

张贞孝诔词①

山城杀气隐悲笳，避世田畴鬓有华。玉映清闺承色养，银瓶忠孝出名家。柏舟誓死堪旌树，桑社留遗胜种花。千载北宫刊墓碣，曾捐环佩解纷哗。

谢瞿协揆赠棉鞋②

尚方工作仿扬鞋，新式棉窝制亦佳。旧接星辰曾听履，暂辞泥土得升阶。荒山足茧愁皴冻，赤舄恩荣冠等侪。好向园林同稳步，曳珠加蜡费安排。

近作小诗为伯言同学大兄录③

烛暗窗明起四更，卷帷欹簟领秋情。金阶似有斜风雨，时听鹦哥掣锁声。

---

①辑自《中华妇女界》1915 年第 1 卷第 10 期。

②辑自王闿运等撰《己庚消寒倡和集》，又见于《青鹤》1934 年第 2 卷第 4 期。

③辑自左志丹编著《近现代名人书札手迹鉴赏》（四川美术出版社 2015 年）。

次蔡郎中韵题闵孙扇[①]

丙辰清明，重至侯塘，闵孙以其祖笔示余，因和题画韵以记岁月。华翁余未见，题画者已成遗墨矣。房室亦多改制，旧游如梦。又值春时，其时袁、蔡纷纭，各有所主。余既不与世事，两翁亦在物外，书此与闵孙藏之，时一展玩，正如闻缦亭音乐耳。

何须结屋傍金椒，此日江湖正怒潮。惟有柴桑老居士，门前旧柳发新条。

题铜官感旧图[②]

周甲重逢又甲寅，当时堤柳尚如新。早知援手终无益，始信灵均是了人。

曼仙前辈相访京邸，再示旧图，已是周甲故事矣。匆匆阅世，正值甲寅三月靖港战日也。劳苦功高，终归无补，又何如当时一瞑乎？然有生必有事，余但愧今之坐视，而不悔昔之从事，辄题二十八字，以志愤懑。宣统甲寅四月立夏日闿运记。

和函楼元日读说文诗[③]

冬来雨雪连七旬，况值岁余书罢读。新年休暇有成例，官印未开家闭塾。朝朝拥被仰屋梁，但讶春迟日月速。县吏送诗惊我

---

①辑自《湘南》1924年第1卷第6期。

②辑自章寿麟等撰《铜官感旧图题咏册》（岳麓书社2012年）。

③辑自易顺鼎《盾墨拾余》卷十三。

懒，细字连翩墨痕蹙。令君多暇不废文，催科非忙吏非俗。函楼岁岁有元日，忆昔馈我银斤六。心高才大不耐官，自说浮屠耻三宿。即今同老荒江上，谁言蜡屐贤障簏。岂如令君捧檄来，宦海无人知蕴蓄。例之劳绩偶酌委，那计清才有篇幅。临蒸繁剧奔走疲，儒丐迂疏逢色目。置此一笑且赋诗，丁耶张耶此其续。函楼周甲重抱包，老湛十年始厘牍。嗟余虱此仕隐间，但恨字多煮难熟。谁其似者易中硕，有官未免枵其腹。空吟玉琯媚窸帅，一入青油不收录。昵鹊二宝相望冷，荆河华阳花簇簇。无缘更吃六安茶，那能再请三条烛。强呼许冲作部民，不得仙屏回睐瞩。家风汉宋如水火，汲黯唯宜细荆束。今舍艮峰师寿阳，毋乃好学非信笃。因君感我思芒芒，伤哉两雄辱齐夙。若能随分习举隅，何至免冠嗟发秃。急持手版候散衙，未成诗句舆中足。

云鹤篇奉赠采九仁兄兼呈城南诸同学①

南风积雨心郁陶，西楼夜梦孤云高。深堂避客心寂历，此意唯应故人识。翩然云中一鹤鸣，旧山巢侣知其声。始闻仙人语哀怨，复令听者心和平。自从与君得相见，我初成童君白面。蓬门小屋坐青毡，单衫大袖携诗卷。闭门得句天地惊，有才自许非虚生。安知文字苦无用，儒官早误骆与程。我时弱冠先杖策，君笑班超枉投笔。桃源洞里长伊吾，拥鼻低吟凄四壁。鼙鼓声中歌鹿鸣，湘沅学子辍谈兵。君为老宿光朝典，余亦掉鞅扬前旌。十年被放不肯休，看君径上蓬山头。忽然蹭蹬落滇洱，为君狂笑随君愁。海内贤豪盛文□，□府□军但蛮语。哀牢永昌不复通，黔中

---

①辑自欧金林主编《湖南省博物馆藏近现代名人手札》（岳麓书社 2012 年）。

西去无飞鸿。澄湘定吴事粗了，山中高枕吹松风。迩来浮云又变怪，曹司小儿作将帅。自云好文不好武，颇恨骅骝着鞭快。牧儿兵子侪甲科，三途并进府道多。却看乘传返乡里，仍是当时布衣士。沧海可变陵谷移，掉头高咏百不知。手持南华注已毕，箧藏治谱无人窥。长沙前游三十载，左邓龙彭俱好在。城中昔别我无家，乱后重逢人似海。垂杨弹地雨丝丝，莫恨如今非少时。眼看世事已错料，相邀且覆黄金卮。羊房街前吟落月，感君将句逢人说。朅来频过杨氏园，未觉垂髫换黄华发。人生得意随遇佳，久离暂聚怀抱开。邓生欲仕复未去，今年此会天安排。今别昔别常沈吟，他乡故乡无异心。偶然长歌劝君酒，去后相思湖水深。闿运再拜。

重修贾太傅祠落成[①]

良牧旌初间，元公饰项堂。营构非游赏，怀贤在不忘。津城辅湘治，郡廨列通坊。雄藩起番吴，汉令著忠良。贤傅实名世，彯缨自天阊。翩翩弱冠容，矫矫出周行。雅步轻绛灌，遥情吊沅湘。诚款甄主心，翻飞还帝乡。余哀振南楚，遗宅委西隍。清埃被千祀，崇祠秩官常。良使昔朝彦，敷政临外方。清才综儒文，思古感承筐。鸾旗访胜居，饰像荐嘉尝。飞檐翼通衢，高榭熙春阳。洞洞壶井深，恻恻苔石荒。昔谪信怀归，今来庶灵飨。名位岂所患，余情企芬芳。高才代有人，同时反相妨。顾瞻轩庭敞，瑰瑾俟追相。

①辑自夏献云纂修《贾太傅祠志》卷四。

武昌行寄怀陈督部[1]

军兴武功始江汉，罗彭帕首冲铅弹。轻舟载火人肉飞，鄂师每得军锋冠。英夷效顺请会防，吴淞百战旗鼓当。灵台偃伯五十载，上游重镇清南疆。李醇好奇兴铁路，裕公直词与时迕。张骞凿空架天桥，铺金万里惊童妪。遂移岭节督重湖，专兴无益隘八区。锱铢泥沙两相抵，坐令官吏皆騃愚。廿年智尽财亦竭，债帅端然入金阙。犹专督政遥制之，不许次山长短说。戊己之间民息肩，载其清净曹参贤。琦家小儿不解事，器盈宠溢成狂颠。张公文武师倭德，仍倚芬彪相辅翼。尽搜银币奉骄子，每论九夷恒动色。军法不行况无法，一夜反戈相恐猲。仓惶出走势燎原，两岸夷商笑驽怯。陵迟国典那得施，中央权重枝干披。后来山头望廷尉，空见夷艇扬红旗。君时移镇津沽口，水陆兵权在人手。虽持龙节握边符，翻与夷场效趋走。忽闻土崩海水飞，诏起袁公来视师。国门坐论索兵饷，岂信曾胡无米炊。嗟余少年多意气，曾与诸公揽长辔。自喜贪天得首功，宴坐山岩守松桂。只言盛满不可居，谁知蚁穴决河渠。君今弃官欲何往，渭莘不复容耕渔。近闻西宁种瓜者，曾领偏师出长武。妖徒奔迸出潼关，令人欲秣横门马。彼哉束手须饷兵，坐令释甲随边氓。安知一士贤十万，肯容斥鷃欺鲲鹏。待君衰疾霍然起，与君煮酒招豪英。

诗史非诗格也，元白弹词类耳。重子姻世弟索书，适成此篇，因作一笑。闿运。

---

[1]辑自杨钧《草堂之灵》卷十五"录湘绮《武昌行》"条，文前有杨钧按语云："陈夔龙官北洋大臣，解职之后，王湘绮先生寄之以诗。录全章于余之扇面，未载于诗集者也。"

和机器局诗[1]

楚秦强盛巴蜀通，利横南海连西戎。万山参天限蛮濮，一江出溢浮楼艟。昔人阻剑夸设险，引蛇崩谷拖残虹。井蛙跳梁不自惜，醯鸡处瓮将毋同。贾胡操奇反致远，蒟竹逾岭布在筒。葛侯经邦稍弘廓，攻心直入南夷中。归来北伐计又左，转粮坐甲国计穷。有元收梁始出蜀，奇兵电耀宋祚终。自兹海国识度里，轮舶不绕大浪东。陆桥青海出前藏，水击藏江乘粤风。古来恃险多失险，兵法备实必备空。南洋万里四战地，重镇唯有坤维雄。圣谋密运物莫测，元老克壮心周充。明知厝火薪烈烈，静听发地雷霳霳。将用张皇陟禹迹，且须扶养苏罢癃。下车首令减繇赋，乘传不复驰尘埄。严惩贪黩洗瘴雾，再拨云翳瞻苍穹。蒐军补卒纠奸慝，梓舆桃栗稽考工。国家旧俗利弧矢，新疆弃地忧曾崇。三边无事未忘警，一旦有急难相蒙。远从外夷购火器，彼虽不靳吾羞忡。昔临海邦造船炮，跛者能履聋能聪。蜀军惯惰械朽钝，挽强不复梳凫翁。徒矜衿带一万里，涛水箭激山磁礲。临邛观井更飞火，严道即山堪铸铜。路人传言惜耗费，此意不欲明倥侗。但令闭关绝互市，方知远虑超愚懵。昨来静思忽悄悄，因观零雨吟蒙蒙。后人斗筲不知本，或以耀武窥渊衷。金汤高深尚委去，况此利器扳鹅公。火枪纵横十万响，虽有韩白难为功。赵宫雀鷇辫胡服，袁车牛革惊穹窿。苦战休歌肃肃鸨，还宅请慰嗷嗷鸿。余观蚩尤作刀剑，寸铁暗起几席讧。镞石销黄愈远御，却立轰击遥相诇。彼非真勇但恐喝，犹恃万众相围宫。至人奉天以道御，上则

---

[1]辑自《尊经书院课艺初集》卷十一。

不战下远攻。西南全局在公掌，春雨霈泽秋旸烘。古来用蜀或在此，要令交缅归羁笼。直循黑水达南海，岂惟石柱通咸丰？销兵解甲乃告去，隆中隐后游商嵩。

题借山馆图[①]

无数青山，恨无处、著我松棚茅舍。租界新约千年，吾庐正堪借。行且住、三分水竹，恰安顿、一囊诗画。梅熟东邻，泉分西涧，应结莲社。　　是谁对、豚栅鸡栖，共料理、生涯问时价。袖手塘头吟眺，看秋花春稼。宽寂地、奇人惯有，待共寻、沈叟闲话。吾邻有沈山人，博学能诗，七十余老农。一笑五柳先生，折腰才罢。

濒生仁弟属题《借山馆图》，为谱《琵琶仙》词一曲，即送还隐。甲辰七夕闿运。

释蒙[②]

六经之文字无虚下，解经不词，先师蚩之。经文非独无剩字，亦无炼字也。剩字者，如俗解“粤若稽古”为赞美帝尧，不知钦明云云乃叙述尧德，无一字可损。若开卷先赞美尧，岂待史臣赞乎？四字无谓，则为剩字，经意不如此也。炼字者，如司马、孔、郑解“师锡帝”为众臣举圣人以告尧，于《书》例当作“佥曰”，而以佥为师，中加锡、帝二字。于作文法则警炼，于作史、作经

---

①辑自北京画院藏王闿运手迹，转引自王明明主编《北京画院藏齐白石全集·综合卷》（文化艺术出版社 2010 年）。

②辑自《尊经书院课艺初集》卷一。

甚为怪僻，则为炼字，经意不如此也。至解经而至于不词，诸经往往有之，而《易》为尤甚。后之解《易》者，以作文点题之法视之，不顾文理，如鸣谦、鸣豫，推之可云鸣让、鸣乐。干蛊、豫蛊，其流必至事乾包坤。又小人革面，亦可云小人改头。贲其趾，亦可云饰其手。语语怪诞，而实浅陋，《易》之所以愈晦也。不知《易》卦爻词，必有文理，决不专恃卦名以成词句。所以难解者，《易》卦名含数义，爻词各随义遣词。如乾之为言干湿之干也，干湿所以得名，由日出光倝倝也。九三乾乾，则既非漧漧，复非倝倝。乾乾犹矜矜，当时语也。如曰“六三坤坤”，则不可矣，以当时无坤坤之名也。改邑改井，井田也。而井收勿幕，则井水之井。往来井井，则连界之井。如曰“往来困困”，则不可矣。此类既多，《蒙》卦尤甚。蒙者，萌也。萌者，氓也。《彖》曰：“童蒙。”蒙者，童也。《象》曰：“山下出泉蒙。”蒙者，草蒙茙也。然童可为蒙，蒙不可为童；亦犹老可为死，死不可为老。今古解者，但见蒙而即以为幼小之称。故初入学曰发蒙，有教无类曰包蒙，夏楚二物以击蒙。试改其词，曰发童、包童、击童，可乎？曰不可。又改之，曰包幼、击幼、发幼、困幼，可乎？曰不可。则试改之，曰发乾、包坤、困屯、击讼，而说经者欣然以为可通。望文而训之，其道理必更精于解《蒙》卦，其取象亦必切于解《蒙》象。有疑其文不通者，曰《易》例如此也。悲夫！以点题为说经，不待四书文兴，而汉学大儒已出题完卷去矣。是可疑也，则可说也。今愿与诸子先通文理，乃后说经，文通而经通。章句之学精，然后可言训诂、义理。而先师之所秘密自负者，必恍然于昔者之未通章句也，岂非一奇异可喜之事乎？夫读《易》，当先知一字有无数用法。读《尚书》，当先断句。读《诗》，当知男女歌咏，不足以颁学宫。对君父，一洗三陋，乃可言《礼》。此非一二言可尽，即非一二月能奏效，而要宜先立志也。今解《蒙》卦以为式，专释诸蒙字，不及义象也。

发蒙，此蒙即蒙盖之蒙，正字作“冡”，一作“幏”，冡覆也。

包蒙，苞、包皆即蒙也，故不可作“苞蒙”，而当作“彪蒙”。彪，虎之有文者，以虎皮幏物，所谓璋以皮，诸侯聘夫人之礼，故下曰纳妇吉。

困蒙、童蒙，此蒙昧之蒙。

击蒙，幏固可击，然击蒙究是何物？故当作系蒙。幏，盖衣也。车盖之衣，系之者将有征伐之事，故下曰不利为寇，利御寇。

山下出泉蒙，此蒙乃蒙茸之蒙。山下出泉，必有茂草丛木。

释贲[①]

《易·贲》：“《象》曰：山下有火，贲。”其字当作“焚”，故贲之声读如“焚”也。《序卦》：《贲》次《噬嗑》，受之以贲者，物不可苟合而已，则贲之义取于分。分之字当作班也。孔子曰：贲，饰也。贲之字从卉、从贝。其制字当先有卉，后加贝。卉者，草之有花者，故文从草上中。花必有色，故以卉为饰。则训饰之贲当作“卉”也。孔子又曰：贲，无色也。《礼》传曰：苴绖者，麻之有蕡者也。《记》曰：斩衰皃若苴，蕡为麻实，字又作“黂”，状最粗黑，故以为无饰之称。其字亦当作“卉”，色美者名卉，恶者亦名卉，古义相承，则无色之贲，亦当作“卉”也。《贲》初九曰：贲其趾。趾无可饰，亦无所谓无色，其字当为“奔”。奔之字取夭曲，卉中义为后起。既言奔走，不可云卉走。则初九，“贲其

①辑自《尊经书院课艺初集》卷一。

趾”，当作“奔其趾”也。“六二，贲其须”，即《记》所谓斑白，言颔须斑然，或黄或白，故注家以贲为黄白之色。则“贲其须”当作“斑其须”也。“九三，贲如，濡如”，贲如即“乘马班如”之“班”，盘旋不进之意。则贲如当作“班如”，又当作“般如”也。“六四，贲如，皤如”，贲如仍当作“班如”，亦可作“斑如”。斑如、皤如，正所谓斑白也。“六五，贲于丘围，束帛戋戋”，义取“颁布”之“颁”，字亦可作“斑”。颁之字从分，斑之义从分。古皆止有分字，则贲于当作“分于”。分、卉双声，又相通也。“上九、白贲”，固即斑白，非白能受饰之谓也。以后起字推之，《桃夭》“有蕡其实”，蕡为实皃，亦为芬馥之意，蕡、芬又可通用也。汝坟为大防，赤埴坟为肥墓，坟之义为大起。愤为怒意，偾为僵仆，字皆从贲，则先皆从卉。卉兼大起、肥、怒、僵诸义，与贝无涉也。贲之字，专为贝名。《尔疋》龟亦有贲名，则专从文采取义，字最后起，而义狭，与近世俗谓女饰为妆扮，字亦从贲饰取义，从分、班得音。或者乃以贲为至古，扮为至俗，未可与论小学也。又今湘沅谓颠仆为贲，音亦为扮，即偾、奔声转。然则贲其趾为颠蹶其趾，义尤可通。以舍车而徒，故偾其趾矣。古义在心，知者得之。贲饰即扮饰，贲止即偾趾，乃了然无可疑。故治经以识字为贵，非识《说文解字》之文字为贵。

退食自公解[①]

《羔羊》，《鹊巢》之功致也。昏姻之国，聘使交通，美使臣能讲信修睦。羔，大夫朝服。羊，盖士服也。公食大夫礼，宾朝服

①辑自《尊经书院课艺初集》卷二。

入门西，介门西，西上。既食，致侑币，设庭实，乘皮。《昏礼》曰："皮帛必可制。"盖常聘用珍异之皮。昏使用可用之皮，诚而亲之也。聘使礼成，有飨，有食，有燕。飨，大礼。燕，私好。唯食为正礼。故主食礼、侑币言之。羔皮、羊皮，庭实也。素丝，束帛也。不言帛者，《昏礼》言纯帛，五两主于丝也，佗之言加也。公揖退于箱。宾既三饭，公乃受束帛，以侑庭实。先设则见羔羊之皮。公以束帛侑，则素丝五两，以为加币也。自，从也。公，公门也。于是宾受币退，介逆，出门，故见其退食从门出也。革者设庭实，摄毛于内，出入皆唯见革也。緎，缝也。皮必以制者，不以全兽，故见緎也。緎必于革见之，宾受以出，自执束帛五两，从者执緎也。既出复入，委委它它。然从公门入，没霤。拜辞公，公退，宾乃卒食，故曰"自公退食"。缝者见聘使退而祝颂，其再至之词也，言此羔皮、羊皮，缝以为裘，甚称其服，祝其久在位也。总谓总乘马也，此素丝五者，谓宾所奉束帛也。聘礼宾觌奉束锦、总乘马以入，言其再至有束帛、总马，可以答今素丝五佗之厚意也。退食而复从公门以入，往来好会无间之词也。以此知《甘棠》《行露》《羔羊》《殷雷》皆为奉使之词。

朱裳考[①]

《诗·七月》传云：朱，深纁也。朱之为色易明，本不必释，而云深纁者，欲改朱为纁，以取祭服"玄衣纁裳"之制也。郑康成精于三《礼》，非不知朱之不可为纁，而不能易。传者无说以处公子之朱裳也。《左传》言晋献公赐申生偏衣，先丹木以为是狂夫

①辑自《尊经书院课艺初集》卷二。

之服。服虔引方相氏“玄衣朱裳”为说，《国语》韦昭注同。盖申生既服戎服，而献公以己朝服赐之。戎服朱裳，朝服玄衣，礼无此制，乃成方相之服。诚以朱裳非诸侯不得服，而豳民乃欲以为公子裳，故疑而不说也。今案《斯干》云：“朱芾斯皇，室家君王。”传云天子纯朱，诸侯黄朱。《车攻》：“赤芾金舄。”笺云赤芾朱色，金舄即赤舄。芾与裳同色，是诸侯朱裳之证。《斯干》以颂生子，此诗以颂公子，皆臣氏祷祝之辞也。《礼》：“诸侯玄端以居。”玄端之服，贵贱异裳。天子用黼，诸侯用朱，卿大夫用素，上士玄，中士黄，下士杂。郑以为前玄后黄者，非。凡冕服皆玄衣纁裳，皮弁服素衣素裳，爵弁服缁衣纁裳，皆可以承祭。祭服必用丝，必后夫人内适妻躬桑蚕，缫而成之。此诗上云载绩，下云我朱，则是民间之布。不独纁之为朱，文不可通，以为祭服亦不可通也。用布者唯朝服与玄端，而朝服同用玄衣玄裳，无君臣等级之分，则此为玄端服无疑。

丧礼仪节为适配蔡夫人拟定[①]

始死，主人坐于尸东，众主人在后，皆南面。妇人服斩者，皆坐于尸西，东面。内外亲诸妇女在室外，内外亲诸男子在堂下，皆北面。执事者以脯醢、醴酒奠于尸东。吊者至，主人迎于寝门外，众主人不出。女宾至，长妇迎于寝门内，众妇人各在其位，宾出不送。设门烛，为庭燎。

本日小敛，女御沐浴、剪栉笄服毕，主人乃入，如始死之位。哭尽哀出。长子含，乃设幎目，袭礼服，设手饰，设冒，加衾覆之。

①辑自《船山学报》第6期（1934年）。

子皆括发，妇人皆髽，有服者皆免。设脯醢、醴酒于户外牖东，设床于户内，上设绞布、衾褥、常服、礼服、命服、中衣、襟裳，或七、或九、或十一，或用绵、或不用绵，从死者意。设席于床东，设特豚一俎于寝门外，迁尸户内床上。毕敛，主人冯尸，皆哭尽哀。主人在床东，主妇在床西，执事者彻先奠，改奠醴酒、脯醢俎，巾之，降出。

三日内入棺，谓之大敛。堂上设大烛，庭燎。门烛终夜，质明灭之。陈附棺衣物于东房，石膏包三百斤，雄黄纸七，皮纸五十，角枕、衾、枕、襚衾、扇、佩、梳、巾、齿发、玩器。陈两甒于门内东方。醴、酒、觯、柶。两豆葵菹、螺醢。有巾，两笾栗、脯。有巾，设于西序下。设盥于门外，设二席，一在豆笾席北，一在其南。设床于西阶坫南，设俎三一特豚、一鳊鱼九尾或鲫鱼、一雉腊左胖或兔腊。于门外。棺入，主人出户，不哭。祝入室，主人入。祝彻先奠，设于序西豆北之席。帷堂。迁西坫床于西楹间，祝布、绞衾、衣物于两楹床上。迁尸出户，主人袒，妇人皆从。正尸两楹床，主人升自阼阶，子女、妇、诸亲升自西阶，祝及执事治棺内之敛。敛毕，夹床坐，奉尸棺中。冯尸，主人袭，诸亲皆进，冯尸哭踊尽哀，乃盖，设铭旌于宇西阶上，皆复位。祝迁豆南之席于西南隅，东面。设重于其上，今魂帛之类。彻两楹床。祝设醴，执事设酒、醢、菹、栗、脯、豚、鱼、腊，皆巾之。

脯　酒

醢　菹　栗　醴

豚　鱼　腊

彻西序之席，阖户，皆哭踊。宾出，主人拜送，乃就次。

三日成服，设衰服杖绖于殡门内东方，设妇女衰绖于东房。主人即位堂下东方，众主人继之北上，妇人即位堂上之东北上。既服衰杖，复位，乃奠。或大敛奠、或朝奠、或夕奠，皆先服成服乃奠。三月内，每日出朝奠，日夕夕奠。设盥于门外，设醴酒、脯醢于东堂，无尊。设一席于序西。妇人即位于殡堂上之东，南上。丈夫即位于殡门外，北上。外姻在主人之南，南上。宾次南，北上。宾异爵者门东，北面西上。异国宾门西，北面东上。执事者庭西，东面北上。祝在主人之后少南，北上。皆即位。辟门，拜宾，众主人皆哭踊。主人入，立堂下，当东序。众主人、外姻、众宾、执事皆入，立于堂下。如外位。执事盥，执烛者升堂。执事序升，彻前奠设于序西，执事皆复位。祝遂适东堂取醴，执事序进，取酒、脯醢，升设于柩东西面，脯醢、酒醴。皆剥奠，不巾。执事出，祝阖户，皆哭踊。宾出，主人拜送。

每日汤沐、茗饵、燕羞、饭饮如生时，馈于燕室。

朔奠。或朝、或日中，有所待则日中可。唯一奠，无朝夕奠，渐神之。设盥席如常。设三俎于殡门外东方，豚、鱼、腊。设两甒于门内庭东，醴、酒。设两豆葵菹、螺醢。于甒北，两敦有盖稻、麦。在豆北。即位，盥、彻皆如朝夕。祝及执事设醴、酒、菹、醢、敦、俎，巾之乃出，余如朝夕。

荐新，今清明、端午、中元、生日、中秋、冬至、除夕可用其礼。如朝奠。今节则用今肴馔，但依其礼。

祖奠

设盥祖庙门外，设三俎于门东，豚、鱼、腊。设两甒、醴、酒。两豆、菹、醢。两笾栗、脯。门内庭东，如朔奠。设席于堂上阶间，主人、众宾、祝、执事皆即位于殡门外。辟门，入即位，止哭。主人袒，宾皆出，适祖庙门外。祝袒执功布，启殡，彻帷，乃哭。一祝取铭置于庭，一祝取重奉之，一祝以功布拂柩。祝奉重适祖，执事者执席从之，彻奠者从之，执烛者从，主人从，妇人从，男子皆袒，妇人皆髽。重入祖庙门，升自西阶，执席奠者立于西阶下。烛升，主人、妇人皆升。众主人堂下即位，宾进即位，重即阶间席，北面。执事者升设席于阶间席西，执奠者升设奠于新设之席，巾之，乃降，皆哭踊。主人降，拜宾，袭即堂下位，妇人入于房。执事者自阼阶升，彻奠，降自西阶，取新奠醴酒、豆笾、三俎位如前。巾之。宾出，主人拜送，皆就次。

是日日侧，主人入祖庙门，升堂，妇人从升，众主人、宾如常位。执事移奠席于重席南，陈明器。主人袒，祝还重席南面，彻奠，席于重席西，东面。复奠之。宾赗赙奠，设庭燎、门烛，堂上一烛，堂下一烛，哭不绝声。

遣奠

于葬日质明，位如祖奠位，陈五俎于祖庙门外，羊、豕、鱼、腊、鲜。南上。四豆、四笾在东堂下，百叶、芹菹、瑶柱、螺醢。南上，栗（去皮）、脯、枣（蒸）、糗（豆粉）。北上，设盥。柩车入庭中，设席于柩车西北。西面。宾入，执事者盥入，彻祖奠于柩西席上，设豆、笾、俎于堂上席，芹菹、瑶柱、百叶、螺醢、枣、糗、脯、栗、豕、羊、醴、酒。主人哭踊，甸人取铭旌出，设于道左。祝奉重升灵舆，舆出，乃载柩。祝执功布先，主人免袒，皆免袒。妇人髽，乃行。出门，主人袭从行，柩至圹，主人袒，众主人皆袒，即位圹东，妇人位圹西，宾、执事者不即位，各从其事。设二柱，以鹿卢下棺。既窆，主人袭于圹东，拜稽颡，哭踊无算。宾退，主人拜送，又拜窆者。反位哭踊，祝先反，执事设几筵于圹左，奠脯醢、醴酒。主人反哭，归而虞。

祖奠用品	祭品
盥洗面架、面盆、手巾	豚今豚肩
三俎今大碗	鱼鳊鱼、鲫鱼皆可，或七或九
两甒今磁酒壶	腊即干肉，古大夫士用麋、兔，无则以海

味代之

两豆今磁五寸碟

两笾今磁碟，较五寸者略小

功布即新白布

烛　庭燎用篾缆可，或以薪蒸

巾新布幂俎者

明器

遣奠用品

盥

五俎

两甒

四豆

四笾

醴即今甜酒

酒汾酒、绍酒均可

菹芹菜

醢螺丝

栗剥之，无栗则用枣

脯今火腿

祭品

羊　豕

鱼　腊

鲜即鸡、鸭

百叶　芹菹

瑶柱　螺丝

栗无栗以榛、杏等代　脯

枣　糗今豆粉

虞礼

设洗于西阶西南，水在洗西，篚在东。一（醳）［觯］、一废爵、一公爵、一繶爵在篚，设于洗东。一洗在房，尊于室中北墉下，酒东醴西。加勺南柄，素几、苇席在西序下。苴篚在西坫，两豆葵菹、螺醢。在西楹东，菹东醢西。铏在苴东，有柶。两笾枣北栗南。在铏东，稻麦二敦在阶间，三俎在门外之右，豕南鱼，鱼南腊。燔俎肝一在东，肉二在西。在内西塾。主人皆如葬服，免衰杖，散带不绖。妇人、髽衰要绖杖。宾如吊服，大夫弁绖朝服，士素冠緆衰。皆即位于门外。西面北上，姻戚在南南上，宾友在姻南北上，皆西面。大夫门东西上，异国宾门西东上，皆北面。属吏、弟子西方东面北上。妇人即位于堂，主妇坐于堂西，众妇人立于堂西，皆东面。姑姊妹子姓继之，外姻立于堂南北面。辟门，拜宾。主人入外门哭，兄弟、众宾皆入。主人立于堂下直东序西面，兄弟如外位，卿大夫在主人之南。诸公门东，异国宾门西，皆即位。祝免葛带，升布席于堂中，东面右几。出降及宗人即位于门西。祝南宗北。宗人告具，主人拜宾。入庙门哭，妇人哭，主人即位于堂，众主人及众宾皆即位于西，北上。祝入庙门左北面，宗人西阶前北面。祝盥升，取苴，降洗，升，入，设于几东。降洗觯，升止哭。主人倚杖于序墙，入室即位。祝从在左，西面。赞自西阶升，荐菹醢，菹南醢北。佐食盥，立于堂西。南面。执事盥，出，取俎设于西阶前。佐食取俎入设于豆东，豕左胖加三肤一肺，豕在醢东。鱼九尾，在豕东。腊七段左胖，在豕北。赞升，设二敦，稻在豕南，麦在稻东。又设铏于俎南。佐食出，立于户西南面。祝酌醴，奠于铏南，复位。佐食入，立于席前北面。主人再拜，祝飨，佐食取敦祭于苴，三。祭肤，三。祝祭醴，三。益觯奠之。主人再拜，祝曰。云云。主人又再拜，出复位。一人衰绖奉主入庙门，篚从，主人、主妇皆哭踊。主入户，主人从，祝从，哭止。妇人入于房，主人及祝拜妥主。主升于席，佐食取奠醴祭之于豆间，取菹擩醢，取稻、肺祭于豆间。祭醴，祝祝。主人拜，佐食奠醴。迩稻，取梱祭铏。赞出，执太羹入，设于铏南，设胾四，立于东。佐食三祭稻于篚，取干骼实于篚，取鱼腊实于篚，反稻敦于豕南。主人出降盥，洗废爵，酌酒奠于主北，北面拜。佐食祭酒，宾执肝俎及盐进。佐食取肝擩盐，加于豕俎。宾取肝俎降，反于西塾，复位。佐食以爵授祝，祝受，主人拜。祝以爵授主人，主人执爵，出，反奠于篚，升堂复位。哀子亚献，自西阶下，取足（郁）［爵］洗，入酌，奠于主北，北面再拜稽首。佐食祭酒于上豆，宾执燔俎升，入户，进于席前。佐食取燔，加于豕俎。宾执燔俎降，反西塾，宾复位。佐食以爵授祝，祝受，哀子拜，祝授爵，哀子受，出，奠于篚，复位。长妇取繶爵洗于房中，出，入室酌酒三献，奠于主北，北面再拜稽首。佐食祭酒于上豆，宾执燔俎升，进席前。佐食取燔加于俎，宾执俎降，复位。佐食以爵授祝，祝受。长妇拜受爵，入于房，奠于篚，复位。佐食出，负依南面，祝出户西面，告利成，皆哭。祝入取主出，篚从。主还宫，佐食退，祝反入彻，设于西北隅。几在南。祝出，阖牖户，主人降出，哭止，皆复门外位，告事毕，有司彻。

虞礼用品	虞礼祭品
洗洗面架、面盆、手巾	清水
篚今条盘	酒
(觶)［觯］牛角酒杯，无则磁杯有把者代	醴
废爵酒杯无足者	(蔡)［芹］菹
公爵酒杯有足者	螺醢
繶爵酒杯中间有带文者	枣
两甒	栗
尊即酒坛	稻
勺本调羹，酌酒者	麦面
素几	豕
苇席	鱼九尾
苴即白茅，长五寸，束之。若无茅则以镫草代之	腊七段
两豆	肝燔
铏盛菜羹者	肉燔
柶调羹	豕左胖
两笾	三肤肉厚者
两敦今饭碗，有盖	一肺刌之

五俎　　干长胁，俗谓之肋条

骼豕掖下骨

盐

祔礼

三月卒哭而后祔。祔前日设荐，设两甒于庙门外之右，水西酒东。加勺北柄，设洗于尊东南。水东篚西。设一笾脯四腿。一豆，醢。设干肉一俎于西塾。主人与祝入门即位于堂，主出，篚从，几从，席从，设于尊西北。东面右几。主人出，即位于序东；妇人出，即位于门东、主人之北，皆西面，哭不止。主正席，佐食立于席南。主人洗废爵，奠于主北，拜送，复位，荐脯醢，笾南豆北。设俎于荐东。佐食取酒，祭笾、脯。祭俎、肉。祭酒，奠于南。主人哭踊，哀子洗足爵，亚献，奠于主北，拜送，复位。佐食取酒，祭脯醢、祭俎、祭酒，奠于南。宾长三献如初，佐食取俎实于篚。主兴，祝前，篚从，皆从。主出宫，安于次。主人改题栗主毕，祝设栗主，取桑主埋于墓。宾出，主人拜送。妇人拜女宾，说绖带于门外。妇人说首绖，遂还其次。

祝以制币告祔，尊于室中北墉下，醴西酒东。设脯醢于西楹东，脯东醢西。设几筵祖庙室中。主人立于阼阶，西面。升。祝立于西阶，东面。祝少进，曰："敢请事。"主人曰："孝孙某来日某跻祔孙妇于皇祖姑某氏，尚飨！"祝降盥，升，取脯醢，入奠于席前，适尊所酌醴奠于醢北，又酌酒奠于脯北，北面再拜，告曰，云云。又再拜，出，反命于主人，曰告礼毕。主人揖，乃退。

夙兴，设尊、洗、俎如饯。主人即位于庙门外，西面北上。祝、佐食西方，东面。妇人即位于房中，哭止。祝筵几于祖庙室中，祖姑南面，祔者东面。主人入，祝从，佐食从，皆即位。主人堂东。祝在左，皆西面。佐食立于户西，南面。主人出，降盥，洗觯，酌酒，入室奠之。

赞荐脯醢、俎。佐食入，祭俎、祭脯、祭酒，主人再拜稽首。祝祝曰："乃某兴处不宁，用尹祭、嘉荐、普淖、普荐、溲酒适皇祖姑某氏以跻袝孙妇，尚飨！"主人又再拜稽首，主人出，迎主，皆哭。祝奉新主入即位，奉所袝主即席，哭者相止，主人及祝拜妥主。主人出，降盥，洗觯，酌酒，奠于所袝主西，北面拜。佐食祭俎、祭脯、祭酒，佐食以虚觯授祝，主人又拜。祝授主人觯，主人以觯降，易觯洗酌，入奠于新主南，西面拜。佐食祭俎、祭脯、祭酒，佐食以虚觯授祝，祝受，主人又拜。祝授主人觯，主人以觯降奠于篚，复位。哀子亚献，长妇三献，皆如初。佐食出，负依南面。祝出户，告成事，皆哭。入取主升袝，哭止。祝出，阖牖户，哭。主人出庙门，皆即位。妇人出反丧次，有司告事毕，宾出，乃皆退。

袝礼用品	**祭品**
洗	水　酒
两甒　勺	脯四脡
尊　篚	醢
笾	干肉
豆	
俎	
笔　墨　朱　研二	
制币　祝版	
觯	

馈食礼

厥明夕，设洗于阼阶东南，尊于东序，豆、笾、铏在东房，几、席、两敦在西堂，设盥于西房。

夙兴，主人即位于门外，以次西面北上。妇人即位于西房。以次南面东上。佐食北面于中庭，俎陈于门外，尊于户东，立酒在西。豆、笾、铏陈于房中，浆、茗从，两敦陈于西堂，设水于洗东，篚在西，实三爵一觯，设加豆于西塾，加笾从设，启户。祝筵几降，主人及祝升，祝先入，主人立于户内。主妇盥，出，荐两豆，妇赞者执两豆，毕荐。佐食盥，主人盥。佐食荐俎，设于豆南，赞者各举俎毕设。主人立于户内，主妇盥，设两敦于俎东，设铏于豆东。祝洗觯，升酌，奠于铏东。佐食启敦出，立于户西，主人再拜稽首。祝曰，云云。卒祝。主人又再拜稽首，出，降，立于阼阶东。祝入，佐食入，祝祭酒，佐食祭豆。主人降取爵，升酌，佐食授，执之，主人即位拜。佐食祭敦、祭俎、祭铏、祭酒，执爵以授主人，主人受爵，出，奠于篚，复阼阶位。佐食羞加豆，赞者执豆从，毕设于豆西。赞者取爵升，授妇赞者于户内，妇赞者授主妇，主妇洗，出，酌，入户。佐食受爵立，主妇即位再拜。佐食祭酒受爵，降奠于篚，执加笾以入。赞者从于户内，授妇赞者，主妇以设于敦西，复位，拜。佐食祭笾，主妇拜，入于房，三献，取爵于篚，洗，升酌。佐食受爵立，三献，即位再拜。佐食祭酒，三献，受爵出，奠于篚，取加笾以入。妇人荐茗，皆设于敦西。佐食启茗盖，祭笾，三献，拜，降，复位。男女以次入拜，皆复位。

祝升，主人升，入立于户内。祝命彻加豆、笾。

佐食彻敦、豆、铏、俎，设于西北隅，设几于南，纳一尊。佐食阖牖户，降，出，立于户西。祝、主人降。主人出，立于祝东，房中皆退，执事入彻。

卷二

奏疏书启

代奏学堂改制疏①

窃维改学之说，倡自康、梁。湖南学堂师弟骈诛，正学复兴，曾蒙诏奖。自庚子以来，国威小挫，论者不咎诸臣之误事，乃羡日本之暴兴，推求所由，归功教习。彼亦知其骤胜，见忌英、俄，不以我为不能，乃欲引为同患。兼有逋臣煽诱，冀申前说。刘、张二督惑于群言，不待和议之成，先为不急之务。既取朝旨通饬遵行，死灰复燃，邪诐愈甚，名为西学，实倭学也。今湖南监督、教习，即当年驱逐管束之人，更引倭人来相保护。盖有鉴于前此被戮，倚外国以为护符，如欲严拿，即同租界。故今年夏间公然结党，干预北洋，并各学堂，皆相响应。虽狂愚不能为变，而风气大约可知。闿运曾与书前抚，谏以不宜效尤，未挽狂澜，不蒙询采。今改制经岁，谤诉纷如，縻费无名，徒为不靖。首善之地管学大臣已奏称弊不胜防。详读章程，无此学制。今若不聘外国教习，则兴学为无名；聘有洋人，则学徒不可制。且外人所望，传教通商，何必愿我富强，代谋久远。伏冀达之圣听，鉴此刍荛，

①辑自王代功《湘绮府君年谱》卷五，又见于喻谦《长沙湘潭王湘绮先生八十有五行述》。

于国有裨，敢辞出位。所有区区之忱，谨呈以闻，并求咨督部堂鉴核，不胜感悚。

代江西巡抚夏时覆奏筹兵饷折子①

为敬陈管见事。七月初十日，承准寄谕以东三省事关安危，通诏直省督抚，各抒所见。臣承乏权领，智浅人微，不足以筹大计。唯曾历戎行，窃有一得，与近日言时务者迥异，则以为谋国不在筹兵饷也。今即有大枝之劲旅，不竭之饷源，无人将而用之，何能有益？今一调兵而必先筹兵饷，则将停兵待饷，积饷练兵，坐须时日，适足资将帅迁延之计耳。经曰："有人此有土，有土此有财。"东三省地方数千里，富甲于天下，诸臣民皆鲜衣美食，安享太平者几三百年。此积弱之源，正在兵多饷足也。然人户数千万，根本深固，皆我朝世仆，其中必有义士忠臣，旦夕扼腕，思一效死而无路者；加以兵燹流离，创巨痛深，又必有死中求生之计，思一自见而无门者，是在收而用之耳。

今外逼强敌，不敢言治兵；内迫贫弱，不能言治兵。以臣愚见，但饬可用大臣数人，驰往彼地，相机办理，就地筹饷，按籍征兵。不费调发之劳，不张行阵之势，责令诸臣各尽其力，朝廷不为遥制，悉听所为，必有奇策嘉谟、上慰宵旰者。臣虽至愚，愿充一卒之用。此外素有名望、简在圣心者，如张之洞、袁世凯、锡良、岑春煊、赵尔巽、柯逢时、端方、升允皆才智卓越，名闻中外，圣朝倚重，各怀以死报国之诚。令其单骑巡边，择要屯驻，用东三省之兵，守东三省之地，阔略小节，不问胜败，期于执干

---

①辑自王代功《湘绮府君年谱》卷五。

戈捍社稷而已。臣实驽钝，以为必有可观。纵使覆没，亦止伤此数人，于国家大势无损。且养士数百年，当此危急之秋，亦宜有三四赴难死节之士，以光国史。昔胡林翼迫蹙沌口，号令不及三十里，只以文宗皇帝新斩青麐，不敢逃避。其谕文武将吏曰：“除杀贼之外，别无生路；除阵亡以外，别无死法。”遂能自致富强，光赞中兴。前事后事之师，臣窃以此自信。此外筹兵筹饷之良策，仍令诸臣各尽所长，非臣所敢言也。愚昧一得，自知迂谬，惟圣朝博访周咨，鉴其愚忱，足岳添流之助。伏乞圣鉴。

保郭人漳督湘电[①]

北京萨军门请转呈大总统钧鉴：湘省紊乱异常，关系匪浅。谭延闿明于察吏，兵事素非所长，值兹纷乱，百端待理，势难兼顾。郭人漳晓畅戎机，年力富强，果敏有为，此次首先倡义，士心尤为趋向。治湘以裁兵、清乡为急务，此两事又非有声望及手腕灵敏者，未易办理。与以督军，俾延闿专任省长，调剂两得其宜，湘省受福无量。前所荐欧阳道述已承传见，感荷同深。该道老于盐务，湘岸尤熟。闻前王局长亏累甚巨而遁，昨派沈君，不悉情形，未敢接事。要差岂可久悬？请以他事调沈，即委欧阳接办湘岸榷运，于财政大有裨益。兹为吾湘大局起见，非同泛泛荐贤，务祈采纳断行，不胜感切待命之至。乞电复。王闿运。

①辑自《申报》1916年9月3日。

上袁项城劝进电[①]

大总统钧鉴：共和病国，烈于虎狼，纲纪荡然，国亡无日。近闻伏阙上书劝进，不啻万余人。窃读汉谶记有云："代汉者当途高。"汉谓汉族，当途高即今之元首也。又明谶云："终有异人自楚归。"项城即楚故邑也，其应在公。历数如此，人事如彼，当决不决，危如积薪。伏愿速定大计，默运渊衷，勿诿过于邦交，勿挠情于偏论，勿蹈匹夫硁守之节，勿失兆姓归命之诚，使衰老余生，重睹天日，闿运幸甚！天下幸甚！

与曾国藩书[②]

闿运谨再拜奉记涤生先生中堂：前在扬州奉诗三篇，叙德摅情，知荷省览。江南大镇，专倚蕃宣，罢民劲卒，悉归和化。方春农作，重见安平，固令裴公逊其经谋，郭相惭其伦楚。侧闻朝议，良无间然。昨见上章，举雨亭作都转，尤服甄材之允。幕府所拔六李，惟斯人有悃愊之节，将令贤彦闻而自亲。山东阎公治行殊绝，有胡文忠之精锐，而诚廉殆过之，北方所闻，唯此为异。李阁学弘德授经，玉音不发，李感愧恩遇，涕泗横流。上观久之，取《论语》"君子不器"章，手掩"器"下"吅"，持以示李，李犹未悟，对以"不器"，上乃笑曰："本谓君子不哭也。"外间传

①辑自《中和月刊》1942年第3卷第6期，又见于《湘绮楼集外诗文》（香港龙门书店1968年）。

②辑自《大清名贤百家手札》（凤凰出版社2010年），又见于柳诒徵掛《陶风楼藏名贤手札》、杨钧《草堂之灵》卷十五"六云来历"条。

遐，以知濬哲。枢垣畏事，假权外台。近贾生劾毛、恽，陈子弹伯符。恽吏议当移，毛厉并促官速办。倭相并劾张、毛，意指台王，亦仍委僧察覆。新疆事亟，伊犁孤危，守卒援兵，饷道并绝，惟陈尚书、乐总督以功释还，明公之请也。又议俄夷，助剿尚无定论，捻寇仍犯湖北，众议望中堂以之自任，而重发其端。吴漕督复运之请，大为阎公所驳，而京中欣然。有里子于元夕作谜，以“吴某运米三十万”为题，隐《汉书》三十一字，人莫能射。俄有人云“日夜思竭其不肖之材力”至“大谬不然者”四句也，合市知文字者大笑称绝。今事已骚然，未识能达否。凡此新事，足佐暇闻。外呈拙作数纸，冀写民俗，达鄙志，伏惟昭察，不胜区区之怀。闿运再拜上。

与瞿元霖书[①]

一

春陔仁兄年先生侍者：别后数月，惟于家信中闻起居安隐，以慰远企。冬煖春寒，调摄不易。想益慎眠食，以保太和。湘中旧友，无多情话，经过更有佳客否？简堂竟为梅根所累，益知见事之明。此事贤子学士婉复善辞，亦不过应有之义。而经此申饬，乃觉黎之冒昧，不能不畏后生。蜀中大吏闻知者，皆为捧腹。书报先生，足为谈柄也。闿运于去岁除夕行抵成都，乃知丁公虚讲席见待。患为人师，平生所戒，三辞不获，勉留一年。馆中积敝已多，幸督、学两使同心整顿。今岁正当乡试，来者颇多蜀中高

①辑自黄显功、严峰主编《瞿鸿禨亲友书札》（复旦大学出版社 2021 年）。

材，此为聚会。只学行浅陋，未厌群情耳。两儿在家，尚求近加照管。如需蜀物，可随时示知，便可购寄，知不见外也。专叩道福不尽。闿运再拜，二月十六。

二

春陔老兄先生同年道席：正初诣别，未尽款诚。峡舫催程，忽焉西泛。客中岁驶，静里年长。期禫早除，新禧仍集。沈痾益愈，多福方增。明春学士还朝，想家政早经部署，但未知腊肉能否宽余，唯此尚劳清虑耳。闿运今年束脩减半，用度反饶。每思古人廉出之言，于理财稍有悟入。监司诸公以为矫让，又欲筹公款以裨不足，日内纷纷，尚未有定。岂欲取姑与？教书匠亦通兵法耶？书报以博一笑。彭惠安尚在盐局，唐六少亦有红差，刘仁斋颇能自给，唯琯丞以进士困于烟病发审，不能出色也。蜀中今年稍寒，湘上春先，伏惟康吉。十二月朔，闿运再拜。

与杨彤寿书[①]

麓生仁兄大人阁下：闻蓬海八弟云，莅官政成，今移宣化。遥颂循治，如听琴声。闿运甲子岁在南海纳一歌女为妾，询其来历，自言本宣化农人女，家居横塘，小名阿柚，姓莫氏，丙午八月十一日生。或是戊申之误，今年大约廿二三。咸丰初，土寇破飞龙墟，抄掠近乡，与姊赴水不死，为贼妇所养，时年八岁。其父寻至，请赎，贼妇爱而不许。女得见其父，并偷赠银钱二十枚，从此不

①辑自欧金林主编《湖南省博物馆藏近现代名人手札》，又见于杨钧《草堂之灵》卷十五“六云来历”条。

复议赎。一二年间，贼妇以谗被杀，无人收恤。适有女技过贼境，贼悦一技女，遂以此女及银、缎等换之。流落学讴，又复数载。十七岁，弟因观技见之，一语之契，强为出籍，自充侍妾，又五年矣。其家光景历历未忘，似颇是富室良农，并云其兄读书，其姊夫亦富厚有业。屡欲托广西贵人，一为问讯，展转难确，恐不留心。今幸仁兄亲临彼县。女虽微贱，亦托子民。神君既无所不知，雅人又好行其德，且闿运与蓬海托契至深，犹吾兄也，专函渎告，似可恕其妄愚。务恳特饬一差，详访莫氏。若其父兄尚在，即乞传入署中，谕以端委。此女于去年生一女，在室相安，虽无还归之期，聊致乌私之意。若得有消息，乞即示知。年小岁深，恐所云必多舛误，研求得实，是在良吏明察慈惠之怀耳。谨附府报，敬颂台安，不胜区区。小弟王闿运顿，六月朔日。

与方按察书[①]

子箴司使台下：盖闻政之所贵者，体也；士之所重者，守也。持法者不为贤贵私挠，守道者不以情势夺志。是以谢息在邑，不能假器；柳下之介，无顾三公。事有适异，未可强同也。故申徒、子产同席，而相非周、召，大圣犹有不说。当其断断相争，若不可以终日。及其各得所志，欢然无间，是非利害，曾不得至乎其前。故尧游汾阳而忘天下，仲连居围城而干平原，地位使之然也。

闿运得奉教于台下十有六年矣，与台下同官者，自蔡公而外，交游知闻未有先于闿运者也。复承谦光赐之聘币，虽以例列名，而闿运见之，则欣欣然以为有故人于此。昔者鲁缪公必有人乎？

①王振中辑自朱克敬《晦鸣录》卷一，唐红卫点校。

子思以安贤者泄。柳申详又必有人乎？穆公以安其身。贤者之道，相去犹远。闿运，柳申之徒也，恃台下以安其身。虽为属吏部民，犹望芘荫以免于诸长官之轻怒。况重蒙优礼，显设四拜，率诸生而致之，处以宾友之位者乎？诸公或以为循例行之，不足为重轻。而闿运重视诸公，则因而自重，又未蒙藩使之明训，是以有改题之罪。藩使不察，不赐教诲而直责诸生，诸生乃致怨于鄙人矣。一事之谬，上下蒙咎，即宜引去，以谢不敏。犹复迟回濡滞，不敢即发者，虽厚糈之可恋，亦恃台下相与有素，或能乎穆公之侧以安其身。又以为督府暨诸公行事显著，凡民具瞻，未一时而去之，匪独害交，且伤政也。

及于十九，台下遣委员明功令，出试题，诸生皆知明意在针砭前失，讥切鄙人。杂然同词，不复领卷，台下必怒诸生之狂简，诸生必疑台下之督责。以不肖者处其间，进不能申友朋之谊，以使当事有怙势之诮；退不能举课劝之职，致士人有违教之渐。此虽有尊官厚禄相羁縻、饥饿颠蹶相煎迫，计无复之，则事无奈何，矧夫进退绰绰者乎？一辞而行，幸台下亮其非伪，亦可谓申于知己矣。又不意诸生纷纭谬词挽留，督府㧑谦引为己罪，而闿运乃无以自立。夫伪辞而使留己，与以去留要挟者，辱贱之行也。道合则服从，不可则去者，士人之通义也。舍通义而为贱行，构嫌怨而为宾主，台下失其政而闿运丧其守，将焉用之？蔡公枉驾殷殷致书，固不敢拂其意；藩使前怒成绵新交，又不能尽其词。唯独台下有昔日之雅，有曾文正、郭侍郎之介绍，粗闻好贤下士之素，多见九州六合之事，审于彼己而能和众心。知闿运去则有鸿飞冥冥之高，不去则有羊质虎皮之危。代达三公，恕其前愆。夫世情之所以多争者，同其事焉故也。若一旦以游客释负担，谈闲暇，奉清尘，闿运自揣不致为诸公所屏绝也。离之则双全，合之则两伤，善全其交，唯在台下。谨奉缴新聘书一函，率陈区区，惟进而教之。长日新阳，伏惟珍卫，不宣。

致裴船政樾岑书[①]

清明从京师还湘，得读去岁覆书，始闻夫人捐尘，家人悲悼。使辕靡室，遂隔人天。西望乡闾，竟深凄感。山海间阻，刍奠未申。追维庞马之往还，益颂孟黄之休懿。但多年同尽，后死多忧。学道顺时，优游而已。闿运久违辇下，重入修门。观我观其，憬然益悟。六旬小住，万里归来。脱未能，仍营妻子。暇又写得《易经》《论语》二部，计生平已注八经，自汉以来，未有斯业。虽时嘲乡壁，亦聊复面墙。湘中官士奄奄，同于暮气。佚我以老，不复壮心。徒恨入山之不深，差免撄时之见耻。邹生承留学习，闻有归思。盖湘潭自有招山，非高柔教之爱玩。傥能割变，免更饥驱，不愈佳耶？专此奉慰，敬问起居，并求传语商之。

又

重阳日得中秋前惠书，欢喜展玩，若自天降，盖不见手笔六年矣。庚寅寄书之后，闻公解职引疾，又真有疾，曾详询起居。由何人送淮城，遂无还报，意以为笃老矣。今夏见沪报，氤节过扬州，乃知游兴犹壮。自以前既有问，今不啻得报，未亟亟续音也。寻省未章，似仅得庚春一书，而未见后书，然于出处之迹，详哉言之。虽十年之别，旬日之聚，对床接席之欢，殆无以过，一生忧乐，谅如此矣。天下事变，又何可胜言也？当试论之。

---

①辑自《中和月刊》1944 年第 5 卷第 3 期，又见于《湘绮楼集外诗文》。

繁盛喧扰之境，君子居之，无所不忧，鄙夫居之，无往不乐。故曰："不曰如之何，吾未如之何也。"及夫危疑震撼，事势未定，得丧降升，在于俄顷，则鄙夫忧乐交会，冰炭并战，其凄惨有不可言，而居子愉之焉，大浸稽天而不冰，大旱金石流、土山焦而不热，无所谓忧乐也。故曰："君子坦荡荡，小人长戚戚。"哀其戚之长而忧之少也。

庸国之借敌国之和战，以私富贵也久矣。盖自汉以来，而未有如今日之言自强者。自强而效法他人，率天下以事之，而曰吾先王列圣诚有所不足也。并为一谈，牢不可破。三试不效，日蹙千里。全权之臣，阳之无所用心。一战一和，至于大和。割地纳币，千古未闻，而鄙夫乐之。不究既往，方兴来事，则废前臣而用后进，犹吾大夫高子也。子青、少荃之乐往矣，岘庄、孝达之忧方大。蜩螗沸羹之时，而独有人焉翱翔乎江湖，扁舟乎吴越，前此船政之忧，得今日宽闲之乐，何人知之？唯我知之。《诗》曰："心之忧矣，聊以行国。"又曰："知我者谓我心忧，不知我者谓我何求。""彼人是哉，子曰何其？""心之忧矣，其毒大苦。"仕与不仕，忧乐之异也。孝达可谓能忧矣，不知其将从涤公之用少荃乎？抑将同叔平之反少荃也？前乎闿而用之，后乎今而反之。少荃犹是也，则今之人胡暇忧少荃而不自忧乎？少荃唯贪于乐，以至今日。孝达又将误于忧，以有他日。闿运年之出，忧其不能死，今又忧其不能生也。《易》曰："鼓万物而不与圣人同忧。"意者圣人之外，别有不忧之道存，则唯世外之人庶足知之。往者亡友陈怀庭当相，君碧眼庞额，法主高寿。曹镜初亦言荃运年过九十。明年之游，又其蒿矢矣。天下多事，诚非言乐之时。至于贸贸而割台湾，梦梦而输百万，彼犹有人，其不生心。而今兽蹄鸟迹交于中国，斯诚吾徒之耻也。虽不当事，吾知辱矣。《记》曰：

“四郊多垒，此卿大夫之辱也。”公被恩犹深，义不可谢。无谓秦无人，至犹能折棰而笞之。要使吾身不闻越甲之鸣，而后可谓豪士。孝达年最少，亦六十年矣，当不觉惨，甘寻复车，此鲁连所以欲蹈海也。去冬吾语之，君知驱飞廉之说乎？所以惩洋学也。彼固不信，辄因君发之。

今年小旱，山庄独丰收，有谷三百石，故还过冬。九月十六大风飞雪，怅念淮浦三游之踪，悲欢万端。今事有大于彼者，犹不置念，况吾身离合之迹。第三子顽劣无状，今忽而把笔为文，不幸见知于洋学之人，取入县学。天下波靡，小儿子何足道？庠序之间，人人海客，是可忧也，亦可乐也。使其皆知有忧，庶有瘳乎？而吾两人又何由从容往来，不复饮冰？久不暇谈，感君勤勤，得宣所怀。伏唯顺时颐福，幸甚幸甚。

与岑春蓂书[①]

一

前诣铃辕，未得瞻对，伏居乡曲，恒仰仁风。顷日本僧梅晓来，言鄙人于碧浪湖小洲建一亭，有陈文玮、刘国泰向其询问。此亭建议三十余年，尚在未通日本之日，兴工三年有余，亦为通国所知，始末在亭记中，谨拓原本呈鉴。鄙人向不与人争执，梅僧出家人亦以悦众为先，既有异论，想澈钧听，伏乞饬核可否。如应停工，即传谕停止，其工费若干，系鄙人与梅晓私财，无须筹偿。梅晓来湘原委，抚辕有案，鄙人初不与闻，亦不与租界相

①辑自王代功《湘绮府君年谱》卷五。

涉，实系一僧一俗私事，谨此呈明。

二

日昨市民哄变，犯上作乱，新立谘议员为市民矜式，市民作乱即议员作乱也。闿运年辈差长，理难辞咎，应请参奏，责成料理，希即补一照会，以为各省谘议之法。相如云："父兄之教不先，子弟之率不谨。"责有攸归，即是首要，无庸纷纷拿办，扯入拳匪，以惑观听也。至洋行堆栈，轻于院署。院署被焚，彼乃波及。焚署案结，余案尽结。宜先电外部，告以此事，不与官吏相干，无所谓保护之说。如各国有词，直向议员诘责，非交涉事也。万分为难，有湖南议员担任，督抚外部不必与闻，唯治议员之罪而已。如此则合于礼法，并不轇轕。

手书易顺鼎琴志楼诗集三则[①]

游诗极得江山之助，方欲细论，未及操觚也。辛未日黄昏，王闿运答上。

五日新诗久欲奉还，为儿辈所揣摩，故尚未墨。闿运拜上，十五日。

新诗大进，在湘中已欲唐突二邓，容细阅再奉还。王闿运顿，春分日。

①辑自易顺鼎《琴志楼诗集》卷首。

湖南孔教会致湘督函[①]

启者：中国文教昌明，开化最先，惟我孔子，师表万世。其道如日月江河，其言如布帛菽粟，固无须别辟蹊径、创立名目，如他教之奔走号呼乃能得国人之信仰也。但世衰道微，群言庞杂，入主出奴，莫知其非。渐而败坏人常，俶扰天纪，变本加厉，安有纪极。本会怒焉伤之，爰开会集议，以为国教事无小而不谨，言有大而非夸，俾承学之士，知所依归，亦即古人敬业乐群、以友辅仁义也。查近日各省立有孔教会，以发明圣学、救济社会为宗旨。繄我南邦，夙传北学。丁兹时局，弘道在人。兹就长沙府学宫设立孔教会，维持名教，矜式国邑，相应函请通令各属，切实提倡保护，庶使人心世道不无裨益，至纫公谊。

湖南衡州大罗汉寺募请藏经启[②]

近者末法陵迟，婆罗教炽，而湖南方务请经颁藏，以维大宝，神鼎、上林同时拜赐，连樯并轴，焜耀光华。有敬法师寄公，通慧高僧也。来主衡州罗汉寺，道俗翘心。观其上湖南道兵备隆公、调御衡州太守周公、桂阳侍郎陈公为之檀越。闿运习于南岳诸尊宿，又雅善寄公，于其坐禅闭关、结诵《法华》则赞之扬之，于其耽吟工诗则揵之推之。一日披执来请曰："罗汉寺开山师波罗末陀尊者，当梁承圣初东南波靡之时，与月氏王子、沙门智恺等结

①辑自《孔教会杂志》1913 年第 1 卷第 10 期。

②辑自王闿运手稿，转引自《浙江佛教》2000 年第 1 期翁志鹏《王闿运手稿〈募请藏经启〉介绍》，唐红卫审校。

茅衡州城北，即今寺址也。迄今将二千年，兴废屡矣。赵宋时，梦瑛法师居之，乃以《说文》字学为儒者宗，今小学盛行，瑛公教也。国初，定南诸王咄嗟檀施，重宏象教。至乾嘉期间，法事陵夷，不能供众。咸丰间，近乃稍稍兴复，号为古刹丛林。始依规律，收养行跷病僧及老废者。四方道侣，闻风来归。香积之供，一食石米。夏腊安禅，晨宵持诵。高贤接迹，宿德比肩。而寺无藏经，莫窥秘宝。敬安发愿，将往上京请求大高之本，以配南岳之藏。乃先修经阁，誓在必成。以公通敏，愿为言介，俾海内岳牧，十方贤富，各发智力，佐成胜业。”闿运怃然曰：“佛说一切皆有夙缘，悭者有时而施，奢者有时而吝。然宏愿所存，天人必应。区区好言，何能为乎？而禅家有言，使人忽醒，如鹦哥唤。余言虽微，犹胜鹦哥。师但以愿力成之，人有呵者，愿不退悔，必有鉴其诚恳，非借踵神鼎、上林之事，而可收瑛公教学之报矣。”

致邓辅纶启[1]

智亭军门一时杰士，今国史例载，次序不详。弟虽愧弱才，常恐斯人淹于庸笔，窃慕退之睢阳、子厚太尉之例，欲得其事迹，一为排比。屡移书次青、伯宜诸君，恐均入南昌之绪，遂断报章。伏乞贤兄觅其前后奏捷之章，及恤谥大典，或于曾侍郎处访其遗事，悉以见遗，庶使陋谫得所依据。若未得折，应可与罗伯宜索之，想常与相见，即乞以此纸兼示宜君也。又丁果臣亡友笠僧诗五本，在宜君尊人研生先生处。去岁弟至武冈时，忘取出。果臣

①辑自湖南图书馆编《湖南图书馆藏近现代名人手札》（岳麓书社 2010 年）。

今来索，大惧亡友遗稿之失坠也。研丈亦游江西，若不见伯宜，又求以此函转呈研丈，研丈闻在李三幕府。急求并寄，为至愿祷。兄此次进退，大可遣左太冲、刘越石诸君作感愤悲壮之词，一浇块磊，暇当为之，未审已有自述诗不？别事万端，岂可引申言之？非生员切己之事，不以相溷。敬上。弥之贤兄侍次叩讯近安。弟运再拜上。五六月间弟家书来，生得一子，未书系何月，弟忘之矣，非书无月。辄以奉闻。九月二十二日。

致罗汝怀启[①]

愚侄王开运谨上书研生表叔大人席前：自告别至武冈，时节忽易，舍中移居乡里，信使不能时至长沙。伏惟道体嘉静，私心遥喜。伯宜兄常有信回否？涤帅军事如何？梓邦控制下游，有何佳算？僻居无闻，尚乞详示。侄到此本为暂游之计，暑至不便回程，约之秋凉，方当归覲。前云课读一席，生徒未满五岁，无可施诲。且通财之谊，事异素餐。况友无私财，尤当量度。侄近况既不能无以糊口，亦未便久累良朋。闻吾邑冯明府视事有期，意欲图此一局，以便近奉菽水，未知左季君肯向裕观察一言以为助力否？左君于侄处尚留意，裕公亦肯一诺，若得吾叔便中一援，则或可成也。侄向不肯冒昧托人，况又转费齿颊，总期弱视可否，随便示书，则私意企幸。侄到此又得邻寇之警，武冈事不支，无可筹者。冯树兄想有函到，有不敢妄述。夏夜挥蚊就烛，匆匆作启，不能成楷。伏愿□亮，敬叩尊安。如有回音，即仍着人送邓藩翁便带为恳，运百拜。

---

①辑自湖南图书馆编《湖南图书馆藏近现代名人手札》。

致罗萱二启[1]

一

伯宜贤兄大人侍下：闻衣还，大喜过念。弟今乡居，相去四十里，不为不迩。即欲过访，因新从武冈归，道涂困甚。又有小事，不得即出。渴欲一见，倾伫无已。特遣信叩转，要从者一过敝闾，并乞将笠僧遗稿五本检与。又乞将平日楷写白折或词，从诸君有名之作惠一二，开以为家弟程法。即日天气煦煊，冬山有清秋之景。敬讶麈车，一豁尘颂，并询庑禄。小弟开运再捧上。

二

清明日小弟王开运叩头奉书伯宜五兄侍下：涂中得诗十篇，有二篇一呈二十叔，一赠君子，谨不复别言，辄录以上。

作客真成计，逢春定别家。故园风过柳，明月夜当花。岐路马犹顾，轻波鸥自斜。离心共芳草，著处便天涯。

水深山幂幂，雨尽路遥遥。野鹤争云疾，苍鹰挟子骄。旧家看老树，世事役山樵。欲共巢由隐，无因挂一瓢。

村舍几新故，栟榈赖尔存。危柯栖鸟辟，古树老农尊。岁月看过驵，风雷绕故根。挥鞭负清景，虚拟到芳尊。

旧日罗含宅，丛兰见尔心。白云依屋老，春雨闭门深。坐久谙啼鸟，家贫对古琴。氈巾供老宿，征田袯尘衿。

转愧扬云酒，深沾问字人。素盘供碧韭，春网跃赪鳞。请业

---

①辑自湖南图书馆编《湖南图书馆藏近现代名人手札》。

难书通，谭经六籍亲。卜邻吾□约，相劝作山民。

乍别忘归梦，初惺似在家。雨灯寒照壁，山榾夜温茶。过社空招燕，将明惯听鸦。道旁春寂寂，瘦尽野梨花。

暝色赴高楼，危阑指渡舟。雨烝青霭合，春入大江流。石气无千变，猿声共一愁。幸无明月照，何处动离忧？

马后草萋萋，寻归径即迷。乱山千树雨，去路子规啼。涧水人家外，炊烟春谷西。行人忘早暮，报午赖鸣鸡。

遥望远檐际，叹息旅人行。万竹鸣风叶，千塘急雨声。春泥愁没马，远山树欲移莺。踯躅空林里，披蓑羡耦耕。

春鸠起曙岩，花雨湿春衫。积水人争屋，一作鱼争屋。长饥马啮衔。青山随緉屐，黄独负长镵。平子空能赋，穷居草未芟。

右件杂写时物，以发出情，诗派俭寒，不足当大雅一吷，聊用代柬，并呈九兄。

致王先谦启①

王大老爷：弟王闿运顿。昨接手示，以为必请桂阳守，便可移尊合酌欢晤。案公云早晚俱不得闲，则弟处竟作虚邀，不劳奔驰应酬也。牧公处即颂，致意为幸。

①辑自湖南图书馆编《湖南图书馆藏近现代名人手札》。

致吴熙二启[①]

一

劭之仁兄先生经席：新春百胜，伏惟康和。去岁言伯母及徐姻母母家姓，未知记在何卷，乞即开示。又请遣人往总上寻沈萓圃，问其前妻姓名及其遗稿已否收回。过手人处、弟处，未得检点。今局散稿成，乃始知之。县志定于二月可齐，弟择于廿五日上船。待书成，刷数部去也。专问台安不尽。闿运顿，十二日。

二

劭之仁兄山长道席：前得惠书，事冗未复。昨至县一宿而行，故不诣叙。顷奉手教，极称谦奖。先德名贤，记述为荣。但文笔草略，未足发扬百一耳。朱翁碑记，前已频蒙示及，自当撰次。惟今岁功课丛脞，俟月内刊书悉发，再当往领行实，乞先致意。柏师并前得书，未复之，歉歉也。诸表尚须大加检对，烦琐异常。若依旧式，直增钞而已。蚕丝自缚，殊可笑叹。罗研丈不肯毕工，则欲其详尽。闿运尚未能，然已惫矣。城中近无新闻，王抚似不能来，缘政府复需人，张孝达亦将内召，湘抚殊无其选，乃知下生不易得也。此复即颂台安，惟照不尽。闿运顿，初五日。

①辑自湖南图书馆编《湖南图书馆藏近现代名人手札》。

致齐白石二启[①]

一

有汪财官者，在桂林即知大名，求刻印章，无门以达。托颜雍耆至湘代求，颜以不能代谋为词。今寓于此，欲一相见。立春日约其便饭，能惠然一临否？不能，即自愿多刻印章，亦可以免。然君之畏客，非也。多见一人，增一阅历。不必效孤僻一派，故特以请。十六日，闿运拜上白石山人坐右。

二

濒生仁兄晚安，闿运借顿。初十日午刻，借瞿协揆楼约文人二三同集，请翩然一到，借瞻清扬，想不吝也，亦有汪九与君雅故，恕不自诣为幸。

致复心三启[②]

一

复心世八兄姻家台席：族子虚荷爱留，反增咎谤，甚愧！二郎辩博，惟未经檠括，致违礼法。比即切责之，自后敛迹，近于知过。其小有跌宕，乃其才思无所发舒，时作狡狯耳，未为不驯

---

①辑自北京画院藏王闿运手迹，转引自王明明主编《北京画院藏齐白石全集·综合卷》。
②辑自欧金林主编《湖南省博物馆藏近现代名人手札》。

也。然不可失教，仍当督令读书，不许涉外事，则成材矣。令甥砥卿自相随，日见其进。今年乃微闻其不能事母，且有得拔贡时，其母痛哭之说，闻之骇愕。穷究其说，云出诸舅。十一郎亦在同学之列，未便问之。但未知其敬待阁下，推恩甚厚。如果说者不妄，何以全无教责，致陷大过？若全系忌者之口，何以俱引台端为证？亦知君家兄弟子侄均用官派客礼，不相切磋。砥卿系有用之材，若根本不立，深为可惜。虚实均望直示，且先教以顺事，务得欢心，挽回声名，乃议余事。凡失爱者，一转即顺，慈孝之名，立可彰播。或因其妇使然，今已别居，益可相安。总之此名砥卿未闻，闻之必自惶悚。倘有抵拦不服，反咎言者，则一不足齿之伧，不独弟不屑诲，君兄弟自可直斥不收，以扶清议。骨肉中有当规正者，亦宜昌言正教，以植本根。如十一郎不得干馆，即无钱讨小，前欲爱之，适以害之。今始欲折节，可受节言，以后亦宜频频规诲，以成大器。其有不足教者，至亲不无不教之理。如彼反唇，亦不足损正论也。专此奉问，惟明察不尽。闿运顿，长至前百鹿角舟中。

二

复心姻仁弟道席：闻署学不果，犹有后望，信否？鄂中不可复居，俟端公出缺后，乃可徐议也。前寄文一篇，想已转送。兹又送上千金之作，亦乞转交。未及函询两公，实缘公私冗迫，应酬纷繁，又不高兴，致成疏懒也。骤寒，想□弟清嘉能还湘，渡岁尤望。闿运病八十余日，未能静养，幸可支持，只少陶斋电问耳。十月晦日，闿运顿。

三

复心姻世仁弟执事：前闻鄂信，知仍管枢要。铁路主人未定，如分段必可借重，但不如直接菊人挤参议而代之，则鄙人亦得发摅，而铁路可成，此奇计也。喜文践诺，安志亦可为之。现钱生意，有干例禁。以后须恪守公法，先礼后财，希转致两君为幸。克日东下，相见不远。三儿考拔与选，又不能观察矣。匆匆作复不尽。九月十九日，闿运顿。

致谭大勋三启[①]

一

力臣仁兄先生侍者：自来无半岁不通书信之例，今年竟躬犯之，至歉！弥之来言，仁兄去岁小疡，谬充发肾。发肾，汉疾也，岂可使宋后人得之？然久不奉音，殊深驰系，大山屡促书问，故遗此函。但惟昭昭，兄迟懒幸甚。近作《诗补笺》，已成廿卷，复修改□□□□办东安图志，日不暇给。春来为大女在家，□□下湘。夏间又以大儿当出去，俟秋深挈以同至，益无出游之志。去腊觅百金奉还，而春甫展限四月。今四月矣，思之不如八月顿还。二百之阔，故未向所合并声明。笏山入局，诚立辞修，必有焕然改观者。闻彭年避子寿字已没于天津，果邪？非邪？磨勘事何人发难，尊处必有所闻，示知为望。闿运叩顿。

二

力臣仁兄道席：廿二日登舟，空川风雨，半旬留滞，殊无念别伤春之意，盖道力坚定矣。《庄子叙》如约钞出，又依筠老增改

①辑自欧金林主编《湖南省博物馆藏近现代名人手札》。

二条，自增五条，乞览后并致文兄，以成完本。文兄钞注而不及序，使后世疑其未见全书，非善钞者也。仁兄专钞序而不钞注，近于读四库书目之名士，亦非古法今。故通二家以成一家，由驿驰呈，并颂侍安不尽。闿运叩头，廿七日，贵县城下舟次。

三

前说为郭郎替身，弟已拟一稿，如以为可，乞加机附去，否即烧之为要。弟欲赴衡州，而无上水船。今改由常德至辰州，乃由衡赴郴，度岭航海，而之上京。计此游志壮，但恐为贼梗耳。彼局若成，即求函知，以便截留。六月内尚在衡州，程春浦处知弟踪迹，永州则仙舫先生家，郴州则魏镜如署中也，但勿泄之他人，方可云剽忽耳。拙诗乞即□□□□□□肉桂之说如何。此问力兄大人安，闿运顿。

致某某三启[①]

一

喜可知矣。闿运时乖命舛，四爱俱亡。顾影蓬庐，但涉冥想。而头童齿豁，枯不生稊。同辈廖廖，曾无相抗。独乘千里马，亦复何之？今已卜宅故乡，诛茅种秫。人世毁誉，视若蚊虻。唯待秋闱，少集旧友，重寻文星副耶之游，然后去耳。知兄迂缓，彼时须下榻舍间，作十日夜谈，更不道春生敝斋也。专此奉复，敬颂侍福不尽。闿运再拜，四月十四。

①辑自欧金林主编《湖南省博物馆藏近现代名人手札》。

二

昨有衡阳常霖生兄来，云左丁叟妻将治殡葬。伊今岁借左宅二百金，本约十月底租收乃还。因癸叟在外，左家无钱，急需此款。伊城中唯识张、李、王三家，李紧王贫，众所知也。欲请原媒代借二百金，十月内奉还，议息遵认云。弟告以台端非昔比，省城亦非昔比，恐难应急。因以昨送百金之票借之，然其推重之意，不敢壅于上闻，特以奉告。如可代假之钱店，仍乞示知。又闻耆英图，须红顶作赞。今开呈廿名，去取唯命，余面叩。闿运再拜，六月廿六。

三

周敬帆之令弟久已释放，而坐拚甚凶，至于妇女打人，并毁其神供，罗孝廉畏之如虎，深悔如此之多疑而为此烛台也。长沙门上又索罗氏规矩一百个。一百个者，一百一十千钱也。故周诉息而罗诉发，且咎弟之多事。弟不得不招出老兄，似宜善为之词，然此亦一面之词，总以往勘为实，周已释而云未放，或罗氏未受困而言大闹，皆理之所有。令敬帆呼其令弟妇等还家，其陪礼认罪则湘潭王姓代之，且须约老兄同往抚循，周童生荣于长沙县令多矣。闿运上事。

与瞿鸿禨书[①]

一

前承过，未迎为歉。连雨，竟不能步行。定十八客，再诣辞也。《湘军志》底本既允发还，乞即专使至浏取回见付，曾、郭久无料理，而以版付金刚，故此书仍当印行，不然不足存也。此上子玖仁兄世先生专席，闿运顿，十四。

二

承示谨悉，润笔例无不受。唯现钱生意，则朝夕不安。尚须腾出时光，作登楼诗消寒气。否则丝铺面倒闭，无处退还，原手今暂存台端生利，俟文成后，祗领可也。谨此璧还，求转致为幸。此颂子玖世先生台安，闿运顿。

三

止盦枢相台席：昨上一书，计已达览。顷奉七月赐书，并见和二律，感荷。城中昨又兵乱，捕斩数人始定。幸未还绿野，免闭城不便出入也。闿运暂到县城，还山过节。频遣人北上，迟迟不归，想袁公尚劳筹画耳。和樊小词呈鉴，乞饬交为幸。闿运谨启，八月十日。

---

①辑自黄显功、严峰主编《瞿鸿禨亲友书札》。

四

止盦枢相阁下：屡询近履，未敢奉书。炮雷震惊，伏惟静摄。羿彀不惊，盖有道矣。昨到长沙，值尧衢寿筵。远在青山，颂年往祝。值民变，阻不即还，而喧传郭葆生还为奸细，闿运有居停之嫌，遂归山庄。未及十日，教育长忽来相寻，令出名，取消独立，疑出谭意。遵照电袁，并遣代表面受节度。今尚未还，而喧传名捕黄、岑奔逃者，遂纷然矣。幸市面不惊，收成大稔，不须采薇蕨、拾橡栗也。尔时幸公未归，不然必与其事矣。然与其坐听炮声，不若归恭桑梓，且免乡人县县东望，幸熟计之。闿运被拉入孔教会，每日火食四千，势不能支，乃以四百金赎身，仿梁武同泰故事，其效毕祀孔庙，拜跪，不鞠躬矣。今幸免矣。徐花农前辈又见委为名誉社长头衔，一牙牌书不尽也。乞转小石尚书、樊山前辈同览为幸。闿运顿。

五

子玖仁兄世先生节下：去岁旧游燕鲁，频道江南轮政。遥闻卿云在望，行期有定。未克东迁，将俟今秋。重寻杭酒，十日之饮，或有缘邪？文教益隆，简廉多暇。弥闳经学，以俟济时，幸甚！前者刘督赴西，谬承余论。皋比之任，本非所宜。只以丁公故交，少为谈燕。求去不得，矧再往乎？儿子力薄不能供养，无事而食，窃比孟、邹，是所志也，他非所冀也。孙涵若兄落落嵚奇，坎坷颇甚。今来游湘，亦愿奋鳞。知荷轸怀，无劳拜托。当道处加之游奖，别待机缘，此则闿运夙望所期，亦孙兄私情所幸者耳。久阙音问，骤附通诚。敬颂台安，惟照不尽。闿运再拜，闰月朔日。

六

子久仁世九兄祥席：别后恒思通问，然以交卷为难。岁杪通筹，大还诸债。先作徐太翁碑，继作夫人墓铭。知音之感，同于举主。而雅韵似稍胜，亦犹《史记》之胜《汉书》也。宜求真能书者书之，叔鸿小字不能佳，诗孙未免习气。或者自庵差为沈着，但不古耳。李仲约幕友有济宁何孝廉，北碑尚有功，惜困于烟州，忘其名字，能访之乎？明年必当还朝，能迂道一过蜀否？不求贶而访友，亦未始非阅历练材之宏规，刻期杭海，又无补靳，殊无别趣矣。二孙一张均南归，计当已见。周芋生贫病不可度，昨始得万金之差，计其还帐减弊，仅能使父子还乡，而仍无立锥。吾未如之何矣。闿运今年不能复归，明秋必还湘上。先此相闻，伏惟侍奉清吉为颂。十二月朔，闿运言。

与杨钧书[①]

一

仲子姻世兄侍福：前有人从省来，云见应试，并得令兄消息，平安为喜。子妇诸孙，均于重九日到衡。乞转禀堂上，以慰慈念。张先生昨有信来，欲取夏午彝所送百金应用。弟家起屋，无须此项，但曾借张先生元银卅两，乞于此项拨还。张先生如定作田，弟再有信来取所余七十两，否即仍存尊府。乞告之堂上为望。弟暂不回乡，以省应酬。令兄今年还否？令弟嘉礼，想在今年，彼

①辑自杨钧《草堂之灵》卷九“录王书”条。

时再得奉贺也。专此即叩堂上福安，府中均吉。九月十三日，闿运顿首。

二

令伯父处有信来，能暂还家否？有书乞代为问安。

三

承示并五姐五十金，适济所用，真孝感也。可以此信寄去奖之。小东徽会，当往而不知礼冠，尊处有玄冠式否？请博访见示。此复即颂重子姻世弟节禧。闿运顿首。

四

借尊处印泥盒一用，十日内奉还重子世姻三兄。王闿运，六月七日。

五

重子姻世弟侍者：青岛一信，鼎甫一条，并乞转交。今日欲出门，以春寒较重，宜静坐领略，故未出也。专颂新喜。闿运顿首，雨水后三日。

六

过节恭喜。张先生有信来否？杨潜庵来信，索胡井榻本，云交城外其弟转寄，请便致。昨来城空手，须节赏，例不取之诸子，请借万钱，交去手带回。凡拨钱有左有借，左则即还，借则拖欠，此左非借也。此颂重子姻世弟三喜。闿运顿首。

与杨庄书[①]

一

教训子女，正齐家之学，要不外致知格物，使其情通而已。然得子女之情，难于国人。圣王纳谏，多方诱掖，尚不能得尽言。父子之分太严，母女之情至密。欲其知恶知善，喻道格非，蒸蒸太和，绳绳戒慎，盖古今所罕觏也。尧立九族，鲧则圮之。知当时大臣别有远见。三代建立宗法，以辅邦家。至今宗法久废，族谊仍在。一家富贵，族人怨望，陵弱恨强，以为天经，张口百忍，遂成仇敌。既不可行法，又无所用恩。于是有丹朱鼓瞍之谈，委之于天数；脊令棠棣之喻，怀之于独宿。子女已成路人，族众翻同反间，岂无学所能御哉！故必正心修身，先立其型；掩义断恩，善用其术。然后曲成范围，仅乃免咎，慎不可以为适然也。吾于家庭，一以庄子齐物论处之。汝兄及彭畯五，均极不以为然。然吾行事无所悔也。掩义之说，直无所谓义，但有恩耳。书此以广学途。

二

余笺注八经，皆切时用。虽专门《公羊》，而且喜者诗雅。其分六诗之体，尤破积迷。尝笑昔人以赋、比、兴在《风》诗之中，如延六客而止三人，令人失笑。又《尔雅图》，不问今名，但画一

---

①辑自湖南省社会科学院图书馆藏王闿运手迹，据《船山学刊》2001 年第 2 期周颂喜整理《王闿运未刊手书册页》录入并标点，略有调整。

幅草木虫鱼，皆成眇茫。此儒家之通蔽也。诚就余所笺求之，自知条理。以此读后人骚诗，皆可接其音容。孟子虽言尚友，观其论说，犹似未逮。马迁亦有其志，其论屈子，在若明若昧之间。岂非师说相传，独悟为难乎？夫经无常语，无剩字。诚正忠孝，不假训言；朝聘会盟，岂同史注？诚知其例，自得过精。故常惜轮扁不闻我读书，而益叹臣不能以喻臣之子也。然读我书，先须读旧本笺注之书，一一相比，乃知其妙。若但取我所言者，诵之仍无心得矣。学必从佔毕讯言始，仍有才性远近之殊。要之，亲炙闻风，在其人自得之也。宣统壬子立秋日书成以与兆仙，时在山塘山庄。

三

人各喜用其所短，如儒生言兵、经生言文是也。余少长兵间，人皆以文人待之，而独喜经世。初入京师，独为肃顺豫庭所知。时肃得君专，留余自辅。余辞以无斧柯，肃言从容谋之。及余至祁门，而驾幸热河，使余同行，当受顾命。时必亲贤并用，外征曾国藩，内用恭王，如此天下翕然，必无垂帘五十年之事也。及曾督直隶，余又移书言：“公不知外交，宜辟我自助。”及天津纷哄，曾仓皇南走。余入都相见，曾但愧谢。言得书置案头历年，忽忽忘之，使余在清苑，必无夷衅也。翁同龢主用兵，李鸿章必欲败之。余从轮船与书，劝李出督师，取兵北洋，取饷上海。李惧诸言者，以余书为证，急发电报，令焚旅顺军装。此则余欲谋国而反误国也。然使吴大澂偕余行，必无援高丽，弃台湾之事也。《九章》曰：“物有微而陨性兮，声有隐而先倡。”每诵此篇，临风三叹。

四

言为心声，字为心画，书法亦观人之要也。初学执笔，先须运腕。腕必离案，方能使转。若小时未习，长成骨犟，必当先学分篆大字，方能悬肘，用笔日益自然，无颤掉之苦，乃可习书也。书字工拙，半由天性，有下笔即妍，或终身拙劣。六朝通行章草，故刘穆教寄奴纵笔。近世唯用行楷，故工力唯有钞书。每于务闲之时，静坐窗前写书一叶，以四五百字为率，每日不可间断。如此积年，书自成章，且可暗寻书理。养心悟道，胜于临摹碑帖。计较工拙，反生烦也。余少时笔拙，每临书辄为汝姑所嗤，以此辍笔。及后得接当代三书家，如陈子鹤之行书，何子贞之八分，莫子偲之小篆，虽略通其意，而下笔便乖。所幸三十岁已后，日课钞经三纸，楷字千二三百，历三十年，至六十始无日课。此二十年犹有手钞书数十卷，故敢抗行三书家也。

五

自韩退之倡复古起衰之说，然后文有工拙，反成俳优。其实韩文不似汉也。所谓俳优者，欲人称好，务以悦人也。于是遂有法门，可依仿为之。明茅坤选录八家文，人翕然从之，乃有八股章法焉。多士骛于八股，字句排调，必有定法。习之终身，莫能振拔，去古益远。而方苞古文之法兴五百年来，心则八股，口则八家，天下靡靡，习非成是，又一世界矣。韩之文无妨成家，以为文在是则谬也。世人习于韩，乃以马、班亦为古文，并《庄子》亦以八股法观之，《左传》亦以八家文例入，《大学》《中庸》俱以八股例视之。无往非文，即无一是文，此则科举之害也。害不止文，乃及于事。心目中唯一科举，则行政无非科举矣。科举以为俳优，所谓天丧斯文，非耶！能读书，自知其来由。不求人知，则无此心想矣。不求工，乃可言文也。

六

修史必兼才、学、识，读史但记其事耳。观前世所以成败，而知用人应变之方。通经则无须措意也。《通鉴》为不暇读史者撮其要，《纪事本末》为不能记事者举其纲。“九通”只是类书，《玉海》同于兔册。故陶观大意，杜破万卷，涉猎之已足矣。然不遍观，则不能言其所以然，而事有未知，终不能应人问也。曾重伯十四岁还长沙，与郭筠仙言经子，与左季高论政治，皆瞠目挢舌，讶其博通。余与谈论，信为闳览。余乃问其年，考其时，计日读十卷，不能尽阅也。因问得何秘本，乃对以实出策纂。嘉其强记，亦为神童。人一己百，十年可毕。至于下笔，必本天才。余少闻前辈论史学，惮其浩瀚，又与友朋论史材，多云鸿文。故分别条析，以示后学。若闺房多暇，亦不难问津云。

七

历代虽钦崇六经，未得弘道之益。夫圣为木铎，未能宣讲。天不谆命，必启人灵。佛法东来，教人诵经也；八比取士，挑剔虚字也。二者似巨害，如实有弘益。盖圣言非熟习则忘，微眇非虚字不传。儒生见缁流之讽唱，而相率口授；虚字得八比之抑扬，而迥殊语气。然后于训诂之外得其情性。六经成诵，而佛法自衰；微言毕显，而科举可废。当其兴于彼而用于此，孰能知其然而推所然？生今之世，经术大明。经不虚行，必有所用。故复见三代，可豫期也。惟强盛之国，败亡以酒；疲茶之民，消耗用烟。斯则世运使然，圣天无力。默观元运，自识枢机。治经之余，亦有所会，所谓不出户庭而知天下。我静如镜，民动如烟。其妙在文字之外，而实从文字来也。开国之王，皆曰文王；孔子继世，称文在兹。文之用，远矣哉！

八

余少时诗法汉魏，而罗伯庚教以多看唐人经，宗何、郑；而莫子偲勉以自成一家。当时颇讶其言敢于搪突。及后手钞唐诗，始知歌行有无数法门；专治八经，始知先师能锢蔽聪明。两君之言，于是大效。然罗、莫造诣殊不及此。虽不敢自谓善"听言知误书，举烛能治国"也。二十时同邓弥之游祝融，每日作诗。弥之出语益奇，余心怍焉。怀之积年，及登泰山，得二句云："伊来圣皇游，非余往敢升。"自喜曰压倒弥之矣。即天门石上作书报之，及得还书，殊不知余之功力也。盖余诗境，已非师友所及。一人之身，仙凡顿别，学之力诣神矣哉。此三事未尝敢语人。偶语及，人亦忽之。昔人云：文章作者固难，知者亦不易。若能作而不能知如邓弥之，能知而不能作如莫子偲、罗伯庚，又岂古今所能料哉！汝学力去此尤远，聊举一隅，以资愤悱。

九

读书识字，本不易言，至本朝乃成一大学业。字有虚实，释家谓之能所。能谓本义，所为用法。二途既分，文章皆自此出。数千常用字，化为无量法门，斯乃中国之一奇也。自有《说文》之学，莫不奉叔重为先师。叔重之学，出于贾逵。请正文字，始于马援。盖西汉训诂，但辨文义。东汉研考，乃及点画。其说繁赜，女学诚未暇究之，亦不可粗知原流，以免茫昧。余诸女皆能分六书，而未能确据。家庭间有指授，未录成书。要之，许、贾不知鬼为先祖，而谬云阴害。治《说文》者不知也。为地字而读为女阴，则先师既讹，后生何闻？此九千文犹多谬解，何况之乎变化，轻重差讹，非有神悟，何由暗会？余尝读《论语》第一句，而叹注家不知“不亦乎”三字之谦疑，读王子、箕子之对文，而叹《微子篇》之抑扬宛转。所谓万世知解，旦暮遇之。即虚实字之心传，妙于危微精一也。

十

六艺既盛，乃多文笔。有韵为文，无韵为笔。子、史皆无韵，而人多谓之文，则汉以前以无韵者为著书也。发舒义理者为论说，叙述事迹者为传记，达于他人者为书奏。论说与著述大同，传记与国史出入。行世所用，诏令奏疏笺启条约而已。文字随世改移，自分今古。以习见为欲，罕见为雅。及其用之，若化俗为雅则更俗矣，若随欲用之必不文矣。于是斟酌变化，乃有文人。文既通行，自分时代。因时变易，有若语言。自非著书，不能仿古。但须略依体式，稍具型模。不戾今人，无乖大雅。然积习擩染，入古实难，必熏沐名家，效其声欬，所谓优孟衣冠能使楚王惊也。而世人以为可耻，则一优矣。

十一

凡学贵有恒。有恒者如寝食日有常时也。陶士行云：圣人惜寸阴，吾辈当惜分阴。惜分阴者何？朝暮运甓是也。一日之间，接人应事，皆非己课。岁月堂堂，去不可寻，惟此运甓有可验焉。余则代以钞书，日必一纸，十年则三千六百纸矣。故积书盈箱，亦自快也。孔子云：行有余力，则以学文。学文谓写字也。写字必须定身，又必静心。定静之功，得于无形。日月之逝，又有可验。其考明道理，暗悟经义，又其不求而至者也。得片时收摄身心，自然俗情日远。日惜分阴，事亦非难，人多不能为者，悠忽自放也。生平以此诲人，然未见能行之者，孔子所以未见有恒矣。诚能惜阴，自渐有恒。有恒之益无方，而入学为最捷。士行用以应官，遂成名臣。惜其不用以学，则歧政学而二之，未知内外之相养也。

十二

去圣久远，故必依经以自立。《经解篇》所论，为民六教，内圣外王之道也。汝好条理，是属词比事一流。而《春秋》博大，又未能研究，但得其意可矣。就事论事，因物付物，即所谓何必读书然后为学。此正孔子特别法门，为无学人开学派。多闻多见，自有悟入，仍不外五经五教也。事至而谋，所以处之不能无误，则又有改过一法。改而不误，即合经矣。然后知万事万变，自有当温柔敦厚之时，亦自有洁静精微之乐。不可曰国民国民，凡事自由也。人病不学，不学乃真病。一无乐趣，乃是虚生。

十三

文须先学声口，方别古今。非描画所能工，不描画愈不工也。大篇文既非寸寸可摹，五经文尤非摹仿可似。初入手时，但取东汉小简，如诸葛、曹公手牍及《世说新语》《洛阳伽蓝记》诸小说，将汉魏字句用法，熟习心口间。自然脱口如生，出手即是。如置身庄岳，无非齐语。小篇既成，乃学大篇。先成传记，乃发论说。先有绳尺，后始放纵。其作大篇，又熟读周秦汉浩汗之文，宽其气局，多其往复，泯其端倪，迷其去来，不使如八家有起伏痕迹可寻，则可入古矣。序事以《公羊》为工，论说以《礼记》

为雅。然《公羊》无大篇，《礼记》兼章节。学至二书，文品已高。参之诸子，取其笔势，马迁不难及也。盖亦非岁月可几，要取脱离时俗而已。孟子曰："未免为乡人。"乡人即时人也。孔子曰："斐然成章。"成章岂易言乎！

十四

诗咏性情，有时应用，广宴密坐，赋咏为欢。梁苑作赋，后乃为诗。建安已来，遂为例作。既非不得已之作，仍有争高下之心。故曰"老庄告退，山水方滋"，皆托物以成什也。爰及齐梁，因有宫体，游览咏物，悉入闺情。盖取其妍丽，始能绵邈。论者不晓其旨，辄以佻仄讥之，此不究而妄言也。然物情百变，题目日繁，于是有"干蝴蝶"之排律，"冻豆花"之和韵。诗题既多不典，大雅之所难言，则将投袂而起，如伊川之见妓乎？于是宋人又有小词，体既纤微，语能小巧。诗所不能咏者，词皆可以状之。盖文心日新，斯小大胥当。虽非学诣，亦逞才华。弄笔为奇，亦可乐矣。若宋人之不择言，明人之不择事，乃至奏俳优于雅坐，陈亵衣于宾筵。此则风雅之魔，亦由不善用其技，故文章之道，以识为先。盗亦有道，在人所用。好行小慧，沾沾自喜，亦乡愚而已。

十五

吟咏性情，有五七言诗，体格与四言殊绝。于六义为兴，见于正经者有喜起之歌，传于琴操者有微子、伯夷之咏。皆随事兴感，微言写情，不烦律管，自标欢怨，人情所不容已。则乐之用，非三百篇之类也。三百篇连章往复，有文之心；五七言独茧抽思，如笛之唱。由其情绪化为烟云，大海回澜，五岳方寸，其道实闳于《风》《雅》，何必托付以为商？历代以来，人人有作。余之二《选》，已备其美矣。但为之实难，成之不易，故余以诗名，而从不教人作诗。如有所怀，直取古人旧作相合者，咏数篇，胜于自作。领其妙趣，自有会心。视唐宋以来叫嚣矜夸者，倏然远矣。境界既高，俗尘自远。因文见道，莫妙于斯。故能兼温柔敦厚、广博易良之教。所谓诗通于乐，岂屑与吟风弄月者较短长哉！

十六

学不如问，学或糟粕，问必精神也。女子所见或希，则无所问，闻亦可以代问。闻见者，学之阶梯。所以致知也，必虚其心。初无成见，而后闻见乃同于学。不知则思，思亦学矣，仁者见仁，智者见智。不得言虚心以先有仁智之见存也。文者见文，道者见道，不妨为虚心以各得文道之用也。有志于学者，必日有所得。日有所得，则日益矣。日益即所谓"缉熙由分寸，以弥六合"。以之任事，沛然有余。初学童蒙，何由臻此？故《关雎》首重求贤。妃后所统，人多匹妇，将何所问？有此求贤一念，自能虚心。由闻见而审之，不患无学问也。是以颁之学宫，以教国子。由夫人一念，以为王化之原，女教岂不闳哉！而曰："女必干政，乃为平权。"因争权而得政，是乱天下之本也。不患无位，患所以立。余屡为诸卿相诵之矣。

十七

女子之诗，盖始《载驰》，词婉旨深，特工辞令。其后则文姬《悲愤》，实开杜甫，发为光芒，天骨开张。风月之吟，方之陋矣。然皆值家国之变，所谓穷而后工。间写性情，无须学此。五七言虽与《风》《雅》异体，而蕴籍大同。熟读经什，归于温厚。未有无情而能移人情者也。故动天地，感鬼神，莫近乎《诗》，《易》《书》《礼》《春秋》无其捷效。《楚词》往复，亦有冥通，千载音容，至今如接。每一吟诵，意往神移。乃知乐之感人，古所以教胄子乎！《记》曰："人生而静，天之性也。感于物而动，性之容也。"先不静不足以通神，动无容不足以养性，因其有感而行之于道，后世诗人罕足语此。无道则无文，有文斯有道。先圣以垂教，君子以会友。故孔子教小子以学《诗》，而浊世不容，无独清也。谁谓女子莫由阶圣，亦学《诗》而已。

十八

凡学必稽古，而不可不知今。知今而不为所染，则入古矣。"非三代两汉之书不观"，盖以为今古必不相通，而耳目所接无非时俗。身心扞格，自成楚越。故韩文、明诗，无一入古，不知学之敝也。韩文亦自有可观，而诗多可笑。苏诗亦自有气势，而文不可读。明诗专摹格调，全无警策，由不能自运故也。余亦摹古而能自说几句，不入时调，至于歌行波澜壮阔，能使今事为古事。《独行谣》四百韵，句句今事，句句古调，此岂能一日几乎？汝兄锐意向学，汝夫未尝把笔，尝同作一诗，懿独驯雅，同学惊诧。乃知熏陶之力，又以全不知今也。既已知今，则已浸淫入其膏肓，振拔为难；全不知今，则文理难通，何由入古？一代文人能有几人？李唐以后，又一世界。人人土气，无经义以立干，无文雅以润身。生今之世，欲为文人，盖亦如圣之不可阶乎！

十九

骈俪之文，起于东汉。大抵书奏之用，舒缓其词。经传虽有偶对，未有通篇整齐者也。自刘宋以后，日加绵密。至齐梁纯为排比，庾、徐又加以抑扬，声韵弥谐，意趣愈俗。唐人渐同律赋，宋体更入文心。自是遂有文、赋二派，愈益俳矣。夫碑版之文，贵于凝重。若气调驰骋，所谓鸷入翰林。故宜谨饬端严，以符诗项。大篇长序，必类骈词。此外笺疏，涉笔成趣，亦不宜远宗谟典，佶屈聱牙。若诏命王言，动成典要，词简意远，必依六经。《尚书》之文，迥殊论议。短句相续，不容行气。斯皆骈文之类也。能宗雅正，自然远俗。故词必丽则，骈散一家。若妃白俪青，施朱傅粉，求工字句，取材山渊，虽有可观，殊乖大雅。无烦措意，自敝精神。韩退之笑其衰颓，裴行俭嗤其器识，又在八家俳优之下也。诚知文无整散，各有体宜，则无是丹非素之见矣。

二十

文难成而易雅，诗易作而难工。故文无定法，而诗有家数。八代之作，略分两派；七言之境，约有四宗，余二《选》明之矣。至于律体，兴自唐代，亦有变化寓于绳尺。五律当以杜为骨，泽以诸家；七律以王维为高，加之驰骋。明丽犹易，挺拔难言。余尝梦邓弥之论余五律不过平稳。又尝言樊云门七律，前后若得万首，自成机杼。良以摩诘、太白未若杜之沈着，皮、陆、杨、陆不如樊之运掉。此虽小技，可以终身。七十而老斫轮，三年而刻楮叶，亦各有所乐也。艺之专精，自然合道。子云悔其《雕虫》无赋心耳。诚工一技，雷霆不闻，焉有外缘引其思至？但非博综坟典，先得道枢，则逐物意移，茫然无据。曾无暇豫，岂见妙心？孔子云："有言者不必有德。"警世之词也。所谓有言，盖诸子之文。至于歌诗，见表而知里矣。

与廖树蘅书[①]

一

苏畡老兄先生道席：正初还山，得游尘外。龙狮灯鼓，犹见承平，咫尺桃源，方成独乐。想耳闻教士，目见金山，傲世居卑，别有寄托，偃稣兴孔，送考收租，又一快也。闿运乡居一旬，稍理笔砚，拟呈尊太公墓碑录，答称美之志。虽不合八家法门，于汉格已为详切，幸斟酌之。两月期满，督部又必有鸿文。科举更张，教官必有山长。闿运引退，盖以避贤。不知矿能世守否？堆金润笔，企予望之。弟王闿运手叩。

二

积热得风，休息一日，乐可知也。篆额俟归时令写，字价稍减于兄，而犹过其父。不可远致，明当入城。来示当告胡程，行箧无具耳。新诗一首，伴肉尚乞正削。敬颂夕安。

三

前闻赉羊，心欲得之，以例却，未便再索耳。果荷重赐，感悦无似。冬笋六筐，来自嘉平，与公赐时辽远，岂使者之讆言耶？令人又悔失此十筐也。俞举早有成言，昨阅名单，天下阔人不少，但少老人耳。得公魁之，使此科生色，不可辞也。石门阎生似又删去，尊处见折底否？与小儿同举，居然年伯，虽辞免，已辱矣。

---

①前三十一书，均辑自廖树蘅《珠泉草庐师友录》卷六。

呵呵。明当相见，适有客在，不具专谢，并颂台安。

四

二十六日请客，故言二十七日断炊，其实早买零煤矣。分送则不必，反劳费也。不通卷又来四百余本，系辞馆先已出题，不能不看，斯文扫地矣。特科又生谣言，盖考生先发制人。报纸之为害如此，经济先生何以救之？

五

会试人京城呼为煤炭客，以其不谙事也。新法煤亦成矿政，又成大宗，犹瞿、张之发达矣。先生银煤并运，而阎运较贤于亨大利，则矿人之利薄矣。明年辞事，尚须为我再济，期之春水生也。送上十七饼银，不足无补，多即犒押船者。并前诗一纸，直幅一张，联则未逢暇时，俟后呈上。敬颂道安。

六

积雨新晴，方欲待路干诣谈，已复雨矣，今年恐不能步也。前承代运石炭，久不问价。买卖固无不取钱之理，苜蓿亦非送炭之官。今送上二十元，多即见还，少则更索，以示光明磊落之概，毋染山阴习气也。呵呵。

七

凉雨潇潇，归帆好发，水涸沙行，舟轿并困，故不诣送，亦以相见在即也。诗卷呈鉴，白马巷裱店所裱，物换星移，已不可追矣。公视今胜昔耶，昔胜今耶？《泰山》一篇，乃压卷之作，彼时所未有，故跋语自负，非谓书佳也。炭已大惠当领，贤劳少得为佳，所谓少许胜人多许。即颂夕安，不宣。

八

治具未虔，致阙酬献。次日即愈，二十四到城，闻已入山矣。承临问，甚感，重以大牢之胙，敢不拜嘉。初四日当得一聚，先此附谢，即颂秋喜。

九

知公先我而来，又后我而到，行踪轻简，宜其胜湘潭人也。但送炭是其专责，况正当雪上，今遣船来，所未可知自往松柏耶？亦又出尊处余积耶？乞示为幸。明午当见，先此恭颂道安。

十

明日能为罗汉寺之游否？夏临郊雨，均可赏也。园中三梅树，仅结四子，极可笑也。当往耒阳求之，得则以上。隆传草草，不足谢，附上乞鉴。到此尚未开笔，幅纸并扇，是弟一生意，即当如命。专复，顺颂大安。

十一

久未奉诣，昨遣探，始知在署，苦热，未得过从为歉。周云昆旧佣孙姓远来相投，衡州绝地，以系武字枝流，尊处能位置否？不思斗秤金银，能于渭公少壮时足矣。辄以奉干。

十二

今日始将联纸涂鸦，尚未署款，即复承润笔。鱼鲜来箕之惠，益自恧也。君豫撰著丛残，须就簏搜之。既不识其子弟，其兄又与文人隔绝，恐不可得矣。如不问诗，不待应昆之诿讹也。省城有为鬼国辟天衔之说，盖玉池所早料者，弟已为佻巧之刘崐耶？

十三

正月闻高升总局，初不为婵娟思归之说，以为不还衡而遥揽耳。三月间，以贵县南轩祭田事，又寄一书。昨到省，乃知仍吾同学也。得赐函，荷承奖谢，不以为浅弱而加美词焉。水陆之珍，山家顿富，邻里皆知仁孝之厚宠也，敢不拜嘉。园梅正熟，妇女压糖，忽得蔗冰，尤为适用，一家欢笑，以为得文章力也，过百朋矣。承示并欲书本上石，闿运但习挂帐记名之书，殊不能佳。敝同事黄觐虞、徐叔鸿亦不恶劣，公直患转折耳，俟再至长沙代谋之。时局殊无定，中外骑虎，群儿皇惑，不值静者一觑。然以矮檐下牵率忧天，公私俱无旦夕策，况长计乎？此时尚何颜拥皋比？仁兄居官当差，旅进旅退，反裕也。拙著乃群弟子敛钱本经，捐俸适中其计。学官正事，则亦可矣。来使早发，奉候午祺，并谢不尽。

十四

送别以后，以为必追湘舟聚谈坡局，乃廿五日，女船已到。官绅均不许嫁娶，赵家姊又系未出阁之老女，不租屋主婚，众议留待明春，以省往返，不得比袁本初回籍之例。以此独居空馆，静待岁除，视先生还山围炉，虽儿女满前，究无故山芋栗，以此为负也。将与谭兵备作消寒诗，甫开一社，苦无题目。其前一集，为咏物四首，俟缮写来院，方能钞呈请和。第二集即送袁锦旋，诗尚未暇作。余寿平亦竟不至。此间又派兵援桂东，军书旁午者连日，想公尚不知也。今年水仙甚少，云系烟客不来之故。此又一题目，诸郎想能知之。专颂岁禧，中外禔福。二十一日。

十五

两次入城，均不得见，提调之旷官可知，殊不及日日摸麻雀者善于其职也。闻有煌煌大文，整顿三公司，徒托空言，亦非真混，今日岂尚可庄语耶？有长沙徒弟黄伯仁，初学钱店，颇通书算，求随便驱使．与以一碗饭可矣。弟近建议开吃饭学堂，专收桐油罐，此人尚非全无用者，可添修凤楼也。秋清且游华山，冬至还湘，想又回珠泉矣。必须预备家酿，不再负约为幸。

十六

前留信，想得见。天雨不止，遂不能出。吴竹庄一肚皮话，无从说起也。妻弟蔡叔止，贵县门婿，想闻其名。兹有至戚名条，求量宜即用，统压群班，破除他人情面，作弟情面，其所关情面不少。书此以博一笑，余俟面言。

十七

别又半年，惭无新养。似闻来雁，云欲飞凫。顷奉手书，知期正岁。猥蒙忆及生日，饰以鸿词，兼媵多珍，捧承惶悚。百朋之锡，前已拜嘉。重贺叠施，谦云助作，虽知贫同于鲍叔，而炫富有类王阳。诚恐下士闻风，争夸五凤，则点金无术，将累老兄。不许原辞，必从隗始，即送考为虚行耳。且谢且笑。闿运以嫁女入城，中丞以次，制序赐寿。既为从来未有之典，又当不可称庆之时，叩首固辞，抚藩蔡公坚执不肯。岂洋务亦染华风耶？日本笑人，行将及我，先生闻之，当又莞然。贵提调亦倡率祭酒，甚妒公之先鞭也。在城度岁否，尚未可定。日内颇为烦冗。手肃先谢，迟当续启。

十八

昨遣足递笺，由省转达。伻来，知尚未入览，而鹅鹅盈笼，冬鹜山旁复得佳产，即共温泉之浴，必有补髓之功。来示乃欲取肥如某中丞之论鸽，恐家凫将随鹅去矣。去岁所馈，在舍复生二子，不知何人盗去，并母失之。谚曰：母鸡公鸭。佐食须得雄者，然不必温泉种也。今此八凫，不知几雄几雌。赐生必畜，虽公来不敢烹耳。塍以多珍，盘餐增色矣。学堂岌岌不保，惟存古尚可支持。久当往衡，缘女病未痊，窃比袁绍。承示少俟，谨迟高轩。唐碑知已重竖，折本尚未细审，然心愿满矣，亦他日故事，可入县志者。尊使为家佣所留，必欲报蛏席之赏，恐累其暗行十里耳。呵呵。

十九

七月半遣人到省，闻嫂夫人捐尘上仙，不胜惊怛。以为群纪之交，必当遣赴，迄今逾月，消息渺然。想尊府自依国故，不吊不赴，然无端遥唁，亦非审慎。展转思忖，辄令山庄诸女探明，专使谨致薄意。城中儿辈，各自营生，无人知此礼也。仁兄老年失助，哀恼可知。但逝者达生，必不以百龄为限。宽怀俯育，以慰诸郎，是所切祷。又闻窀穸已就，家政益繁，衡州之行，想可暂作排遣。遥望杖履，无任悲钦。诸位世兄，同此奉唁。八月二十日。

二十

使还奉书，知尚高卧。矿人渐有官气，宜为巡抚所留也。承示上巳行春，将临扫径，山林之乐，非物役者所希。衡席久虚，将于清明上船，作舟中寒食诗，不能作兰亭集矣。子鸭之馈，不欲使小儿女叨赐，亦求俟他时也。新成祠庙，诸男济济，此福为同侪罕有，惟有企羡。闿运为孤女所累，行止不能自由。去腊今春，吟情顿减，密坐畅谈，庶可销忧。遵谕寄书，无任驰系。十六日。

二十一

十三日上船，十六日始发，十八日还山。踯躅盛开，燕子已来，樱桃犹繁于瞿园，惜不得诗人共赏之也。久在城中，心目一朗，俟分秧后，或再入城耳。家谱呈上。来弁求一依止处，想左大人新矿须人，可顺便一嘘植否？敝处冗食者无数，若得大才为之疏通，不减唐子明清查饭数。然八字所招，爱莫能助。昔颜渊箪瓢，而孔子欲为之宰。而贫家乃有余粮，财神无患此矣。到家万事粗足，唯未向高楼一宴，以为缺典。专肃颂安，不具。

二十二

昨月一跌，几于不起。江督远来问讯，窃料仁兄必闻消息。正欲续报平安，果承专使，发函欣慰。兼拜重赐，并云可作贺仪，则一举两用，信富翁之惜费矣。同进士比于如夫人，乃至贵至珍之品，岂可与老病夫同年而语乎？宜以维多利亚之花，不宜华盛顿之腿。且翰林封膝，唯送西瓜，将俟仲夏，泥首局门，求赏差使，恐新瘥之后，不得登楼耳。碧浪新亭，经省城众议停工。闿运依《湘军志》故事，俯伏服罪，此足发公莞尔。来足早行，灯下作此。四月五日。

二十三

消夏山中，相去七舍，以触热不宜过从，致阻欢会。屡次遣人问讯，因循逾月。想北窗高卧，绕膝孙曾，比块居者独有福缘，况尘中人，敢希清境？兹因俗事，奉扰高贤，来信并呈，当蒙照准。此事久不提及，昨藩司行札到县，始得消息，云只须贵局取消，便可请抚台批了。是否无碍，希即示知，以便回报周生也。周本躬叩，弟为公省轿夫饭，令其去矣。新作食瓜诗呈鉴，知公不尝生冷，聊付两蒂，以贻细君，并付茶鲊，用佐秋供。顺颂道安，不具。

二十四

舍亲得芘，正拟申谢，适承寄函，欣快览之。大作及弟子诸诗词，并经细读，老斫轮不待言矣，两世兄挥洒莫比，尤为胜事。惟词中未留老翁地步，用意偶疏，兹为批出呈鉴。次公送赵诗，不及翁作，则地位使然，赵赏不足凭也。应酬诗姑置不论。委和楼诗，潦草塞责，实非极思，因未身到，无可说耳。今年樱桃实少，新笋不生，惟山菌颇佳，嫌同肉价。送春多雨，未得闲行，遥想清吟，无任离索之感。专复叩安。附呈五纸，惟望幸甚。三月十九日。

二十五

前闻七日不食，舁疾还乡，甚讶甚念。即欲专力走候，旋得来教，细字谨书，较当时倍加工整，乃知神明之旺也。所患症候，似是伤寒转疟，乃大幸也。天不欲困财神，勿药自愈矣，亦暗合仲景法也。山中消夏，自是清福，前约相访，正可畅谈。但避暑宜在河房，故将东下，俟初秋送爽，相见珠泉。闻新起一楼，定胜湘绮，恐有金银气耳。炉瓶拜赐，然窃有一说。以公本非匠家，托人置祭器，未宜把式。工价犒赏，仍当送上，乞即算价，再请饬匠作一副小者，为弟专祠之用，则可曰廖先生之所赐耳。本欲遣人来调节，因佣工已升碓坊老板，无人知府第所在处，今特令园丁问路前来，若不迷方，一日可至，否即须多一日耳。三儿昨俱在乡过节，行期已定十一，归期约在初伏。陈伯平前辈闻病重，闻蔡伯浩降留。想可不到苏州也。

二十六

饯刘拟于初十日，家厨来，在女工厂设席，不可附分。家厨不来，拟于藩署代办，则须公助资也。矿局尚有余力送人炉瓶，何云穷极？八十元已由长君约定明春送炭，公无交涉也。礼单收到，并谢。此颂午安。十一月五日。

二十七

今日北风，已遣人迎候，适得来诗，知已到城。适有国恤，知不拜道台，可否即令船泊东洲，下榻荒斋，作竟夕谈？即煮晚饭伺候，以成致飧之礼。余不多及，即颂旅安。

二十八

昨访余参议则有之，招则未也。承示惶悚三说，皆不敢违。在城不能久，今日家忌，明日可诣局楼一谈，后日斋集上林寺，观音生日归矣。三诗未及谈，对客奉复，即颂午安。

二十九

飞异还家，日正衔山，迎船已舣待三日矣。道中闻乱军大败，定于明日出城探之。孙婚改于明年，生日可作罢论也。附上江蟹潭油，聊佐盘餐。客来过费，似可删去海菜，但用鱼肉，并戒杀鸡鸭，以符东坡之议，幸垂听焉。高碧湄诗，仅检得头本，先行送上，乞与五郎共看之。又诗一首，并呈荪畡先生道席。十九日。

三十

前得书，懒未作复。在衡又得手书，怪其不嗣音而不罚其简慢。虽袁公之恩遇，不是过也。蔡锷之徒，何敢异心？昨归，即大风雪，以致未走谢。若再无书，恐筹安诸君又费猜疑。谨遣使报聘，并约明春花开时为珠泉之游，或有酬咏，未可知也。山居幸无验契房捐之扰，然如先生挥斥多金，而始安眠，究有贫富之分，不敢以此相骄。至然糠啜粥，则俱倏然。又幸身历三朝，而依然富贵，比之胜国诸老，为有幸福矣。专此奉复，敬颂偏安，不宣。送灶日。

三十一

辞别以来，风声日幻。近乃有汤、郭相攻之谣，事不关己，不宜过问也。但恐一旦被劫，致负宿诺。今遣人送上嫂夫人志铭初稿，即希改定。节录较略，文笔冗沓，殊不足赞扬盛美，恃有大匠加以绳削，则成章矣。农忙不宜闲游，故未得诣。并颂诸郎侍安，不具。

三十二①

又，谭心兰学正系敝县通儒，有《春秋日月表》《禹贡正义》，

---

①辑自湖南图书馆藏王闿运手迹。

皆闿运所契合。今其子不能自存，曾与张雨珊言之，雨珊向不揽事，居然慨允，以为应极力照拂，天不成美，旋即丧病。方今首府、岳常、厘局皆可位置，求转告庄廉使一吹嘘之，或能于贵局委用更佳，亦国粹也。

致郭嵩焘十八启[①]

一

文章一道，作者固难，知者亦不易。公此文非咬文嚼字之文，乃布帛菽粟之文也。此二句左季丈喜称之，彼究未尝有一缕一粒之文，无论布粟。今之世何能见及此？不揆梼昧书后，一为他日附刻集中，则后世惜之，曰两先生皆王佐之才矣。然公之意如此与否，亦竟未闻言之，无乃深入而不能显出耶？若闿运之文则显豁呈露，乃不能中进士，则斯世亦自有识公文者，而拙文身分益高矣。除夕前一日，闿运言。

二

读大文，提挈抟捖，精神弥满，不朽之作也。已交差官送衡，俟文公归，即由弟将副本送写，但恐老尚书无此气力一笔书耳。伯寅忽又奄然，内外去此二雅人，令红顶索然。闿运亦更当赏音之用，慨叹日内看地甚忙，今又有湘上之行，五日到城，再当面谈。先此来向，即颂道安不尽。十九日，闿运上玉池先生台席。

①辑自欧金林主编《湖南省博物馆藏近现代名人手札》。

三

（前缺）两行何以圣为，我闻其声不见其身，且将赋飘风矣，然聊一洗五诗之诬也。芸敏欲得拙著三笺，尊处有《礼记》一种，能先辍寄否？方遣至蜀刷之，不比《湘军志》有四处翻版，久无以应，不虞其大索至此，求权词覆之。求田甫得，传成当学宅，尔时再请代馆耶？抑开缺耶？容缓诣启，闿运再拜。借复（后缺）

四

诗选残二本，略已清理，不独钞本零落，并刻本无存，如杨紫卿、邓湘皋、曾涤生诸公皆无集本，又若新没之张力臣、李次青亦皆无选本。此事非旦夕可成，四百金之惠，未可得觊也。如欲起手，且先发省志一部来，开列人名，再访求之。至力臣所称数千人者，大约从各县志钞一二首，一日便有数千，殊未足称搜集耳。闿运启事，十三日。

五

新抚宏开珊网，旧学当已幡然。知公夹袋人尔，计已送去，为数十矣。兹有四人，系常文节称及、雨珊送来者，愿附名简末。如或厉阎罗之节，即乞特托家夔公。至幸！此颂玉池先生大安，闿运再拜。外名条三纸，共四名。四日夜。

六

送来者系十五部，乃湘潭寄来，舍侄经手，弟未解开，今云三部，则大怪矣。舍侄在夔州，当函问之也。或系尊处查点不清耶？书店十部未订，已订十部未付钱。请捎发大钞四百八十至府正街三德堂往取，可得与先送之十五部合成廿五部，较原数溢出七部，亦舍侄为之也。若如来示，则较原数少五部，疑不能明矣。闿运顿。

七

筠仙先生台席：今岁挪借敝县志局刻价数百千。王理安即日将归，须送百千。又约木行于十五已前，兑钱百余千。已从子玖借得数百金，由明年志书润笔款内弥补，别拨张雨珊还帐二百金，均约月半可得。乃北风连日，学士不来，雨珊又欲买田，不能还帐，遂至两处皆空。期日已迫，拉扯最重有信。若待至十五以后，招牌倒矣。欲求尊折于钱店暂挪三百金，以半月为期，即行归还，想可立致也。琐渎极皇恐，欲使情无不达耳。专此，并颂台安不尽。闿运再拜，十三日。

八

王理安岁暮须归，尚以为无紧要耶？初以公为讲西法能赴人之急者，今读来示，乃以为不诚，则前言半误矣。闿运行事皆可踪迹，省城店家比期，公不知耶？以知考校之尚疏也。今已典当应之，似可无庸再借。恐公又或以为负气，则进退获咎，惟自愧其不能信于大贤而已。明公大有易笏山之风，亦宋学之流敝。此复玉池先生台席，闿运再拜。

九

罗春山之子闻于耒阳之风而慕之，欲求念鱼胜之情再为吹嘘。然其名条甚不合款，闿运又无红纸，只得代写一片呈鉴。如蒙俞允，饬纪代写为感。专敬玉池先生晚安，闿运拜上，十五日。

十

代馆之说，专以成先生之美，亦以外间疑闿运怨望失职，聊释众心也。近世无复推贤之雅，而先生独能之；亦无复却聘之人，而闿运窃效之。若忽然相代，则不独僭妄，人推我而毅然不辞，是自以为真能胜任。亦且诈伪，众人皆闻不就之说，今又肯就，则平日觊望校经无疑。人已两失。先生误矣，亟作罢，论可免。此颂玉池先生晚安，闿运再拜，五日。

十一

会讲自以生徒为主，院外之人必取与院长有交谊者，诚非公所得主，况牛马走耶？应复朵翁明午茗话约，朵翁知好会讲，亦不计其到不到。朵翁昨言一次二次至于三次，即次青打输跌地、起来又打之法，维系人心，亦当用此，不妨一试行之。此复上玉池先生道席，闿运再拜，十四日。

十二

玉池先先道席：闿运之归，以儿子不能了事，待卜葬嫁女而大去，非能久乡里也。前频言讲席，以过蒙推奖，思一出其陋见谀闻，以启门人。旋以在家则义不舍亲女而及生徒，宿会有妨，故并代馆而辞焉。但能行走而已，风闻有法桂芬禅文韶之意，一旦轻举，为天下笑。特此陈情，并颂即安不尽。闿运再拜，如若缄，乞代寄。端六日。

十三

凡事必有程式，乃可遵行。今送上左景翁诗卷，求选出以为程式。一二首即知门径矣。景翁不可谓不知诗，而此卷经闿运覆阅三四，无可选者，况他人乎？来教欲以此相属，无可得用，违其才矣。此事非想钱人不肯作，以属和峤可也。此上玉池先生道席，十月廿五日，闿运上。

十四

春老可骇，令人一日不宁。送上扇信，乞察办。扇系女婿明元玉所求，知破例一挥也。此颂玉池先生晚安，闿运顿，廿一日。

十五

易稳婆者，左文襄之族女，杨宫保之旧巫，不轻至寻常百姓家。李生孟麒云与同巷，急而求之，固不应也。既产，追思发愤，言之坐，尽杂然，遂往詈打。此李佐兄之所闻。再有请者，李辞监院，礼宜慰留，薪水仍宜照阎中堂例致送，此非闿运所可与闻，而有不能已于言者。昨来相告，言已支吾对付过去矣。闿运今告李生以此事至辱，有降尊就卑、以良敌贱之耻，无论曲直，必不可承认，亦犹案费之不可收也。诫之不如耻之，李生当知愧矣。讲舍中必无与同行者，不必查也。补领膏火，既例不发，不须申明，申明反似有可发之道。是否有当，先此奉复，敬颂道安。闿运拜上，七月朔。

十六

寄禅十四夜请陈伯严、吴雁洲诸人赏月，沧生去已半月矣。偶尔谈及瞿事，诸人哗然，切责长沙令。长沙明府乃言受先生之教，今请改过。既而上告中丞，立即起解。今闻此妇投水抹刀，以致成案。此今午所闻也。闿运前告寄禅，令其回湘潭以避口舌，又致声陈伯严莫管空事。顷接来教，似太急厉，引李芋生之言尤为小题大做，鄙意即请以徐徐云尔，不宜以长者攻后辈也。后辈攻长者，可得亢直之名。长者攻后辈，胜之伤义，不胜为笑。且此事小民琐务，何足辱先生一问？天下似此屈抑者，指不胜屈。传说加增多口，又喜风波，极以镇定宽大为要。与孔生书，洋洋数千言，亦不惜墨者矣。迟即专谈，先此奉复，敬叩道安。闿运再拜，廿七日。

十七

寿苏日适有忧事，致无盛集。晴雪送年，拟设一斋，要二瞑及诸老一会，能强至否？城中又有四翰林，五十年所无，亦宜一集也。送呈近作小词，聊代萱苏。敬叩玉池先生道安，闿运顿，廿五日。

十八

筠仙仁兄先生函丈：京辇江淮皆询踪迹，闿运对以大臣却扫，未宜闲游，然朋好多望君也。涤丈言及季叟异同，亦对以胸无芥蒂。惟平日持论，欲庆谏官，而颇有得书，属望于谏官者，则不能代申其说耳。子健清稳，功在和津，固旭初所器赏。晓岱□□□□闿运而与交焉大致必胜□□但未□其措施耳。涂朗轩以理学名儒，严禁海倡，见窘吉利。比欲结帐收资，本来赴官又为火计所持，干没二万，更欲京控，恐潭州不复能得晦庵来提刑。闿运前欲为芝房世兄宗毂字君贻谋按察书记，今欲改荐子健处，其到官未知何时。先生必先见之，敢乞传闿运言，为一吹嘘。孙氏固至交年家，无须闿运特求。所以谆谆者，备遗忘也。伯寅寄书并呈，敬颂冬祺，不留一。闿运再拜，谨言。

致龙芝生论小学书[①]

芝生仁弟经席：省来书，拳拳情言，且以小学及诗目相询。以吾弟沈细之思，颖悟之才，虚受有容之德，其视运不翅十倍过之。虽欲竭精殚思以助万一，亦何足增长名业，添益豪末？然以运平昔窃念，学废已久，人耻相师，甘于不知，以自骄惰。其笃学之士，又多偏执己见，少闻通人之论，思而不学，专恃冥悟，抱守残阙，以自矜炫。故运十五以来，各有涉猎，惟诗文之艺，受教于彭、邓、李、陈及令兄诸君者为最多。而经籍鸿深，古谊茫昧，如毛郑之《诗》，何之《春秋》，郑之三礼及《尔雅》故训，许氏《说文》古今音韵之变，皆无师授，率以意测。十年之内，未尝分心应试之文字，一无声色货利古玩之好，矻矻学之，夜以继日，其苦且久，宜有所成，而望洋自阻，抚年惧逝，未始非师友讲习、少所禀承之所致也。近年以来，实学渐废，吾乡僻处，而人材称盛。然如邹叔勣、罗研生诸公，专听其言，则娓娓不倦，与之往复，则间多不酬。盖亦年已老大，耻于不知，又得盛名，自护其短也。运窃愤悱自厉，力欲倡率，以求明通，而同志诸人，鲜有切琢。所以然者，皆年长于运，时不再来，假之以年，且有他务。其小于运者，则爱慕叹羡，欲要之于同路，区区之心，非好人附，实恨孤陋，期共昌明耳。但天质限人，或有不遇，又或才高意广，鄙弃迂生，明月夜光，终遭案剑。当时不察，

---

①辑自《学衡》第41期（1925年），又见于《中和月刊》1942年第3卷第8期、《孔学》1943年创刊号、《湘潭文献》1948年第21期、《湘绮楼集外诗文》，据《武陵学术》第2辑（华中师范大学出版社2016年）何荣誉《王闿运论小学佚信一封——〈王闿运致龙芝生论小学书〉》标点，唐红卫审校。

反谓运自足其学，傲睨群英。虽复扣胸剖心，自明其志，谁相谅哉！谁相谅哉！吾弟强记深思，卓绝同辈，以运相较，若萤视星。惜比运入手略迟，未能即时方驾。然加以十载研习，出而视运，譬如骐骥后发，驽马先驱，日影将移，过之千里，固不俟先作谀词也。今承下问所疑，辄举一隅以待参证。见运之妄，盖见弟之谦。采运之愚，适成弟之美。彼此无负，斯道大明，岂不快哉！若以示他人，且谓运用权谋以笼络豪杰，由不知学乃为己，故有此纷纷也。

（一）来示云《礼记》尚未温毕，正不必求速功。此虽运实不知其精要所在，但略以意测，此书乃《仪礼》《周官》之杂记。内有二书所有而《记》明之者，则义理昭然；有二书所无而此《记》仅存者，则比例可测。有发明二书之奥者，有剖析二书之疑者。如欲精通，似当先分条目，而编集以类，庶易观览。从前气盛，见《仪礼经传通解》一书，是朱晦翁所作，摈不入目。吾弟若有闲钱，可买看其佳否。

（一）承示唐诗七言古体五十余篇均读完，以后便无甚名作。间有数家，皆小家数。其已前未选者，如王维、高适、岑参、李白、杜甫诸家，长篇甚多。其好处亦易见，大要以不庸者为可法。庸有数等，一题到手而平铺直叙，此笔庸也；出语成篇，人云亦云，此句庸也；意无新奇，此意庸也；借助脂粉及故作奇怪，此格庸也；读之不可喜，不可惊，莫名其妙，此气庸也；发狂大叫，似奇而实妄，语涉时事，似忠而实晤，此情庸也。舍此求之，则清新万古矣。

（一）承示《说文》已阅过三部，不甚了了，注解虽详而阅之不明，此误在震于注解之烦而过求之也。《说文》非奇书，不过如今《杂字》《千字文》《百家姓》之类教幼童者，以今人多不观，遂成绝学，所谓妖由人兴也。看之，先须明其作书之意。其意云何？欲明字之由来也。今人提笔从左至右一画名之曰横，仓颉则名之曰此“一”字也。惟初太极，道立于一，造生天地，化成万物。何以言之？曰一者，合而分者也，论其画则一，视其形则分矣。何以为分？凭空中有一横作“亖”，则一横之上有空处，一横之下有空处。无此一横则无上下，有此一横则有上下。上下者，天地也。故曰道立于一也。今人又提笔从上至下一画名之曰直，仓颉视之曰此“滚”字也，上下通也。引而上行读曰进，引而下行读若退。此字通上下而其用小者，不能分天地也。不能分则无所谓通，故无大用，仅成一画而已。由此一画而有“乂”字、“二”字、“十”字。此所谓字也。字者，孳生者也。孳生既广，则有六焉：一曰象形，二曰指事，三曰谐声，四曰会意，五曰假借，六曰转注。此六者，说详段氏注。在十四卷之后，可览而知。

今聊举其看法，以祛未悟。而运方治《诗》，即以《诗》言之。如《关雎》首章，“关关”二字连文，为鸟声之和。此与《说文》不相干，而亦治《说文》者所当知。即运在京，屡言重叠字无道理讲者也。人听鸟声而欲形容之，自然而言曰：此其鸣也关关然。先有此言而无此字，命一学士写之，此学士乃提笔随便写“关关”二字。其实当时写“官官”“观观”“瘝瘝”“嚾嚾”“𢇍𢇍”“擐擐”均可，但取音近，不问字义。故曰与《说文》不相干也，而不当知之者。若不知，则看《说文》至“門”部“關”字，从門，𢇍声。其训曰以木横持门户也。则必拍案大叫，曰“关”字无第二义，何以妄说为鸟声？吾为之易一解曰：关关雎鸠，必是将雎鸠关于门内。此即吾家荆公字说之作，为天下后世笑，而本朝治经家亦往往有此。故曰治《说文》者，当知其不相干也。

如"雎鸠""在河"等字为谐声。谐声者必有部首，而后附以各字。"雎""鸠"皆从鸟，而"雎"从且声，"鸠"从九声。故推之天下万国之鸟，皆可制字。假使有鸟名王壬秋，则即制"鳿鳿鵟"三字，不能容我，此字作而鬼哭之意也。其"鸟"为部首，则是象形，鳥文出而飞势宛然矣。自隶变以入为四点而形大失，天下岂有四足之鸟乎？明乎此而知俗书之无理，故动笔不欲从之。而李申夫诸人反排斥运写"鸟"字不应作乚，以为好怪，彼固不知四只脚之鸟为更可怪也。吾辈幸不入闱扃试，不惧犯帖，偶然作一二古字，以记制字之始，不为大过。而申夫诸人党同伐异，见骆驼谓为马肿背，高伯足又从而和之，揶揄我以为蚯蚓钻额，又何论柳大哥哉！但运于柳大哥不甚介介，而好议申夫诸人者，盖犹爱之重之异于俗人也。吾弟更不能厉色疾言以拒人，则揶揄者必更不少，要当付之以驴鸣犬吠而已。此读书之不能不狂也。

如"之"字，在《说文》则为象草生之形，而今古用之以为虚字，此假借也。㞢为草生，有自彼到此之意，故为往也。文字之不贯处，亦用一"之"字，以为自彼到此之贯注，故曰假借。

如"洲"字则俗书，为《说文》所不收，断不可用。何也？州从重水象形，中间空处象土之可居，若又加水旁，则重复无理。此等分别起于汉末，许君所谓乡壁虚造，不可承讹用之。今使王壬秋之"秋"欲别于四时之"秋"，遂加一秋旁，作"𥤚"字，有是理乎？有是字乎？李申夫不骂乎？高伯足不怪乎？而独至于"洲"字，则相承而用，所谓不知二五之为十，不可与论事也。

淑女"淑"字，本应作"俶"。从人则为善，从水则为清。而亦可互用，则谓之古通作某也。古人字少，同声之字皆借用。如龙本水虫之长，而龙受之龙则为酞和之酞，龙光之龙则为宠锡之宠。其本字有义，所当知也。其本字之外借用，尤当考也。不然，则束发受书，听先生所指说，以天为地，以人为鬼，而我茫然，何贵读书识字哉！由此推之，思过半矣。

如“好”字，从女子，此会意也。天下之好，莫过于男女恰配，故制字以子配女。或曰女子为好者，非也。女是象形，好是会意。不入“子”部而入“女”部者，重女也。子来配女方为好，女往从男即是嫐矣。

如“左”“右”二字，当知是今俗书之“佐”“佑”，不是左边右边。古“左”“右”作“𠂇”“又”，象形。“佐”“佑”作“左”“右”，会意。隶书以“𠂇”“又”不好写，遂借“左”“右”为之。又无以处左右本训，乃加人旁作“佐”“佑”。此等改变，虽千百世如见其肺肝也。知左右之不可为左边右边，而后知毛郑之训古、朱老晦之解谬。何以言之？宫女采菜，度即周官园圃之人，所送入宫，而后择之，势不能出到外边溪涧上也。文王之宫未必比民间两进之屋，今庶人之妻偶至门首，人尚讥之，而谓文王宫女忽然一群相率攘臂扼腕以漉荇菜，岂理也哉！即今荇菜生于宫中池沼，但言采之足矣，而必左跑右跑，方能寻采，何其蠢也！且采犹可左右，芼又何必左右？总由不识“左”“右”二字，致此谬解。若通《说文》者，一望而知为“佐”“佑”，则必无此说矣。此又所谓通《说文》以治经也。

以上各说，聊举其一，不能悉说。吾弟天资卓越，好学深思，自可由此贯通，将冀教所不逮。皞兄何时可到？想必与际云同寓。运以李篁兄之变，灰心进士，亟欲谋归，明岁会试，不能奉陪诸君，作无益之奔走，遥望五色云以为快意耳。闿运草草奉白。

际云处未另。皞兄到，乞惠我一书。前拟寄一函，今已无用，附上一览。

看《说文》法：

一曰辨俗体。如洲、佐、佑、辗、采是也。

二曰寻本意。由今观之，则“日”字扯长左边则成，又扯长右边则成，合之则为门，而不知门从二户也。“在”字似“左”字加一直，而不知从土才声也。此失其本意也。

三曰博奇趣。如画俨然飞禽，画自成敛抑，画似小儿之张手，画若毛衣之蒙茸，此有趣者也。

四曰明假借。如“求”本毛衣，引申为寻求之训，盖葛可不求，裘必须求。古人皇皇求之，制字者因象毛形而制“求”字，今人反专以为寻求之字。试问十加四点，是何理乎？推此而言，其用宏矣。

赴尚贤堂西东大儒欢迎会演辞[①]

西东中诸士设立尚贤堂，意在联合诸教，发明孔义，诚为切务。闿运年逾八十，一事无成，承召入会，何所扬赞。惟以中土民俗，与各州殊异，人各有才智，则不成和一。自古圣人，膺民乐推，乘权治世，竭其心力，理其纲维，犹人存政举，人亡政息，未有立法而永遵者也。孔子生当乱时，又值礼明乐备之后，见人民受治君相，而君相不能皆治民。前代典谟，皆言政治，已成陈言，无实用矣。然人理不息，必欲永安，故发明本心，专言拨乱。乱之由生于争利，故首戒谋食，先欲去兵，乃至以博施济众为不能立人，是并不与人利，以待其自求利。至于国不患贫，君子不谋食，谆谆教戒，注意可知。其作《春秋》，美三累，褒死节，宋

①辑自《中国学报》第6期（1913年），又见于《中和月刊》1942年第3卷第11期、《湘绮楼集外诗文》。

襄战败而比之文王，伯姬烧死而以式列国，与今世要富要强宗旨大异。今之新进，但以其名盛而不敢议耳，其实疑之久矣。诸君研究，但推求大富大强之后，无礼可以立否？立宪垂法之后，无人可以行否？闿运以为方今孔教实未明，非欲衰也。

王湘绮讲经之粹语[①]

本会前星期所讲者《论语》，今日鄙人所讲者乃《诗经》首数章。古人读书，重在能化天下，即如《关雎》一篇，关系极大。乐而不淫，哀而不伤。忧在进贤，不淫其色。此毛公之说也。大旨以进贤为本义，一部《诗经》主脑多在于此，故以《关雎》冠首。当国者苟不知此意，己既不贤，又不能用贤，国必多事。《易》曰："小人而乘君子之器，盗思夺之矣。"故必求贤以为国，求才以卫国。贤与才不同，贤乃胜于己者，宜加隆礼，不可臣服；才乃不如己者，量能录用，随意指挥，此亲贤用才之界说也。尧以不得舜为己忧，舜以不得禹、皋陶为己忧。人技若己有，休休有容，必如此廓然大公，乃能担天下之大任。《关雎》之诗，所以以求贤为忧，谆谆诰诫，"求之不得，寤寐思服"，其诚可见，"钟鼓乐之"，即荣以禄位之意。（中略）求贤必有本，有本乃有用。苟其无本，则人之贤不贤，从何识别？《葛覃》《卷耳》皆同此意。（中略）人见《诗》三百篇多言妇人女子之事，妇人女子何关当日诗旨？岂有日日召人言诗谈妇女之事者？诗有六大义，风、雅、颂、赋、比、兴，各有作用，非以此包彼。香草美人比君子，此《离骚》之所以能肇雅音也。后世以淫言诗，大违诗旨。总之诗以

---

①辑自《扶风月报》1914年第2期。

求贤用世为第一义，诸公忧国，亦当于此着眼，以求贤用世。大家能各如分量，以做事为主。（中略）试舍诗而略谈时事，中国人所以不及外国人者，其要在中国人过于聪明，嗜欲过多过杂，不能一条鞭做去。自富强之语兴，举国趋之若鹜，迄至今日，习成贪暴，愈贫愈弱。不知富强者，非文明之谓。人人心目中仅悬一强，以为身家天下，至善之鹄。充其所至，不过饱食暖衣逸居而无教，衽金革死而不厌。须知高明之家，鬼瞰其室，强梁断非美事，徒足诲盗耳，奖争耳。吾国今日不患贫而患不均，不患寡而患不安。博施济众，不可谓仁者。君子不素餐，使人受施受济，不啻陷人于不能自立。故曰："仁者，己欲立而立人，己欲达而达人。"目前之大患，正坐与此相反。昔孔子以食与兵可去，而曰"民无信不立"，其故可深长思。试问伯夷、叔齐饿死首阳，用意安在？孔子所谓"求仁得仁"，即夷齐之毅然蹈仁也。卫出公亦因国将亡，不能抵御外患，致叛子不能主国，卒成此难问题，孔子所由笔之于书也。是故不以求仁为宗旨，而以富强为宗旨，主客倒置，乃根本之大误。（中略）前者鄙人致书袁大总统谈时局，彼云："我因救时，不忍去位。"岂知现在时局若不揣其本，长此因循，断办不好。吾湘曾文正、胡文忠均才大，能用人。曾才尤有大本，其效尤宏。诸公皆以救国为念，承推鄙人讲经，要知讲经贵致用，致用须有本，有本乃能求贤，非可苟焉而已云云。

卷三

颂赞论记跋序

柑颂并序①

贾傅祠柑树，见纪《水经注》引《湘中记》云：太傅手种。昔唐虞苞贡橘柚，而黄柑不可包。致言柑者，东方朔、司马相如，年代皆在贾后，则柑树故实莫先于此。自前汉及北魏，斯树犹存，比之邵棠有余寿矣。隋唐以来，未闻遗蘖。按察夏公既新祠宇，于佩秋亭下种柑二株，以寄怀贤访古之迹。窃寻宗炳、胡济之、王升之、谢惠连并有《柑赋》，全文久佚，乃仿《橘颂》，作赞一篇。

其词曰：神禹奠衡，楚材桢兮。嘉树珍果，充苞名兮。江淮橘柚，致远实兮。唯此黄柑，美不可驲兮。剡枝重叶，冬荣雪兮。柔肤丽色，世易说兮。孕露含醴，解民愠兮。连类骈进，烂雕槃兮。受命在南，终不北兮。君欲见之，道远不可极兮。嗟兹王干，遭谗迁兮。悟尔贞植，守故山兮。灵不可以徙，中通理兮。有美莫贡，滂其弥旨兮。后人而老，寿千岁兮。芳华不沫，昭湘裔兮。双植虽少，余心古兮。坐媲正则，以荫彼后兮。

①辑自夏献云纂修《贾太傅祠志》卷二。

石床赞[①]

悒然坐，思古人。踞专榻，辞闲宾。嗟暖席，叹厝薪。临寒泉，仰承尘。翩其还，委苔榛。差怀贤，比段门。敬不毁，历梁陈。隋季昏，法物沦。圣期昌，忠雅振。祟祠丽，古井新。作兹床，视湘濒。配蜀室，侍经神。

胡氏世典赞[②]

赞曰：明编世录，陆陈祖德。既述善庆，亦垂典则。彬彬儒门，明仁是式。岂曰家诰，当承史职。

题子威世大兄姻家《世典》十二篇，以赞所称。光绪乙巳闿运。

立堂画赞[③]

指画于唐宋以前无闻，盖自元画家破古法为写意，乃有以此见奇者，酣嬉天趣，张颠濡墨之类也。近岁王君豫修《湘潭图经》，撰集县中历代画家，而刘君立堂名独在《笃行传》中，言其工绘事，恒图古孝子，为时所珍，然余未相见也。比来山庄僮仆言有客相访，鹤发道貌，类仙隐者，留赠一幅而去，则指画也，识其名为志传中人。志例不载生存人，特以先德及之。既而刘君

---

①辑自夏献云纂修《贾太傅祠志》卷二。

②辑自胡元仪《胡氏世典》卷末。

③刘安定、李超平辑自《湘潭白汑刘氏三修族谱》卷十九，唐红卫点校。

又来，出示孝子诸图，始得见君豫所称者，为志其端，时庚寅中秋也。又五年，复来访，年已近九十，云不复画矣，即画数作数休，亦无前时酣嬉之情。余料其寓意澹漠，必别有高远之致，要之见精神于十指间，当于此图征之，因增改前题，别书以诒之。乙未中秋三旬弟五日日中王闿运题。

谭文勤公像赞并序[①]

文勤公始通籍，余在公车。曹镜初为余言，文卿謦欬惊人，后必大贵。又闻初生时，有推生命者书策云："官至一品，寿七十四。"其后寿过所推，知者以为能造命。余辱知赏六十余年，既表其政学于碑，其轶事可传者，后人类能知之。其诸子以画像视余，乃督广海时照像所模。

遂为赞曰：名臣之容，恒恤乎有忧。其神当春，其气如秋。公之暮年，为国重臣。老成凋谢，其志弗申。归卧于林，四海滔滔。孰是冥观，而可消摇。河目复明，夫岂偶然？唯有余庆，以全其天。式此光烈，昭于亿龄。

彭刚直遗像赞[②]

昔图凌烟，玉貌翩翩。海波不起，壮心其已。富贵浮云，谁能写真。国而忘家，朝廷所嗟。何以慰之，孤山梅花。闿运拟赞。

---

①辑自《中和月刊》1943年第4卷第11—12期，又见于《湘绮楼集外诗文》。《湘绮楼日记》宣统三年正月二十二日记载："作谭文卿像赞。"

②辑自《彭刚直公荣哀录》卷首。《湘绮楼日记》光绪十九年七月十六日记载："作（彭）雪琴像赞。"

论词宗派示萧幹①

唐诗宋词，天下风靡，贩夫走卒皆能之，无宗派也。既就其多者为家数，则有二派，曰苏辛，曰姜吴，其近似者，皆以是准之，盖豪迈、旖旎殊耳。而词之本用不因此，人心日灵，文思日巧，有不可为诗赋者，则以词写之，故词至卑而实至难也。能于其中捭阖变化者，斯为名手，其工之不外多做多看，与诗文一也。然诗文之用，动天地，感鬼神，而词则微感人心，曲通物性，大小颇异，玄妙难论。盖诗词皆乐章，词之旨尤幽曲，易移情也。诗所能言者，词皆能之，诗所不能言者，词独能之，皆所以宣志达情，使人自悟。至其佳处，自有专家。短令长调，各有曲折。作者自知，非可言也。

词家以周、姜为准，本朝尤多作手。余间以游艺为之，非专家也。所选分三编，不过二百首。大要尽美善矣，其要在胸无俗尘，意致高深。前人亦尽有品卑而词佳者，其佳必偶然合道，不

---

①辑自《人间世》第42期（1935年），又见于《青鹤》1936年第4卷第16期、《中和月刊》1943年第4卷第7期、《湘绮楼集外诗文》。《人间世》文后有黄治跋云："右《论文》《论诗》《论作诗法》《论词宗派》四篇，为王湘绮太夫子答吾师萧玉衡先生所问之作也。太夫子手写本《论文》一篇示萧璓，盖为吾师二十岁以前原名。命题悉依写本，惟《论词宗派》则写本所无。吾师所藏《论文》《论诗》为横额二帧。《论文》跋语曰：'玉衡姻弟出纸请论文，信手书此，与昔年答尊经诸生略有异同云。'《论诗》跋语曰：'玉衡大弟不能诗而偏问诗，告以熟读《八代诗选》，戒轻作。再问，遂答以此，较之书于尊经院中者迥不同耳。'《论作诗法》，书于白绫直幛。《论词宗派》，为册叶四幅，无跋语。吾师珍藏久矣。师从太夫子治《论语》、《礼经》、今文《春秋》，辑《爱晚楼丛书》四百九十三卷。历官湘鄂赣豫，以敢言名于时。为学主绝嗜欲，劳筋骨。近年不食动物，亦不号佛。朝夕种瓜，勤及土木。尝谓古本无仆，仆朴相通，朴学当自役仆始。此与颜李学说相近，并识之以告读者。弟子黄治跋于福建长汀。"

似其素行也。若刻意求工，是如俳优，必无品矣。词所以多言闺房者，患其陈腐，故以芬芳文之，亦犹六朝宫体，只是诗料，而论者乃以妖艳讥之，是不知文体也。常笑后人说“思无邪”，误以邪正解之。呈诗必正，又何待言？后世淫亵之言，岂可以对君父、教子孙乎？凡读词，必不可有邪见。由毛、郑说《诗》刺奔，误之。见人淫奔，讳之不暇。邪淫之人，又何足刺？此由不知文，致不知事，不足与多语矣。然词自足荡人，由情之所感，因文而发，即犹声有雅郑，不必有词，如琴能使人静，笛能使人怨，非以词也。百兽率舞，只为声感。此乐之本原，无关文理。

文人之词，具于前说。超逸幽曲，不能言传。人各有性情，自得所近而已。但取前人名家之作，反覆吟之，自有拍凑会心之处。吟成自审，有不安者，斟酌易之，此则辞章之所同也。不言理，不言事，流连风月，俯仰身世，此词之所独也。无理而有韵，无事而有情，怡然自乐，快然自足，亦复上接千古，下笼百族，岂小道哉？但不可雕镂字句，强作摇曳，致使纤俗耳。

宋人论词，以用唐诗为工雅。此自时赏真，无关雅俗。其有超妙自然者，如“吹皱一池春水”“待折玫瑰，飞下粉黄蝶”“闷来弹鹊，又搅碎、一帘花影”，皆偶然得景，配以妍词，如嫱施艳妆，绝世风神。又有作意使工入深出显者，如“春慵恰似春塘水，一片縠纹愁。溶溶曳曳，东风无力，欲皱还休”，此则几经锤炼、几番斟酌而后得之，所谓“明月照积雪”，羌无故实，亦不可言传也。

词缘说辛未[①]

雨珊自号词缘，欲余为说。说曰：有缘之说，自释氏阐明于世，乃至无圣凡不离于缘。湖外旧无词家，船山曲妙一时，而词掉书袋。近世邓辛眉词近南宋，然伤秾涩。此外才慧文人皆不措意，岂非缘不偶耶？雨珊才清思深，而尤好为词。好者，缘也，才思所以满缘者也。词于文章，文章于道，不啻大海一滴水，然非缘乌能相近乎？既自号词缘，属叔鸿篆之，闿运述其说，辛未四月甲子徐树钧并书。

评陈锐诗词[②]

从义山入手，振采齐宋之间，一洗俗氛，独标古艳，心细神清，迥非时手所及。文格在汪容甫、胡稚威之间，尚当扩而大之。壬午三月丙午闿运题。

辛卯春分夜，闿运于山庄重读一过，加墨记之。五年重读君诗，意境、句法俱益深稳，惟篇格尚须镕铸浑完。君诗不患无才隽也。庚寅九月立冬前三日闿运识于湘绮楼。

格律老成不待言，风骨益苍健将肆，溢有从心之妙。乙未初伏六日蕉阴中读记，闿运。

于转换回复空灵之处尽得之矣，实处尚未纯粹耳。一回一进，佩服佩服。乙未小寒后一日闿运在长沙读过记。

---

①辑自《中和月刊》1942 年第 3 卷第 5 期，又见于《湘绮楼集外诗文》。

②辑自陈锐《抱碧斋诗话》。

诗格老成，然渐入苏杜。请君放笔为直干，大海回风生紫澜。当兼此二境，乃不退步。甲辰八月二日闿运读于南昌寓斋。

诗才气已溢，正进功时也。由此放而复敛，自能企及古人。若跌宕自喜，反悔少作，则堕落宋明窠臼矣。陈伯严、易硕甫，不可与倡和，如鸦片烟也。久不相见，正在箫鼓喧阗时，书此以代面谈。十二月二日闿运记。

刻意学周、姜，格韵自高，微有未自然、未雕饰处。昔人评诗云：秋水出夫容，天然去雕饰。乃谓既雕饰，而后天然也。雕饰非琢句炼字，如词眼、词旨所标，乃炉火纯青，无黄白之气也。相去日远，为学心同，期各勉于自然，而后从心而已。欲自然，先须雕饰，诗文词官一律也。幸无见异而迁。前寄诗稿，早已奉还二年矣。中又送桂阳聘书一通，皆未得报。今又一世矣，往事不复记，聊书附闻，闿运注。

论书法①

尺牍为帖，文论写经，皆碑类也，著一豪帖意不得。宋后书家始混之，近人强作解事，分为北碑南帖，如是则羲之书圣乃不能写碑，书法当祖唐耶？唯晋人矜夸其字，曾不肯多著。墨书本最多者，今惟赵文敏，因赵窥王，即知《黄庭》《禊序》无非碑体，而书派汪洋，亦一乐也。《道德经》五千字，凡碑无此多文，最见力量。沛斋明府庄临此通，不减蝯叟五十年功夫，书此以告临池家。宣统辛亥正月雨水日王闿运题。

①辑自端方《群贤论书》卷尾。

御题瞿氏画像记①

余童时游麓山，见陶文毅摹御书石壁上，心窃疑之，以彼受恩赐何与山川事。后经资水濑，又见摹石如麓山。尔时湖外稀见宸翰，宜其夸示若此也，宣宗御书罕觏耳。至若高宗赐内外大臣诗画、屏联、题跋，辄数十百幅，尊藏瞻仰犹恐不悉，又岂能一一勒本昭示人间哉？甲子至今，圣母临朝垂五十年，天纵艺文，同符高宗。历年长久，宸翰积叠，亦如乾隆朝，盖自古所未闻。而吾湘瞿尚书遭逢明良，位遇俱优于陶，登其堂，奎宝照耀，卿云纠缦，然尚书私独矜异者，在御题尊大父母画像。以寄兴写意之笔，得两宫褒赏，同朝王公，手迹咸在，私家所藏，孝治章焉。

闿运曾见太公，尝观其研朱落墨时，至今如接音容。太母虽未逮拜，而与其季子同学，后又与长君同举，详知懿行久矣。方其时，李文恭乞养归，门无冠盖宾，独与太公及诸乡老同宴游。而瞿氏三昆季各以文名，称高等生，廪饩馆俸，岁数百金，城中诸生无与比，固为同辈所羡矣。

未满六十年，而尚书以高第践揆席，乃得承天宠以夸同朝，而王公交相羡焉，斯可谓扬名显亲者与！则陶之矜宠御书，特一生之荣华，未足为乡里式也。古之能文者，或记其先祖之美以几于仁孝，或铭述人之嘉善盛事以劝风俗，尚书谦不自专，而俾闿运记焉。虽未能斐然成文章，亦庶乎裁之于礼道者与？光绪三十有四年孟夏甲子王闿运记。

---

①辑自《中和月刊》1942 年第 3 卷第 2 期，又见于《湘绮楼集外诗文》。

彬仪堂记

恭颂诰封太夫人恩奖乐善余母许太夫人九旬寿庆①

彬仪堂者，长沙余参议肇康新堂奉母，以许太夫人诗集旧名题之也。太夫人夙有曹谢之才，与赠荣禄公赓歌相和，集名所由兴。参议少孤，其成学在位，卓然有声，一秉于母，人皆知之。至于太夫人生平所经历，淑德所安处，益有士君子不能及者。余既少与参议从兄交游，又更历六十年以来风俗变迁，慨夫世之人不能自立而与俗推移也。

始太夫人年二十二来嫔，未十日，即典嫁衣裳奉甘旨。是时家赤贫，恒不能举火。舅姑在堂，两小姑皆在室。荣禄公与其弟授徒里中，脩脯不足半岁之食。经营摒挡，撠挶倍甚，然未尝有戚容。一灯荧荧，闺房唱和成集，故有《彬仪馆诗草》。盖当道光季年也，其时吏治昏庸，豪富封殖，币滞粟贱，士农尤困。名儒才士不能谋十金之获，赁舂日课谷二石才佣十九钱。荣禄公以子女蕃滋，益不能自存活，橐笔远游。军兴，道路梗塞，常逾年不通问。内无隔宿之粮，外无五尺之童。抚参议甫六龄，即延师授读。家或啖脱粟，馆餐必丰。荣禄公自戎幕病归，遂不起。子女八人，小者仅岁余，嗷嗷待哺，生路垂绝。乃使子就外傅，数迁居，得近师。器储衣饰，典卖一空，独藏书什袭珍重。有倍值求售者，坚请勿许，曰："未亡人所望在此。"余氏故有公田赡族，岁可分谷二三十石，而荣禄公颇负族人债，咸据此索偿。即接籍

①辑自《青鹤》1934年第2卷第5期，又见于《中和月刊》1942年第3卷第2期、《湘绮楼集外诗文》。

划抵已，不得收升斗。两子或时无师，躬自课读，《书》《诗》《礼记》皆所口授，篝灯常过夜分。而炊爨浣濯诸事，又毕力于日间。劳悴困苦，恃针黹以易米。诸女稍长，皆督令勤女工，严寒深夜，手冻僵弗辍。值岁大祲，屑米作糜，调盐豉共啜。夜或无灯，列坐一室，儿女嬉戏嘲谑，太夫人听之，怡怡如也。如是盖三十年。昔孔子大圣，疏食饮水，犹以自喜，又亟称颜渊陋巷不忧，子路大贤乃自伤贫。太夫人能自立达，以艰贞厉钝俗，斯可谓特立独行之儒与！

既而长子登第观政，出守汉阳，观察荆施，陈臬章贡。版舆奉养，悉禀母教以施于有政。慈俭之化，论者比之陶隽。大驾西巡，关中荒旱，出子俸余所献千金助振，陕抚奏依例建坊，加恩特赏大缎二匹。其后参议授山东臬司，入对，太后询起居饮食甚详，且问："汝来京后，何人侍养?"对以有弟肇度。未几，量移江西，盖令近便迎母也。非夫贤名夙著，声闻于天，何以致兹?南昌教案兴，民夷汹汹，胥责言于臬使。太夫人唯虑杀人媚人，时时诘问。参议尤用兢兢，与法参赞辨论尤厉。法使知不可夺，则请部罢臬使。去任之日，省城士民夹道饯送，拥舆不得行。既登舟，则皆罗拜船头，祝太夫人福寿，老幼相属于道。太夫人喜曰："吾可以告先舅先姑矣。"丁未岁，参议以母年九十而圣恩未已，骤起授法部，未敢陈情。天佑慈孝，假言者指摘罢归。于是乃得重兴故居，聿新隆构。太夫人居之，犹昔度也。

当道光中，余氏第宅相连，门巷喧咽，城中言奢丽者莫能尚也。而太夫人寡约守静，乌豫冀今之贵寿乎?兹堂前邻息机园，即廖大隐编《楚风补》之地。参议称觞介寿，前既有鄂中僚友八十生辰之歌颂矣，今者湘人士亦必有歌南陔洁养以为《小雅》补者，则凡世俗势位富厚之见，湘之人盛衰隆替之感，其盍亦式于母仪而求所以自立也夫！

节孝祠记[①]

祀典：州县忠义、节孝，傍学宫为祠。军兴，大建昭忠庙。桂阳陈资政士杰功成归养，既为部曲亡者立祀，推母意，大访节孝女妇未旌表者数百人，及兵乱抗烈者，上礼部，更新祠宇。所部兵士数千，各以一日饷助工，壮显炫熿。美诸兵士及陈君母尹太夫人锡类之德，铭以告后世。

铭曰：秦尚诈力，犹宣廉清。逃嫁不母，倍死不贞。刻石会稽，欲化越荆。灭乱休兵，礼教乃形。皇化永久，南郡被经。俗厉风节，男女洁诚。祠祀应典，栋宇未闳。贤母禀礼，训子有型。明明扬幽，阴教顺程。显显庭阶，烈烈醴牲。观者激印，武士敬明。请诵思娈，高山景行。

舟园记[②]

雨湖堤西有平冈小山，传云陶桓公故府所居。其东有周氏园，花佣守之，亦或垦艺为菜圃。廿年前，欧阳价人君得之，始建亭馆，益树花果，为别墅，题曰“舟园”。余至县城，频频过之。君既好客，交游多列县豪杰，侠而喜儒，文人多与游，数十年来名闻湘南。

---

①辑自《（同治）桂阳直隶州志》卷十二。

②唐红卫、李超平辑自《湘潭锦石欧阳氏五修族谱》卷二十九，唐红卫点校。何歌劲又发现于1987年《湘潭市志》。《湘绮楼日记》光绪三十四年四月三十日记载：“写《舟园记》。”

欧阳氏，故豪族也。道光初，有与曾相侯同举者，晚自号匏叟。家中资，兼爱好奇。县中文学贫士、守道固穷者无所干诣，独肯从匏叟游。远方名士过湘潭无所主，辄主匏叟。以此散其财，益自喜。匏叟东游，而价人继之。其坦直任侠略同，而条理综密。崛起孤贫，盖兴业为独难也。昭山风涛，自古称巨险，前屡议设救生红船，讫未能成。君独与善化汤司使、湘乡曾公子筹集巨资，立埠二十余处，规制宏阔。因舟名园，其以此与？

夫舟以济人为功，济人以厚生为大。湘潭称繁富，特以多谷，而近岁湘谷漏洋者，岁数百万。大吏不能禁，则重征之，米商因以为辞，则益昂其值，于是谷价三倍。贫民无粜，米肆罢市，官吏又无以为计。昔岁戊戌，官议米捐，肆贾闭门，粜者凶劫，已掠巨室、焚米船，将成乱矣。君告县令曰："速设平粜局，分城总以散哗聚。"问安所得米，则已先私买米，运小舟数十舣岸以应，其察机济变若此。

乙巳岁歉，丙午初春，众议增练乡丁，君独议以为宜省事减费，为不虞之备，急平米价以靖民心。众方迂之，以君议切，至逡巡而罢。未逾月，湘涨没城，市人楼居以汲，洛口米仓充溢，县人恃以无恐，迄无流亡。及后大赈，经手放散者，多被疑谤，君独萧然不与。故县商豪者推彭、萧、周，其分省总首有七帮。君于近岁领本帮，其货居岁息，不逾中家，而能以名字见推，有大议难必与焉，岂非有过人者乎？彼以货殖成名者，非有轻财重义、睦姻任恤之行，未足多贵也。

方君之营建兹园时，余资不能万金，而辄兴万金之工，人咸怪之。及后凡所兴作，工万金者屡矣，是其恢奇材智，固自有赴时逾众者。每值国家征助饷募义举，有所捐纳，辄推本先父母，巡抚以闻于朝，再被诏旌。教子成学，壮令从宦，出补光化令，号为健吏。尝往子官所，偶见县监狱舍湫垫，出家钱俾完葺闳敞，囚免疫蒸。尔时矜恤刑狱、改作监舍之议未发也。其仁侠利济，存心于爱民，故其子治状有闻，而民之被惠者，咸知归惠于慈父，走数千里踵门为寿。君益以自慰，更勉其子益思循治，襄守邓公，端、赵两督所称良吏也。移守奉天，檄调君子牧辽阳。方欲展其骥足，而代赵公为帅者，忌前帅所用诸将吏并及君子，俱劾罢之。用是君之子名更远闻，而君之能教益显。其年即君六十满岁之年也。辽之民寿君者，亦如光化，远醵金为祝。

吾友吴君既为文彰之，而君欲得余一言为称。余以为征之虚言，莫如征于石刻，因为勒记于兹园，以待游赏之间与知者证焉。去岁，袁京兆归里，过城不主于诸族姻，而独主君家，即兹园宾客之盛可见矣。光绪戊申夏五月乙酉朔王闿运记，宣统己酉春正月壬午朔黄自元书，民国十年岁次辛酉孟冬月榖旦敬刊。

江陵学院记代①

江陵之重于天下，自周以来，非独山川形胜之奢，盖必有与国俱立者。贤才应时则兴，育之为亟。然自唐宋取士之法敝，儒者歧体用为二，而曰道有所不行。其行者，或辞爵禄、蹈白刃、均天下，而曰彼于道有不足也。自承平时观之，循循随流，亦无以辨人材。及夫临大节、任重远，盘根错节，乃别利器。往者寇难，海内波靡，湖广之士起里塾，弃帖括，饥困奔走，以成大勋。及天下丰乐，物力饶衍，诸生从容讽议，以谋策海外，言必笼宇

①辑自《国粹学报》1906 年第 2 卷第 11 期，又见于《国朝文汇·丁集》卷十四、《中和月刊》1942 年第 3 卷第 12 期、《湘绮楼集外诗文》。

宙，目必营四海。畿甸小警，颠仆失据。夫非空言与实行之异与？《诗》曰："高山仰止，景行行止。"言远慕古圣，未若践迹循涂之易为功也。故古者国学必祀先师，耳目相接，贵于亲炙。

江陵近代名人，未有如张叔大相国者也。昔闻曾文正言，以张公与唐李太尉文饶皆以恢瑰负俗谤，而李承强固之余，张当窳塩之极，其功尤伟。曾亦名臣，爵位事望如在张公右。世之以夺情訾张者，未达权耳。管仲事仇，而孔子仁之。儒者无用，又焉知体？奭良下车，则已躬谒张公之墓，又新其祠，以式荆人。窃病夫今日之学问，趋于无用空言而不行，而轻疑先贤。是用更辟堂馆，增置公田，因立学院，祀张公为先师。与公欲废书院之意适相成也。夫通经所以致用，张公知之。不通经则不足用，公或犹未知也。诚知之，则无忿于攻己，而益免于呰谤，以全令名。多士勉乎哉！其能入修己而出康时，绍张公之鸿勋，以仰几乎鬻子之师文王，则广江陵于天下，而楚学昌矣。舍用言体，何贵乎学。

彭刚直荩绩图记[①]

《彭刚直荩绩图》二十幅，略图所经画宣力，著以示后。公功在东南，书于国史，画于紫光阁，天下后世所共知闻也。今其县人刘君复为此，以贻其文孙，俾无忘祖烈，岂徒称美铭功之意哉？昔周公谏成王，以不知艰难，曰"无闻知"。自寇平迄今三四十

①辑自《小说月报》1918年第9卷第5期，又见于《游艺丛刊》1923年第1卷第2期、《青鹤》1933年第2卷第3期、《中和月刊》1942年第3卷第2期、《湘绮楼集外诗文》。

年，湘、淮军相继不振，后生小儒徒见今壮士怯懦，畏炮弃甲，遂以为自古无肉薄徒跔之事。朝臣久妒军功致贵官者，自僧王已有“曾营欺冒”之言。而后之疆帅又实如田单金带无死之心，乃实指左、李、杨、刘之末路，以概湘之初起，曰：“诡诡，予既知之矣。”何前勇而后怯也。其意不过贱军功，其祸乃足以乱天下。一切新法，皆自不敢言战始。王安石之害，无此烈也。

孔子曰：“军旅之事，未之学也。”使必学而后能军，岂故谩言以欺人君，而自居迂儒与？闿运与彭公俱以诸生从湘军，公犯炮丸以成伟绩，闿运伏岩穴以贪天功，然于军旅，皆不待学矣。同起兵诸公，曾文正败名于靖港，胡文忠歉心于勤王。独公再起防海，夷船不犯麾帜，优游还家，以收盛名。非天独厚之，盖以其捐躯起难，经百战而不惮前敌。自少至壮、自贱至贵，不逾其度，为群公所不及也。自以不耐吏事，外督内卿，诏拜辄辞，故政教不及天下。然其在耒阳，一无名位，当厝火薪下之时，散放万金以弭乱保险。其事为史传所不重，而识量治略实征于此。冲锋摧坚，特余事耳。

知人论士，非易易也。左季公尝语余，以曾幕府多右彭抑杨，为文武之见。其后左三荐杨，竟不能副其言。杨勇悫，晚与余言，以分军为憾。余又尝叹政府不知用人，法琅之役，使公与杨同一道，即事定矣。此皆世所不知者，故附著之，俾后之论兵者知之。

秦州北山李杜祠堂记[①]

古之选大夫者，代天工宣三德，期于圣若禹、皋，而后无旷官。及考其科，则有曰登高能赋云者。夫流连山水，兴寄今古，后世俗儒所不屑为，而古之人以为圣选，何哉？恶夫以刀笔斗筲为实用，而使政术入于申商、光禹之所为也。文士轻佻纵逸之敝，易见而易知。俗吏之害，使人忘道德，绝仁义，病君戕民，而自谓勤职，为政者可不暇乎？日处尘壒之中，登高山，临大川，窥窅窱，惕深林，则旷焉、浩焉、淡焉、肃焉，于此而有会者，其不累于物、不蒙于性，可知也。尧窅然于汾阳，孔子登泰山而小天下，虽有圣智，必依于境。

秦州北山玉泉观，故隗氏旧宫地也。自汉以后，代为胜地，其游者不可胜计，而唐以来，杜文贞独擅其名。杜生不逢时，仅以词章名，后之人游其地，吟其诗，思其人，若耳目相接，莫不兴起也。故即其山祠之，祠之欲有以配之，以李供奉者，成纪人，可为地主，因建李杜祠堂，岁久倾圮。同治十年，兵备道洪洞董君扩拓修葺，以时登临，慨然有千古之感。邮书告闿运，且曰宜有以记之。

闿运以为李、杜者，诗人也。古之诗以化下刺上，后之诗吟咏情性而已。一人之见，一时之言，疑未足以动天地。然试登兹山，览其风物，曰：此隗嚣之所游也。亡新后汉间，兴废之事，

①辑自《（民国）秦州直隶州新志续编》卷六。王闿运自注："董研樵先生欲拓修李杜祠，因乞此文，旋以身殁未果，存之以识遗憾。"《湘绮楼笺启》卷一《董研樵二启》之二云："杜祠记俟思之，未可率尔。"

若蜗角蛮触之战斗，已过而不可寻矣。隗氏之前后，古圣贤人孰居游此，而已不可考。惟是文贞五言廿篇，讽咏低回。此山存，其人若存，则天宝、乾元之日月犹可见也。杜子已往，而诗之灵犹如此，矧夫诗人之为政，以胸中所蕴蓄陶写之所得，施之于民物制度，以洗俗吏迂儒之意见者，岂不远哉？

董君能诗文，专得杜之理神。其初出官时，人颇疑少年文学侍从之臣，不乐吏事。既至，期月而化行，三年而俗美，利兴敝除，尤以文教经术为重。关陇人材都会，其必有承风应时者，学诗教以美化移俗，又岂彰大夫能而已？辄摅其溸，以谂今后之善游、能诗者焉。

重修知不足精舍记①

人各有癖，矮屋小船是彭尚书之癖也。丙戌，尚书语余："自越还，以余饷建书院，既成，别作三间屋，为自愒息之地，亦为君留一榻，盍往观乎？"余诺之，未暇也。尚书又言："主讲需人，必为我一往。"余又诺之，且约曰："此生必不负诺。"越三年而尚书薨，又二年丁提举申其意来招，余至则居楼下，其上履声橐橐。余告丁曰："曾涤公不肯在周、孔脚下盘旋，余安能在诸生脚下？"丁乃特造一楼，上下十间，其时视尚书所造屋，正可打头。邓弥之又切属不可居，居必病热。然余宁病热，不愿在脚下，竟居之，楼成乃迁焉。欲题为"黄绮楼"，以志青宫太保之志，未工擘窠书，未名也。其矮屋三间，尚书自题为"知不足斋"。暗不见风

①辑自《民国珍稀短刊断刊·湖南卷》（广西师范大学出版社 2020 年）之《船山期刊》第 1 期。

日，婢妪时居之，且为浴室，亵矣！既十年定不复来，会天下多故，蹙蹙靡骋，喜衡净土，则又一至。无儿女之累，并楼可无须，而此精舍，蚁蠹草长，殆不可入，乃撤而更新之。诸生六月并无课，依章程当除名，乃各扣一月膏火钱，而衡府生云："赴试例有银。"又领去其半，余百千有奇，以充工料。程生鹏以监生得正课，不请月费，乃独任监督，指画诸匠，创成一楼，上下三间，连黄绮楼及外斋正楼、藏书楼、廊楼。于是在脚下者，皆可据百尺楼上，而新十间无楼，以不应科举者，规制大备矣。尚书将水军三十年，楼船宏壮，以接见部曲将率；有督抚重臣大帅来至，必延之小船，使曲背以入。其好矮屋，亦犹是也。盖务挫贵倨之习，乃能任事。若诸生则不然，必高其听览，尊其瞻视，远尘俗而极高明，故尚书亦好楼居。今之高楼，仍昔矮屋之意夫！记之以存旧规，而仍县其匾联。

游沩山寺记[①]

湖南佛寺，沩山最著，盖地幽而不僻，去使府近而无都会之嚣。宿德新参，栖心习静，代有名人，守其戒律，遗规具存，香田足给，隐然若世业绵祀国家之相传也。

湘潭壤地、民俗、土音皆亲宁乡，其先本一县析分，然近靳远沩。沩水出益阳马头山，今安化东，地当益阳西南。马头山即沩山也。"马""为"皆取兽形名山，因以号水。水有四源，当以

①辑自《船山学报》第14期（1937年），又见于廖树蘅《珠泉草庐师友录》卷六《湘绮楼书札》附录、《中和月刊》1943年第4卷第9—10期、《湘绮楼集外诗文》。关于此次游沩山寺，《湘绮楼日记》光绪三十二年正月十一日至十五日有详细记载。

最西者为沩山，而今以山泉悬出者为沩源，近在寺西南六里。唐时有相地者，以沩水有青莲花香，寻源入山，得地建寺，则移沩源而并移山。山两崖，不似马头，亦不似母猴，非旧图经沩山也。凡游沩山，率至寺而已。寺在山阿平田间，无登陟之劳，不独不见沩山，亦不见沩水，但相夸以游山耳。

明末时，宁乡陶密庵检讨与湘潭李湘洲尚书同游，陶作游记，按其文，山水奇胜。顷者廖荪陔典籍以书来约，续陶、李之游，为两县故事。岁首人闲，访廖横田，时正月八日，大风渡湘，几不得渡。行六十里，暮宿黄泥铺。明日犹寒，至龙凤山。廖遣夫力来迎，晡至其家。明日设酒议游事，以二舁三担，并从人凡十六。

出门西行，循乌江水至沩水北，沿平田越陌度阡，率百步九涉。八十里宿横铺，市西二里，有云山书院，县人刘氏所建也。刘果敏尝抚陕，故从罗山讲学，因于里中作精舍，规制始具，犹未暇兴学，新议尽改书院立官学矣。明日立春，大晴，从者欣喜。二十里饭黄柴，黄木江也。《沩山志》云：“唐大中时，敕建密印寺，官运材木至此，待水引入，故曰皇木。”今沩山杉材犹自此结筏出沩入湘。云柴者，柴积之，非结寨也。自柴入山，皆循沩北以西，平沙坦途，山色交映，光影萧寒。入山径，稍陂陀，稀逢樵汲，间有民舍一两间。度两山，冈峦不高，而嶦岈如门。迤右为同庆寺，灵佑师塔在寺中，有唐碑，郑愚文。《志》云：“先有密印，后有同庆。”盖佑师不起塔本寺，故徒众复为建寺护塔耳。

从寺外循径越山，曲折缘跻，随步稍高，数百步便已造坡顶。平望对山，紫翠重沓，绝似庐山五老峰，唯峻峭稍减。复下入山径，更度一重，经接龙庵，至在山亭，苍黛不及前山，亦自幽静。山农方荷锄治道，披榛填坑，问沩山，但云不远。余按陶记，登山先见瀑泉，又寺后有高峰插天，以为沩山之胜若彼。及迤逦转行，豁见平田，依山列垣，有寺临溪。众皆云已至山而不见山，唯寺后倚一峰，高与垣树齐。入客寮，问优钵昙花泉，乃在寺外，与陶记全不合。然游山探泉之兴未已，以日暮止宿焉。

诘旦，命舁往探沩水源。主僧导余等出寺，渡小桥，东南行五六里，登一山，云泉出对崖。复下磴，践石沿溪。两山嵚崟，皆纯石苍秀，有瀑泉出崖腰，悬流五六丈，如急雨檐溜，次者如决浍水，更下如竹竿通枧。水高下参差，引涧潺潺，不能成潭。所云飞瀑落石四溢，溅雪飞光，激上若千叶莲花者，或云春雨盛流有其势，而涧底无平石，必不能承泉流，文人推演无实，以欺未至者。如陶记所云，文中之沩山尔。余与荪陔皆不以泉源为沩山，故此不得言游沩山也。泉流成涧，北屈东行，过同庆寺前而会正流。游者还寺，亦别僧，自循来径，至同庆寺，看断碑。沩山远不可穷，于是俱返。

复循水至横铺，更南寻东鹜山，看汤泉。泉与山隔乌江，亦未成池。有三孔，皆热如沸，旁多养鸭者。紫龙寺僧专其利，一鸭至千钱。宁乡令以供长官、应征求，辄取肥大者，然真汤泉鸭乃瘦小，骨髓满而肉不腥。鸭即鹜也，山其以物产名与？时已上元，乃别荪陔，南北各还。余由冷水井度岭，三十里即入吾七都地。初夜还山庄，记五日游事，而以游山寺为主云。

诗曰：善游不期劳，山水养余心。既问灵泉胜，志在灵岩深。曲折随长溪，掩映度峦林。三重秀层阻，丹翠扑岚阴。望崖陵天表，转步旷超临。平田若桃源，鸡犬答和音。樵采有时逢，谓我非尘襟。暂来参玄理，欲往穷幽寻。绵途信荒寥，端坐玩岖嵚。

郭园雅集图跋[①]

宣统二年仲春八日，曾重伯、周印昆招同廖荪畡、王莘田、黄诚斋、龙研仙、胡少潜、谢重斋、梁璧垣、胡子靖、谭组安、杨晳子兄弟，宾主十四人，集于长沙城东郭氏之园。园即湘潭郭武壮故居。予与周、梁、二杨、子靖皆潭人，廖、曾、胡、谢又潭邻县人也。璧垣慨怀郭园盛时，有诗寄意。予与荪畡及见初营建时，又历数城中故宅兴废之迹，尤有慨焉。今此之会，虽未敢拟昔名流，要宜各有表见，不随时盛衰，因召照相人于倚石、临桥时各留一影，使同集之人皆有以自镜焉。春分后三日记。

慕莱堂记[②]

孔子作《孝经》以范围天地，凡血气之伦莫敢自以为不孝极之。如今之喜西学者，亦不敢非孝也。然则船坚炮利之不敌孝明矣。顾人皆自言孝，则于何验之？孔子曰：“人不间于其父母之言。”必父母以为孝，然后不能饰也。艺渊观察筑堂逾一纪矣，迎养致慕，世之人多侈之观。于忧归时，其先德待之以敛，逾旬而容不改，而后知诸君子之称道皆实词无溢誉者。盖父子天性，父爱其子固结而不渝，而子之深爱可知尔。且今之言孝者，多慈其母。观察既宦成名，而父视如婴儿，其无愧老莱允矣。《记》曰：

---

①辑自《中和月刊》1943年第4卷第8期，又见于《湘绮楼集外诗文》。《湘绮楼日记》宣统二年二月十三日记载：“夜写《郭园宴集照相记》。”

②辑自李维翰《慕莱堂诗文征存》卷二。

“父母虽没，思贻令名。”盖终身之孝也。今海内将帅战阵无勇，而方借口于管子三战三北，坐而谈西学，孝之理将澌灭焉，是用感慨而书之。

五橘堂记[①]

盖闻先哲言，人事必有瑞应，所以示休祥，期之永久。故田氏三荆，稚子连理。并垂劝戒，昭示来兹。虽休勿休，承之以敬。

五橘堂者，长沙梁氏青郊别业，纪瑞应所题建也。梁氏固江南旧族，迁居长沙，将衰复兴。兄弟孝友，起家卝冶，致资巨万。以母老乐静，筑室长沙东门外，颜曰“青郊别墅”。园亭闲旷，杂植花果。长沙尤宜种柑，通谓之橘。昔贾生宅有双柑，即屈子所颂橘也。梁园虽有橘树三百余株，岁取其实，率负担以市。宣统元年，母寿六十。八月生辰前，橘初熟。采实者就树扑摘，偶落一巨实窗前，适太夫人行过，见孙男女争玩之，取实视之，则并蒂五果。巧结所不能，固诚天瑞所示，以象五子共母俱成实也，故当生日之前而显瑞焉。值姻好盛集，五子俱侍，赞叹嘉征，图画其祥，以承其休，因以名别墅之堂。后又于墓庐飨堂，题额志之，欲后知祯祥之有自来也。

橘与柑异，今南方通呼柑为橘，字书柑为酸果，古经以柑为某，乃误作梅。柑为苞贡，不如橘。橘者，屈子作颂以拟荀卿。荀子遭乱而隐，今梁君焕奎亦以令归隐。兄弟五人并有异才，和以致祥，故五橘应之同根并蒂，适为母得，非偶然也。《尔雅》：“月阳，以橘当乙。”今医家书“橘”为“极”，盖先困后亨，由

①李超平辑自梁焕奎编纂《梁氏世谱》，唐红卫点校。

于母德致此，固乙乙其难乎？梁氏兄弟其敬承之，盖橘之生性不迁，及其成实，足以致远。今五子皆有致远之才志，由母教也。教虽由母，而成之在子。以名其堂，其非侈乎？因为文以勖之，将以示其后人。乙卯二月辛未王闿运记。

周甲七夕词题记[①]

七夕始于汉初，必自周初已传之矣。《大东》咏女牛，其聘钱隔河之说，必出稗官，亦劝农桑之意。乌鹊蜘蛛，则汉代所增衍也，其说始于桂阳成武丁，故岭外至今为盛。五谷作卤簿，陈设费动数十万，家家开户坐候，盛于元夕，由历暑新凉便游宴也。因而闺阁结七姊妹，把持夫家，以张女权，又流俗之末失，然自是承平佳话也。

寄萍堂跋[②]

昔贤立身持家，皆谋长久之计。私利繁生，达者乃矫之以幻寄，然皆非智力所能为也。大要安之则欲其久，厌之则觉其寄，寄不可以垂教也。濒生仁弟特达多能，既立其家，乃以萍寄自寓。盖兢兢欲其久，而复乃托于寄，且以消羡妒者之忌也。夫理不自安，人乃乘之。若自问可立，虽经过俄顷，人咸以得久与瞻依为幸。既土著长子孙，其泽本长邪？善言寄者，莫如沙门，而其精诣归于不坏，亦知寄之为托言也。经劫长存，岂同寄乎？故题匾

①辑自《中和月刊》1942 年第 3 卷第 9 期，又见于《湘绮楼集外诗文》。
②辑自北京画院藏王闿运手迹，转引自王明明主编《北京画院藏齐白石全集 · 综合卷》。

以广之。宣统三年十二月立春日，王闿运。

延室跋[①]

濒湘水东岸，松柏小市，常宁北地，山径至豹子岭八里，上为水口山，今银场名天下者也。自宁乡廖君荪畡始来督矿工，其仲子侍行，僦市小屋居之，即夜梦见室中题字如此。未几矿兴，大运银砂，当有堆积及工役居宿之处，乃拓大其基，经营垣墉，则得故址，如所营广轮之数，盖所梦谦叟旧功也。余既夙闻而异之，因书其寤记文字，而推测其意。天禧四年，正寇平仲谪道州之年，此云保令名不污蔑，又曰延室，盖筑以馆莱公也。故曰不俭，为先生之宅，谦叟其亦豪矣。几千年而示灵，非廖君孰能发之？

王代功手书佛说阿弥陀经跋[②]

佛说末法后，《弥陀经》独传且久，盖诸佛之总记，众生所定信。释道香发愿刊石印传，信男子王代功熏盥书之，本皆为亡母祈福，亦以总报四恩。香师方主席杲山，大弘净土，又自擅雕刻，功力洪矣。闿运常惜泰山石滩金经仅三之一，将补成之，期于来

---

①辑自廖树蘅《珠泉草庐师友录》卷二，又见于《中和月刊》1943年第4卷第8期、《湘绮楼集外诗文》。《湘绮楼日记》光绪三十三年六月十六日记载：“廖世兄钞梦中室铭，末云天禧四年谦叟作延室，铭曰：‘保此令名，以全其德。惟此汶汶，不受污蔑。不丰不俭，此为先生之宅。噫！微斯人，孰居此室？’余以为延寇平仲之词也。寇谪道州，溯湘水，故于松柏作室邀之。几神解也。”

②刘安定辑自湖南图书馆藏王代功手书《佛说阿弥陀经》拓本卷末，并点校，唐红卫审校。

生，睹此悲喜，故题其后。清净信士王闿运书，光绪十八年岁次壬辰正月辛酉朔。

宋刊老子道德经古本题跋[①]

范注今所罕引，鉴家推为秘笈，宜也。宋人喜引宋说，亦赖此见其时风气。甲寅五月王闿运题。

宋刻本輶轩使者绝代语释别国方言题跋[②]

余所藏宋本书，纸墨必精。此本盖南宋，非北宋也。方今旧本益稀，小山所云推甲，益有慨也。甲寅五月王闿运观。

题姜斋手稿礼记注跋[③]

船山遁荒所至，借书深山居停，不能得他籍，唯里塾经本，每日夜辄就所借得书于上。故其所书，唯《论语》为最多。《礼记》亦里塾稀本，不能得也。所见《礼记注》数十叶，皆在《梅庵日课稿》。自云六经开生面，此其半面也。完夫得于其族裔，得此见示，因以所闻见题志之。甲寅秋分闿运书于宛平王工厂寓馆。

---

①辑自《宋刊老子〈道德经〉古本》。

②辑自宋刻本《輶轩使者绝代语释别国方言》卷首。

③辑自湖南省博物馆编《王船山手迹》（岳麓书社 1982 年）。

题姜斋手稿礼记檀弓两叶跋[①]

自汉以来，注《礼记》存者，唯有郑君一家。明专宋学，求宋人注《礼记》者无有，乃用元陈澔《集说》，全不成书，卒无以易也。明末王姜斋以开六经生面自命，乃作《礼记章句》，以配朱子《四书》。转徙避兵，钞本未陨。道光初，湘潭欧阳晓岑、新化邓湘皋之言，江南商人之资，悉刊王书《礼记》，钞本始传。又与邹叔勣使校改，多以己说掺入，原钞本尽入邹氏。旋经寇乱，湘乡曾沅甫重开局刻之。前后两刻，余皆与闻，然不见其底本，亦不问其归宿也。姜斋书经此两刻而大显，人争求其手稿，此《檀弓》两叶，未知在两刻底本之外与？抑即两刻分散而仅存者欤？仲明得而珍之以示余，因题其轴。

题王船山礼记遗稿[②]

《礼记》虽著令试士，竟无全书，惟郑、陈二家为完书耳。近乃有船山注刊行，自夸为开生面，亦了不异前人。然其手稿散在乡塾者，具见斟酌改定之迹，余每见必跋题存之。此《檀弓》稿二叶，为仲铭弟所得，亦为书端，以志好事。余《礼记笺》皆楷书，既刻本，复以录本媵女，家无存稿。观此知姜斋之纸笔，乃以注经等于应试之起草，为可悲也。壬子题于东洲船山书院北轩。

---

①辑自《船山学报》第12期（1936年），据《宁夏大学学报》（人文社会科学版）2021年第1期李香月《新见王闿运序跋八篇考述》标点，唐红卫审校。

②辑自《中和月刊》1942年第3卷第5期，又见于《湘绮楼集外诗文》。

题姜斋手书惜余鬒赋跋[①]

姜斋隐伏几六十年，志气郁结，屈刀为镜，唯伏案吟写，著书数百万言，所书文字，殆又三四倍之。自来学人笔迹之传，未有多于此翁者。越百余年，其名大显，山谷墙壁之藏，岁月迸出，余所见笺幅已百余种。此卷乃其谢世前年，书贻衡阳唐躬园者，笔法遒胜，欲追钟、张。老犹孟进如此，诚修德君子，可为师楷者。字为心画，不虚也。展转为邵阳曾氏所得，携来衡阳。适新作精舍，祀姜斋为先师，以余主其乡学。余学派略同姜斋，而手抄口吟，终日矻矻，庶足绍之，唯拙于临仿，书无古法，以此愧之耳。辄书告学人：志道据德游艺，勉思所以不朽，毋仅以文字见姜斋尔。戊戌四月丁亥王闿运题于东洲船山书院之黄绮楼。

手批毛诗跋[②]

《诗毛氏诂训传》二十卷，同治十三年，闿运以郑笺本为之补笺。定每篇大序下所赘语为毛传，释文字者为毛诂，释义者为毛训。定子夏序为小序，每诗篇前序为大序。大序出于采诗旧题，不独非子夏所作，且非孔子所能作，说诗者一依为主。而毛公与传《左传》者同时皆用其说，以乖经义，郑君益以儒生迂远之见说古人之诗，诗意益晦，故随事为之笺。阜宁裴樾岑先生见而好焉，出十金，属觅钞手写一定本。今世钞书生多迟误，众手合成，

①辑自《船山全书》第十五册（岳麓书社 2011 年）《惜余鬒赋》附录。
②辑自《中和月刊》1942 年第 3 卷第 10 期，又见于《湘绮楼集外诗文》。

则不画一，乃以钱九千，买新刻官本，以半月之功，自钞笺寄之。乙亥四月丙戌钞笺毕。他日裴氏子孙，宜宝此本。

丁稚黄宫保历山省耕图①

嗣皇元二，邦畿亢旱，施及雍豫。大河之所经，咸无麦禾。疆臣守位，或燕燕焉，或憔悴焉，而皆懋于发施。山东涵河泲之泽，承九年之蓄，比灾最轻。巡抚丁少保疏陈民饥，率厉僚士，亟议兴发，独勤其忧，若己饥之，于是朝廷四方始闻其灾。

列省承风，乃议振荒。晋豫流亡，获轸于天心。而山东终以诚感和，孚合于太渊。神祇效职，中夏澍雨；昊泽滂流，百稼蕃昌。其始先天下而忧，其后先天下而乐。君民之交如彼，天人之应如此。然后巡省农功，夙驾郊甸。馌饎田畯，大飨宾僚。

城南历山，历下之所由诋也。上立黄屋，帝妫所祠；下穴为井，表以圣耕。厥有娥英，泉为泺原。涌波流杯，历水悠悠。于是山寺云构，馆宇明哙。俯对大都，墉若仰盂。旁连华椒，百泉融融。远览清济合河之流，遐想齐鲁襟翼之雄。

鸣葭雍容，肆筵献醉。文武之属佐，师儒之老吏，簪笏而至，曳屦而宴者，廿有五人。旧想巨公，明农于里塾；旄期尹传，扬觯于东序。有从政之暇，有山林之乐。虽卫文桑田，说民鲁鳌，小大于迈，无以逾也。

坐中宾称言曰：少保少昔莅东，戎马生郊，列郡沦胥，钲鼓

---

①辑自《北京大学图书馆馆藏稿本丛书》第八册《江阴缪艺风先生杂著》（天津古籍出版社1996年），据《古籍研究》2019年上卷颜建华、黄远发《王闿运〈湘绮楼诗文集〉集外文二篇及相关考证》标点，唐红卫审校。《湘绮楼日记》光绪五年闰三月二十八日记载：“为丁宝桢作《历山省耕图记》。”

之任，殆将十稘。乃息羸钝，罢横发，不苛于民而经用有余，不贷于邻而戍士耀威。以苏遗黎，于以安富。黄流怀襄，沇沂昏垫。自河臣不敢言工徭，共工不能鸠僝功。朝野愁叹，公独不康。再塞决河，一筑长堤。爰初发檄，灵怪夜徙。躬亲下楗，九龙扶舆。大造东氓，迄用安和。曹徐群偷，买刀买牛，数世窟奸，荡廓光明。假牧令以军政，几乎淳汉之治。十五年之泽，一日之乐。民吏虽知歌书，而钟鼎不铭，不其嗛与？

盖闻古者：甘露五瑞，画象石阙；翕河屡丰，隆周有图。髦学高隐之士前贡生张君既豫兹游，写于练缯，其年而少保拜命总督四川，遂入对。公卿列曹询治状、美功成者，闻有图画，以为宜声于诗人，俾画工模之。将以纪公宴同时之盛，补齐公出郊之乐，昭东人甘棠之思，以诒之后来。凡与宴者，具爵里、名字于左方，依汉画旁题之法。

欧阳述临三坟记石刻跋[①]

湘人得风气晚于江浙，其猛力亦十倍于江浙。本朝自乾嘉盛治《说文》，孙渊如、江叔沄等篆书，形具而已；包慎伯盛推邓炎，其作篆直用拖笔，非能篆者也。道光末，湘中乃识篆文，何蝯叟仿碑额体，自非当行。其时吾县罗氏二子并工《说文》，篆法虽仿邓氏，仍存古式。左季高丈年四十以后自命能篆，其子子重童而习焉，乃遒过于父。余二十五岁尚不知把笔，在祁门军中试习篆字，始能悬肘书，大女无非九岁能作径尺字，余愧不如也。因语左云："中年出家，一举笔辄有楷隶意，故远不及小儿女，君

---

①辑自孔夫子旧书网拍卖的王闿运手迹拓本，又见于李放纂录《皇清书史》卷二十一。

亦可以已矣。”左傲不信。今其父子书具存，高下可定也。伯元作篆亦童时所薰习，此临本已经临二百余通已后者，初视竟欲乱真，技至此乎！当在子重上，季高不能及也。交友中唯莫子偲大篆书，大字跋扈婉通，余女娥芳差似之，今皆绝矣。伯元自言手颤，已不能书，吴窓斋之流妄作耳。感吾身及见其兴绝，因并论附著之。丙午冬至后八日王闿运书于湘绮楼。

题石芝西梦图[①]

凡梦必由想，有乘车入鼠穴者，亦想所致也。尘人必无仙梦，终身无此想而已矣。余于功名无所羡，而独慕关差，自知终不能得，尝为诗曰：“朝廷恩例出中使，群臣不用夸亲贤。”若汉武之求仙，情见乎词。叔问以内府世臣，不乐从仕，问其故，则曰：“酬接实难，性不堪也。”嗟夫！孔子欲为执鞭之士，而又视不义富贵者如浮云。内差致富，不至不义，而荣于执鞭。叔问诚能浮沉十年，觊得之矣，乃逡巡不顾者，无尘心也，何必仙梦然后决哉？乃其心仙，则其梦仙，石芝瘦碧，随所寓而皆是。若必其境然，然则海上神山，金宫银阙，近人以为即大西洋岛之精室，乌知其中人皆腥臊而技巧者哉？既览斯图，并和斯作。诗曰：人生安所居，乐游清旷间。山水寄幽深，石竹媚便娟。斯境众所同，殊者俗与仙。自非琴书趣，榛榛失其研。清鹤偶一声，寥想出云天。即此知子真，何言梦乃然。

---

①辑自戴正诚《郑叔问先生年谱》。

贞林秋忆图题词[①]

汝南道上，春初景晴雨俱秀，余三四经过，思之恒不忘也。子大于秋时过之，独作《贞林秋忆图》奉怀其姊，与陟冈瞻兄有同感焉。瞻兄怀父母忆姊，怀父母犹悱恻也。男子有外事，欲事不能，女子乃得代之。此其艰巨为何如？岂仅平权参政乎？今人乃汲汲为女子谋外事，即其舍己芸人之性质，不负责任之说也。近见吴芝瑛书题颇多，已足抵一丈夫。归见此图，重有感焉。女子中大有人，何必慕男子？男子无世用，乃欲援女子自助，此与彼邻不能自立，而欲倚中国，皆不值一哂也。观程姊游记，犹自谓未展其用，故书此奖之，且以告当世议倡女学者，知女学已盛也。乙卯惊蛰节记。

四岳诗跋[②]

狮子搏象用全力，必异于搏兔子力。凡登岳望海诗，必气足盖之，以不用力为力也。杜子美语必惊人，即其不及古人处。余廿时与邓弥之游祝融，邓诗语雄奇，余心愧之。怀之卅年，乃得登岱诗，压倒白香亭矣。古今华山诗，推魏默深。余诗较从容，亦稍胜也。本朝湘中两诗雄皆出邵阳，亦一奇云。

---

①辑自程颂万《石巢诗集》卷二。

②辑自《湘绮楼说诗》卷八，又见于《中和月刊》1942 年第 3 卷第 4 期、《湘绮楼集外诗文》。

赐麟阁集跋[①]

前人咏史，惟举一事。唐人始总括纪传，胪次古近。西涯次为乐府，跌宕成篇。体兼论赞，词协宫徵，颇为读者所称。闿运昔有廿史赞，悉为四言，亦诗类也。然李句长短无定，拙作平仄不谐，比之胡、曾，迥别难易。易者虽巧，未若拙者之难也。

长汀胡君咏史诗四卷，组织二十朝史于七律之篇，对白妃青，和声合韵，实为艺林创作，推倒前贤，自开生面，诚为伟矣。君以名孝廉作令江西，中飞语，闲居院司，皆知其能，或未知其文也。诚览是编，才大心细，簿书繁杂中，游刃自如。史材之长，即此可知。方今求宏通之士，因诗知人，何异闻乐知德？他日再任烦剧，不废啸歌，当于此见之。甲辰仲冬月丁酉王闿运跋尾。

竹盦诗录跋[②]

余少为诗词，好作绮语，而邓七丈以为幽怨之词，非富贵征。及主讲成都，专以六经课士，弟子胡延、张祥龄喜文词，廖平治《公羊》。其后胡、张出仕，颇有政绩。廖倡新说，谈革命，遂令天下纷扰。然则邓丈所云，似不足尽信。酉阳王竹闲以知医来视余疾，且以诗为贽，不求闻达而有哀怨之音，盖其隐居求志，固比胡、廖为足多矣。

当今处士横议，本无是非之可言，其或奔走国事者，不过如

---

①辑自胡钦《赐麟阁集》卷末。

②辑自《湘绮楼说诗》卷七，又见于《中和月刊》1942 年第 3 卷第 4 期、《湘绮楼集外诗文》。

贾人之趋市耳。竹闲不及与胡、廖诸子同时讲学，而其遁世无闷之心，实为今日所罕见。余故乐为书此。世之览此者，其亦有同慨乎？

久芬室诗集跋[①]

湛翁之诗，独茧自缫，时吐经纶。要其于冷涩处发苕颖，则宋诗之味、唐诗之格也。其诗不多作，而亦不矜持。不作，虽有率易，必出遒峭，其真得诗之乐者乎？行九州几遍，无岁不在羁旅中，可谓困矣。名重公卿，治有政状，又非不遇也。此其味，皆入诗。故必非黼黻藻采之章，其所谓诗能穷人者邪？世之达人不乏，而诗人可数。以此易彼，要在时派外求之。光绪壬辰十二月立春日王闿运谨题。

成山庐稿题跋[②]

刊落浮华，自然坚卓，运精力以回复，探杜、韩之实际，于近代作者宜不屑较工拙矣。惟使笔间伤直致，或有词意俱尽之弊，标其瑜则瑕见，当许我为启予。乙丑日夕当西窗更题。闿运。

华夏楼文集续编题跋[③]

大著文集起于《尚书》，春秋战国迄于秦汉六朝及诸子百家，

①辑自郑襄《久芬室诗集》卷首。

②辑自唐炯《成山庐稿》卷尾。

③辑自夏绍笙《华夏楼文集续编》卷首。

无所不通，即无所不学，洵为大手笔。

坚白斋集题跋①

五言峭直缒凿，有谢宣远之丽，而含刘公幹之刚，真可拔帜，自成一队。律体乃时有跌荡、流转、和易之风。湘潭壬秋王闿运。

题剑闲斋遗集②

乐府题诗，太白能以新调入古意，明代学者但以新词易古调。作者追踪太白而藻韵有异（人明）［明人］，由综览古集也。李佳句云："海水直下万里深，谁人不言此离苦？"又云："有长鲸白齿若雪山，公乎挂罥于其间。"又云："闺中织锦秦川女，碧纱如烟隔窗语。"又云："五月天山雪，无花只有寒。"皆看似容易，成来千锤炼者。不遍读古诗，不能知其超脱。杜诗惟有"清渭东流剑阁深，去住彼此无消息"二句，差可望其风格。若"先帝侍女八千人，公孙剑器初第一"，则又是少陵本色耳。闿运读讫附论。

题张海门侍讲画梅册③

侍讲师督学吾湘时，诸生见奖异者，恒得篆联、画扇之赐。古劲屈强，书画一法，高节冷心，迥出时贵。弟子亦皆能自立，

①辑自龙汝霖《坚白斋集》卷首。
②李超平辑自陈瀚《剑闲斋遗集》卷首，唐红卫点校。
③辑自《蔚报》1929 年第 32 期。

不负甄擢。至今四十余年，言学政修举者，莫能及也。风雅宏达，性情尤挚。凡在师门，如家弟子。闿运受知尤深，而不由试艺。唯得寄赐一联，兵丧播迁，为从弟盗卖。其后携纸至杭，将觐平湖而烽火连吴越，夷舶进窥大沽，奔走不暇。竟闻山颓，生平之恩绝矣。

东墅丈与师异籍，而情逾弟昆。以师故，故加礼接。文雅肫笃，诚相伯仲，逋峭稍不及也。见侮俗吏，困窘无聊，然有文酒过从，翛然神远，即不知院司长官期会。闿运幸早充隐，敝帚千金，未尝辱贱以羞知己。

师长子文心，名宪和。以师学政殊异，胡文忠特论荐叙湘中县令。乡举一试不第，遂从吏役，频宰山县。循声流闻，超然止足。弃官而去，近世所稀见也。而吾湘自此思慕张氏之余风，更有深矣。《传》曰："思其人，爱其树。"矧夫笔迹手泽之存乎？顾得师书画者，或珍秘，或亡佚，皆不易见，而其家（娄）［屡］经播徙，亦复无存。此乃文心官湘中时，转乞于东翁者。闿运见之，则尤感怆旧游，茫茫百端，不知所置心，尚何遑论画评书乎？爰记因由，以待后世两家子孙及浙湘有渊原者，知当时之踪迹。丙申腊月弟子闿运敬题。

为俞廙仙中丞题彭雪琴尚书画梅[①]

雪琴画梅，以童时有所眷，小名梅香也。画梅必自题一诗，诗皆有寄意。知其事者，不知其后之参商也。俞廙仙名辈稍后，不敢问其画梅缘起，而求其画，诗画皆有怨意。及来抚湘，尚书

①辑自刘成禺《世载堂杂忆》"彭玉麟画梅"篇。

已逝，廙仙所得画，想系梅、雪乖离后所作。将归杭，请余题之，为作此词。感德怀人，即事寄情，点化人情不少。英雄儿女，一齐放下，况功名富贵之幻乎？

夷务论小序①

昔贾生以三表五饵制单于，人讥其疏。然近效于中行说，远大效于蒙古，匈奴遂亡。王佐之谋，众人固不识也。海国纷纭，自余有知，至今五十年矣。熟虑深思，尝有说焉。传之人必以为病狂，非但迂而已。然余知贾生，必有贾生知余。秘而不书，匈奴且笑人乎？凡议事不详尽，当须施行出自朝廷，辄仿汉臣稿草并上之义，拟诏制若干首。傥有求相如书时，以此进焉。不则传过百世，以待智者。有信余为智士不妄言，则冀可观之矣。

重刊唐诗选叙辛丑四月②

小年读汉以来五七言诗，辄病选本之陋。尔时求书籍至难，不独不见善本，且不知名。年二十余，乃得《古诗纪》《全唐诗》。旅京师，合同人钞选八代诗，还长沙，录选唐诗，皆刻于成都官局。《八代诗选》先成，《唐诗选》未上板，而余送妾丧归，留二百金令弟子私刻之。主者以意去取，讹误甚夥，及刻成印来，盖不可用。《八代诗》则官钱所刻，版固不易致也。保山刘景韩昔应

①辑自《中和月刊》1942年第3卷第8期，又见于《湘绮楼集外诗文》。

②辑自《唐诗选》宣统三年东洲讲舍刻本卷首，又见于《湘绮楼日记》光绪二十七年四月十七日、《湘绮楼说诗》卷一、《中和月刊》1942年第3卷第10期、《湘绮楼集外诗文》。

秋试，在京师见《八代诗选》，便欲任剞劂。及蜀刻成，刘权苏藩，又令官书局雕版。同县胡子夷又别有校本。唯《唐诗选》但蜀缪本，逡巡便五十年矣。《唐诗》首卷，余仲子手钞。近岁有张生专学孟郊诗，原选本孟诗仅两首。余恐专家病其隘，乃更自补入孟诗卅首。余仍无所增，以不能出八代外也。仲子孤女少春笄年，工写书，因俾掌之。区区钞撰，俄经三世，信日月之长也。凡学明盛则必就衰歇，咏歌而计工拙，学之尤小小者，然在当日，如瞽之无相，夜之迷途，今乃得快其吟，幸甚至哉！自今以后，有求选本如余者乎？但恐学业废，时地异，不得闲写其性情，则汉、唐作者又笑余多事也。辛丑四月壬子记。

湘绮楼词选叙[①]

往者，孙月坡工填词，为陈希唐师，同在南昌，与邓辛眉日相唱和。余弱冠，方抗意汉魏诗文，未屑屑也，亦实不解其佳处。及还长沙，闻李伯元及希唐并殉国守，独对所题《燕子图》，吟想悲凄，始自作小令。长慢虽不能工，于月坡所言门径，固识之矣。而辛眉先得邓七丈寄声来戒，言作词幽怨，非富贵寿考征，且大雅不为。邓丈意以箴其子，托意于我耳。自此方乡学多所未闻见，亦不暇寻摘矣。

及至成都，年垂五十，粗识文学之津，与及门诸子谈艺，间及填词。稍稍为之，则阑入北宋，非复前孙氏宗旨。然箧中故无词本，仅有卅年前孙曼青所赠《绝妙好词》，朱竹垞窃得者。其词

①辑自《湘绮楼词选》宣统三年东洲讲舍刻本卷首，又见于《中和月刊》1942 年第 3 卷第 4 期、《湘绮楼集外诗文》。

有规格，不入苏、黄粗鄙之音，犹孙说也。

又十余年，杨氏妇兄妹学诗之功甚笃，然未秀发。余间为女妇言，亦知有小词否？靡靡之音，自能开发心思，为学者所不废也。《周官》教礼，不屏野舞缦乐。人心既正，要必有闲情逸致、游思别趣，如徒端坐正襟，茅塞其心，以为诚正，此迂儒枯禅之所为，岂知道哉！学者患不灵，不患不蠢，荡佚之衷，又不待学。既坐东洲，日短得长，六时中更无所为，爰取《词综》览之，所选乃无可观。姑就其本更加点定，余暇又自录精华名篇，以示诸从学诗文者，俾知小道可观，致远不泥之道云。光绪丁酉立冬后八日王闿运序于船山书院。

高唐赋注序[①]

《高唐赋》者，宋玉之所作也。旧以高唐为云梦之台，今案高唐邑在齐右，云梦泽在南郢，巫山在夔，三地相去五千余里，合而一之，文意淆乱，由不知赋意故也。古今文人设词众矣，至于昼幸妇人，公荐枕席，于文不足增词采，于理徒以秽乱。虚作此言，果何为哉？盖尝登巫山，望秭归，临夔门，泛夏水，深求秦楚强弱之故。读《离骚》《回风》之篇，得屈子之忠谋奇计，在据夔巫以遏巴蜀，使秦舟师不下，而后夷陵可安，五渚不被暴兵。东结强齐，争衡中原，分秦兵力，楚乃得以其暇招故民，收旧地，扼长江，专峡险。良谋不遂，顷襄弃国，秦师并下，贞臣走死。弟子宋玉之徒，崎岖从迁，假息燕幕，畜同俳优，不与国谋。然坐见危亡，追思远谟，虽势无可为，而别无奇策，乃后叹息窃泣，

①辑自《湘绮楼集外诗文》。

哀楚之自亡也。情不得已，因遂作赋。首陈齐楚婚姻之交，中述巴蜀出峡之危，末陈还都夔巫之本计。言不显则意不见，故直以幸女立庙，明当昏齐，申屈子之奇谋，从彭咸之故宇。后有知者，明楚之所以削，秦之所以霸，然后服达士之远见，申沈湘之孤愤矣！

屈贾文合编序①

光绪二年，新建夏司使按察湖南，兴修汉长沙王傅贾生祠。既成，征大傅书，官中民间皆无存版，乃访求善本，将刊置祠中，以备文献。复以贾祀旧合祀屈子，载在祀典，今仍奉屈子于忠雅楼，因并刻《楚词》为《屈贾文合编》，俾闿运与校雠，且令述其意。

窃以为合集之始，本自唐人。而屈、贾宜合，则司马子长已有定论。盖两君子俱以文儒赅通政事，有名世王佐之业，故《楚词》上配六经，而贾疏悉著汉史，遗文宝贵，洵堪比美。

《楚辞》王叔师注本已为陈说之所改易，洪兴祖本亦为毛表所更订，唯朱文公《集注》尚系宋时之旧。贾子书则宋本已无条理，所谓五十八篇者，仅睹目于班《志》。明时传有淳祐本，云取淳熙本重雕。其后更七刻，而湖南凡四刻。今抱经堂本云合众本校刊，较程荣丛书本为善。兹依二家，以存古式。

夫《楚词集注》因赵相贬衡而作，淳熙之本为潭州程漕使所刊，皆于湖南掌故有关。且文公由提刑转运，程公掌漕使，今司使以粮储兼按察，重刻二集，志意相合，官守亦同，千年中嘉话

①辑自夏献云辑《屈贾文合编》卷首。

也。至祠宇之饰，文事之胜，则朱、程在长沙时未及今日。尤乐道其刊藏所由，以示后来。丁丑七月丙子王闿运序。

建安七子集序①

文学之盛，必有渊源。自来朋友酬酢，以才华并美者，实始汉季。建安七子之目，原本《典论》，杨、吴、双丁，犹不得与。盖子桓援父友以张，宾僚所称皆当时名辈，非若后世夸侈交游也。又当时述作矜慎，十数篇已云极多，传于后者得一已足。历代搜集，自众所共习者。此外仅断句零章，又复平平。论者惜其多轶，殊非笃论。然三谢四杰，俱有合集。七子唯百三家本，又缺伟长。

绍陆杨世讲因王祭酒将刻大历十子诗，思讨古文，观其等量，乃钞撰遗篇各为一册，间考同异，附之卷后。值余入城，刻印已成。嘉其慕古好学，覆加校览。其所据玉台本，未见宋刻，犹有影响之词。而余家旧钞前忽失去，无由检对。然臆校不失比对，本为难。盖承其庭训，波澜不二也。孔子曰："以文会友，以友辅仁。"故求友之本在文，历代名人胥由切磋。即尊公与余皆有共学、同志、齐名之友，近十余年友道稍微，泛爱浮声，耻相影响。绍陆观七子之炳蔚，当思嘤鸣之神听，斯又所谓由文入道者与？又七子均卒于汉代，初非魏人霸府之臣，仍禀王命，其品节足以自立，而后文章可传，无愧琨霜，斯又义门月峰所未闻者也。庚寅白露日王闿运题。

①辑自杨逢辰辑《建安七子集》卷首，王振中又发现于台湾图书馆藏手抄本。

湓田王氏族谱叙[①]

中邦族姓自秦以来，王氏为众，及今殆不下百族。而湘潭已有十余宗，故王氏之谱学尤难明也。闿运之先迁自赣州，诸王多自吉安。湓田王氏自明初以百户，世禄屯田，著籍与衡阳王氏同来。衡阳王氏有船山兄弟，以学行显称，其后绵绵若瓜之瓞而已。湓田则大盛，一传而开五枝。五枝繁衍至今，丁盈万。然多迁居，非屯田之故地。

而吾友莼浦太守承先业，世世守其旧德，于兹五百余岁。湘潭诸王之土著，莫久于此也。莼浦沉淡于荣名，一守平凉，拂衣告归。乡居如老儒生，唯敦行暗修之是亟。每念其族居分散，即其家谱，但叙本枝。而所托始之祖，本亲昆弟四人，道光初惟合一房，录其叔而遗其仲，致使派别蕃衍者与其季房中绝者，同于无征，非别宗收族之谊。爰考世系，定昭穆，合为此编，以昭示子孙。又以嘉靖旧谱赖罗念庵作序，得以征栋头王氏之为素族，爰属闿运叙以征之。

闿运深惟吾族姓异字同者，渊源宜晰。而诸王谱录辄祖太原，致使南北无分、虞殷相合。惟叙述始迁以后，存其统派，而诸谱反失之漏。略观莼浦之所录，其比之嘉靖庐泉之作，详尽有加，则闿运叙之，亦不减于念庵之知庐泉也已。光绪戊寅十月甲申闿运叙。

①辑自《湘潭湓田王氏重修族谱》卷首。

白汜刘氏族谱序[①]

长沙诸刘多出定王春陵，既继大宗枝派，绵历二三千年，旧德先畴，不与帝统俱废，岂非孝之所锡哉！涟濒有大陂曰白汜，润溉二县，其泽溥广，有刘姓居之，来自明英宗时。有钟绣者以征蛮功世袭勋爵，分屯长沙卫田，子孙承业，遂以永氏。耕读敦朴，无豪族侈习。

余往撰县谍，传独行君子，而刘胜东父子以孝传。胜东生距今百余年，其子计亦过髦耋，以为皆古人，故称之无嫌。越二年，还山居，有老人来访，通曰刘立堂光锷，则孝子子也。惊喜延坐，出所画古孝子图状，为题赞而去。又二年复来，言其家世甚详，乃知为建成侯之苗裔。建成，豫章县也，故世居蜀水。至宋时有刘平伯隐居高节，为苏子瞻兄弟所知，联骑造庐，以此显名郡县，题其里曰来苏，号来苏刘氏。及今所迁，故有木沙塘，更名之曰恭苏堂，不忘本也。余甚异焉。定王以孝称，而世爵勿替；百户以勋爵，而孝弟有闻。世泽之长，殆罕其比。湘南连道诸刘，虽科第、节钺、焜耀，渠能相敌哉？

白汜旧谱阙脱，将续修者数矣。立堂笃老不能任其事，思及其身，述所怀以诒来者，谬以余可比二苏，因乐为先序之。时光绪乙未仲秋月王闿运谨序。

---

①李超平、刘安定、何歌劲辑自《湘潭白汜刘氏三修族谱》卷首，何歌劲点校，唐红卫审校。《湘绮楼日记》光绪二十一年八月二十五日记载："为刘书谱序，题画册，并送一元，以答老意。"

湘潭三修蔡氏族谱原序①

湘潭蔡有二姓，皆望族。余母家为“吴县蔡”，妻家为“上蔡蔡”。以上蔡之来为最久。绵衍分散在潭者独守光畴，在西北乡，迤及西南。今蔡家湾及蔡家岭，连延数十里中，有坝、有桥、塘、山冲，皆以蔡氏，繁盛可知也！将八百年，而岭宅世守，中有居稠泉者，丁财亦茂。

康熙中，始编谱谍。后率五六十年一厘次焉。道光中，乃谋建祠堂，祀始迁祖。其时，磻溪翁为一乡名人，富而好礼，轻财重义，不惜割腴产以倡族姓。族之人各赞成其意，遂建崇祠。闿运托婚姻，兼世通家，尝瞻敬焉。又六十年矣，与循郎中以文学成名第进士，蔡氏几兴乎！与甫斋、元圃诸公，后先相望，又何愧焉？

今年仙女山旁时有盗劫。虽以蔡氏世德厚泽，犹不免戒心。盖生计艰难，风俗浇薄。每至乱世，必渐失淳朴之俗，国则易姓，士民幸各保先业，尤不可不兢兢也。蔡宗诸君以时聚会，而以修谱为先务，其有见于此乎！

顾尝论之：尧始立族，鲧乃方命圮之。鲧亦配天之德也，所见不同。如此，至周公而有原隰之叹，终垂训曰：“莫如兄弟。”于是大封同姓，世族益重。以余所见，族人自恃其亲，不独富贵贫贱相形觖望，即贤愚殊隔亦有怨尤。盖良法必有积敝，非敬宗收族者所能料也。宗法不废，犹有官法。今则同为齐民，我虽以路人待之，彼乃自以为骨肉，其仇怨尤甚于路人。尧于此不其病

①刘安定辑自《湘潭蔡氏三修族谱》卷首，并点校，唐红卫审校。

哉！使人人有自立之心，而后可期家门之盛。固不可诿之宅墓小术，以为兴衰有时而亦未始，非运会所潜转也。故附著所见，以质姻族同休戚者。壬子冬至日翰林院侍讲衔检讨王闿运谨叙。

景泉萧氏族谱序[①]

东南氏族，以萧为盛，而湘州尤其盍簪之地，至宋、明乃稍稍夷于庶姓。近代谱学不讲衣冠之望，率视科第为高下，则世胄与寒畯无殊矣。然状元最贵，而湖湘独萧氏有之，与彭颉颃；汉族重封爵，萧亦有一等男，为军兴冠族，故称文武盛门者，至今推之。

湘潭乌石之萧，本自长沙徙庐陵，梁帝系也。明成化初，复迁湘潭，逮四世族姓繁衍，始定居乌石，今将三百年矣。康熙初乃有支谱。道光初，建宗祠于景泉，重修谱牒。至光绪中，凡再征录，丁口益盛，犹未刊布，而人事纷错，无暇编辑。盖敬宗收族，盛世礼也。家门盛而后言雍穆，国政修而后兴礼教。故立族始唐尧，而亲同姓则在隆周。孔子修《春秋》，讥世卿而重同姓，宪文祖尧，其太平治矣。夫国家盛衰，恒相倚依，未有国衰而家能盛者。乃其治乱，则不相谋。故定哀可以致太平，《春秋》可以法文王。世乱而文治，则修谱之事，未为迂也。余姻家萧生玉衡，述其尊人荣阶军门之意，继踵成事，俾族人乐观其成，来质于余，为推原立族之意以叙之。宣统壬子小雪日翰林院侍讲衔礼学馆顾

---

①辑自《青鹤》1936 年第 4 卷第 14 期，又见于《国光杂志》第 18 期（1936 年）、《南社湘集》第 6 期（1936 年）、《湘绮楼集外诗文》，据《宁夏大学学报》（人文社会科学版）2021 年第 1 期李香月《新见王闿运序跋八篇考述》标点，唐红卫审校。

问官王闿运序。

授经簃课集序①

国家于教学，别为一官长，属数千人，弟子官廪者近廿万，附学者几百万。昔之选士，未有若今之盛者也。提学任满，例刻试牍，而教官无之。近岁试牍皆斐然可观，而各书院亦多有课艺，博颖多通，其文郁郁，非人材之突前贤也！披榛采兰，芳菲鲜妍，导之而泉涌矣。

吴越于衰周，与楚俱为蛮方，乃有子游、屈、庄之徒，与日月争光。孰云豪杰不待文王哉？非芊熊、孔子，莫能倡之！会同界沅、资之间，地瘠民朴，自明以前无史牒。近二百年乃有可纪。而文学才彦，不得骖靳湘吴、达名上国者久矣。吾甥胡子瑞权其县学官，乃独以家学诱劝诸生。于月课外，更讲经史词赋。仅一年，得数十首，稍为润色，刊示乡塾。俾知此艺之易成，不必河汉而骇之也。圣人之所以贵博文者，以为不践迹，亦不入室，非曰华藻训故之为道也。故曰："言不及义，好行小慧。"若后世之摭拾字句，沾沾自喜，盖小慧，犹不及博弈之自有心得，乌足以解经哉？然诂训未明，则大义终晦。其始离经与文为二，其后复离史于经、于文。而离文与行者，更不足怪矣。四教之所以析文、行者，因材质各有所长，犹忠信之各有所主。后之儒者，乃以文、行分内外，则不知其所谓文者何文，而行者何行，无怪夫教之不成也。且经史有迹，文词无方。今日操笔作文，而未尝知难；而于经史则惮求之，不又惑乎？子瑞之教，得其本而示人以易，庶

①辑自胡元玉辑《授经簃课集》卷首。

乎其善诱者？余故推说其所由，以谂学官，使百万学徒悉知文之为用，即经之为用。则经义、治事，诚不可分，而天下文治成矣，会同其椎轮乎？光绪十有七年十二月辛卯朔王闿运序。

东山书院课集序[1]

攸当前明季，多文学隐逸之士，略见于船山集者，类皆不见其述作。至康熙时，而陈桃文独名雄于一时，乃其文传者，徐文长、袁中郎流辈耳。阴山故与茶陵同疆。二百年前长沙皆重茶陵先生，担簦徒步，望门自荐。及入学，师尊严不可小失礼。主人以下，怵惕奉之。博学多通，得其余论者，试官辄诧为名宿，然其姓字亦不甚传。传者皆曰茶陵生而已。故茶、攸于长沙为僻远，虽有高科达官，不足润其乡，而朴学之士亦无由自奋。

近岁经术大昌，海内皆陋帖括，祧朱、蔡而宗许、郑，前之以文章显者，近皆喜经义。茶陵谭尚书说诗“南东其亩”，能求实证。攸龙侍郎能暗诵孔疏，解“王制东田”。后起之士，份份承风。适攸先有精舍专治古经义，请胡学正子瑞主讲，一岁而得解义杂文若干篇，为一集刊之，子瑞序其意详矣。或恐见者以为异于新旧经解之学，来质于余。余为郑学者，以为郑之学在下己意，实宋学之滥觞。学郑而訾宋，惑之惑者也。说经，惟其是是，必有所据。宋之可訾，在无据而臆说。诚得其据，何至道周、孔误哉？墨守许、郑，与笃信程、朱，争胜负于古今，甚无谓也。况夫常州、苏浙、长沙、茶攸之派别乎？传曰：群言淆乱，衷诸圣。敢以质之言经者。光绪岁在壬辰大寒日王闿运题。

---

①辑自《东山书院课集》卷首。

中国学报序[①]

学分今古，而无中外。古学为己，今学为人。三代以降，大都为人之学耳。不但佔毕、帖括非学，即经说故训，亦未必近古。要皆随世损益，不遑自立。诸子百家之言术，虽各异致，而其并心物役，甘为今学，则一也。

自海禁开，始有西学闻于国中。曾涤生倡其说，李少荃、张孝达又从而鼓吹之。上下承声，靡然顺从。凡不可为之事，举犯清议而为之。初亦不自意其害之极也，后生小子闻其声而悦之，转相效仿，而又加厉。吾党犹有廖平、杨度其人，他可知矣。古之学者，德充符而应帝王，为己为人，体用兼备。今且一身不能自治，而忧国之贫弱，无术甚矣。西本非学，相高以利。工商之为耳，其原出于墨翟。翟无几希自为之心，言西学者又不能然，乃徒袭其粗迹，竞相缘饰，张大其事。其意不过要时誉，其害乃足以坏人心。一切祸端，皆自此始。彼曾、左之徒，自不能辨学之今古，何足图富强哉？

昔孔子慨当世之变，以不讲为忧，遂发愤作《春秋》。世愈乱而文愈治，先自治而后治人，亦惟圣人为能。下此者躬膺危乱，不足著书，并不可讲学。往年蜀生有吕翼文者，志趣视廖、杨尤坚卓，倡设经报，慨然以古学自任。余尝诮之曰："无益，只取辱耳。"书竟未行，而时论大变。

近十余年，外患内忧，相乘而至，学士大夫将尽弃所学。衡阳刘生来自海上，言同人设学报，欲余为总裁。意以辟发学术，

①辑自《中和月刊》1942 年第 3 卷第 11 期，又见于《湘绮楼集外诗文》。

大辟蹊径，盖与吕异趣而同归。处沧海横流之时，而犹强聒不舍，虽未能有称万一，然其志足悲，要足列于今之学者之林。至其是非得失，自当公之天下后世尔。壬子孟夏芒种前三日王闿运序。

学治丛编序①

自来论治者，无不以牧令为意。而今之说不然，或求之民，或求之君。自江南乱定以来，所见达官贵人、辩士妖夫多矣，辄曰："国势岌岌，天下无材。"间与之陈治本、忧吏道，则曰："君言是也。"退而考其行，读其书，则目营四海、心骛八极，何世人之尽狂欤？唯彼有求富贵之心，以牧令唯供其指挥，为不足羡也。昔陈宏谋一代名臣，治官书，动曰不肖州县，府道以上则不敢矣，卿贰曹郎则尊奉之，此其所以为名臣欤？今始有樊云门，自知县至藩司，日日以县政为重要，未履行其治疆，官民皆知有民事，及不合，将免官，乃亦言新学矣。

曹君东瀛亦由翰林改官知县，补禹州。未期年，书来言治状，不歉于外而有乐于政，心窃异之，以为庶几其良吏也！未几，闻已去官，则尤异之，以为众醉独醒，宜乎其不能久也！既而其弟梅舫以部郎久值枢廷，亦被挤补外。人皆曰："曹氏兄弟好异，不宜仕。"于是梅舫以书来，呈其兄书，杂述为令长所行事，大要不出于富、教二端。初不求异，而适有以自异。异乎其不慕富贵，而若有乐于今也。世情恒妒人所乐，则务牵曳之，使入于京尘，而无以慰豫民之心，与夺樊于陕正同。然后足以穷吾留意牧令之

①辑自《中和月刊》1942年第3卷第11期，又见于《（民国）禹县志》卷九、《湘绮楼集外诗文》。

意，而四海八极之忧，乃嚣嚣未已。览是编者，狭隘琐小，曾不足留意，乌知其为天下之大命也？夫人幼而学之，壮而欲行之。今令左季高与瞿子久絜短较长，则必有间矣，而其入枢垣、践协揆，碌碌无所短长一也。世之轻州县、羡富贵者，亦将有感于斯文。光绪三十四年十有二月庚申王闿运序。

丙午筹振记序[①]

丙午春，永衡大水，连雨积潦，川湖并涨，所沈灌数千里。浸没谷货巨万，倾圮公私墙屋相望，牛马不相往来，民无所栖。舟楫不供运渡，民吏避下就高，瞻望浩然，莫知计所出，皆有待死委命之叹。衡永兵备谭使君独引以为己职，若己饥溺之，而振政遂兴。

初发议时，府县犹沿例习，谓干驳诘，不可请巨款。兵备亦度院司守文法，又灾重地广，非银谷亿万不办。虽尽发常平义社漕仓无济，而城中仓亦被浸，既请于督抚大发积谷，又自以私义电报上海吕、盛二公求助振。于是衡灾上闻，朝廷急发帑银十万大振被灾民。两院承命祗事，督部亦大发十万振银，又续发银十万两易江南米谷运衡永。上海已先发银四万、面粉万包、米万石助振，并义振携银五万两及米面连樯并上。自建立行省以来，分道偏灾未有遽达朝廷，忧及邻省，集资力如此其丰大者也。然转运于千里外，风水淹滞，必期旬月，而灾民据楼栖城，待命旦夕。于是设粥厂，碾仓谷，高价以招商，平粜以均贾，并举十二政。遍祷群祀，雨止复旱，率属步涂泥烈日中，往还十余里，日三祷，

---

①辑自谭启瑞《丙午筹振记》卷首，又见于《贵州通志·艺文志十》。

减食撤肉，如此者百三十日。昼治振政，夜理文书，颜色黧瘦，见者感叹。

衡俗水旱乡民入城请祷者，辄击道辕鼓，入官厨搜肉，至是服诚颂德，万口称述。有以罂藏米，舟运出境要利者，担脱罂破，众见米大哗，悉登店门。府县不能禁，闻道台来，相顾曰："毋劳我公指挥。"一时散去。盖有其实而致其效如此验矣！

是岁也，灾而不害。兵备乃以此得人和，衡、永、郴、桂人士，见者亲之，闻者传之，乃裒其公牍私函为一书，以考一时之设施。昔林文忠抚吴，以荒政得民，遂为名臣。余友陈又铭侍郎慕之，来抚湘，值岁歉，发银谷振粜而省旧仓，借湘潭谷万石。余书请振余银二万留县贾补，不报。今观兵备请督部之笺，竟得以巨资发郴、桂积谷，何其上下之桴鼓也？以此愧余前请之不诚，故不能信于朋友与？观于上海之义振而后知诚之孚远，矧夫境内之士民，其奔走先后宜矣！抑又闻之，周宣鸿嗸，王使四出，其诗曰："维彼愚人，谓我宣骄。"振宜在守土吏也。兵备得专治二十六城，有憔悴以救之者，有安坐而定之者。先行其言，以颁文告，徒求之于簿牍之迹，则官书治谱皆可仿而为之，又何以验劳安宅之所由哉？余客衡，亲睹其忧危，故得论而序之。

橐园春灯话序①

谜，古谓之隐，其源盖出于《诗》，于六仪比之类也，荀卿则别为赋矣。后乃勾心斗角，自为一门，至近代而愈工矣。余小时亦喜之，顾以工益求工，惮不敢为。既不自为，因不常猜，甚惜

---

①辑自张起南《橐园春灯话》卷首。

其无专书。六十年前，始见龙山灯虎。昔尝以为灯糊，又疑为灯符，究不知虎名何义也。近岁诗钟盛行，都人士会集名流数十人，分字拈题，余攒眉而入社。以为自科举废，赖有此耳。

顷来衡阳，重晤味鲈郎中，乃以《春灯话》相示，几十万言，所录隐凡数千条，门分类别，探赜钩深，极文心之所至，如游鱼衔钩而出重渊，以至小包至大，纳须弥于芥子，不虚言也。自有六诗以来数千年，今乃得此小技之大观，不亦异乎？张君又自述在辰州时，道已大行，相去千里而近，十年之久而初未闻。然则国有颜子而不知，又不足怪也。是编之作，足以备诗之一体，继经史而供輶轩之采。帝制共和，大启文明，必不废也。故乐为之序，以彰文巧而见人心之神焉。乙卯九月戊子湘潭王闿运叙。

白石草衣金石刻画序[①]

印谱传者，唯昭潭老渔，纯仿秦汉玺章，墨文不印朱，见之令人肃穆。余童时见从兄介卿有一本，问姓名，不知也。意其明末隐士，至今想慕焉。介卿亦隐辟不得志，自负刻印高雅，亦存印谱，不轻示人。及余友高伯足、李篁仙、赵抝叔，皆以刻印名世。而赵傲兀，求者多谩绝之。余出都，乃自赠余名章。明日，京师来观者踵相接。游艺之事，孤僻者乃绝伦，理势自然也。

白石草衣，起于造士，画品琴德，俱入名域，尤精刀笔，非知交不妄应。朋坐密谈时，有生客至，辄逡巡避去。有高世之志，

①辑自北京画院藏王闿运手迹，转引自王明明主编《北京画院藏齐白石全集·综合卷》。《齐白石自述》“1904 年”条记载：“随王闿运赴江西，游庐山、南昌等地。刊印《白石草衣金石刻画》，王闿运为其作序。”

而恂恂如不能言。吾县固多畸人，往余妻母舅李云根先生，画入逸品，雕琢工作尤精，亦善刻印，而不为人作。晚年坐一室，终日不移尺寸，见人默无言。白石傥其流与？何其独厚于余也！余既为题借山，因要以同访沈山人，见其印谱，复感生平所交游奇古之士，而叹一艺成名之非偶然，复为序其意云。甲辰七夕王闿运题于南昌馆。

介如庵摹印存序[①]

刻石与书契同兴，言古学者，未有先之者也。印章盖始自周，《诗》曰："如涂涂符。"《周官》谓之玺节，至秦玺而最名。湘潭林石有摹秦玺，浑茂典重，为印谱冠。余从兄介卿专习林谱，亦以名家。今张君恺陶，复以摹印名，所规仿自汉及明诸名家印存六卷，可谓富矣。刻印家皆书家，未有无文而能工者。余友赵撝叔，博学多通，而独以刻印自矜。在京师，王公贵人求之者，辄曰："俟君学成时，未晚。"余将出都，刻一名印送行。公卿闻之，皆来观焉。恺陶以此谱俾余序之，其亦赵之意与？戊申夏至王闿运记。

重刻说文引经考序[②]

六艺传注之学众矣。制度名物、音声文字之变，恒数十年而

---

①刘安定辑自张忠亮《介如庵摹印存》卷首，并点校，唐红卫审校。《湘绮楼日记》光绪三十四年五月二十八日记载："作张恺陶印谱序。"

②辑自吴玉搢《说文引经考》卷首。

一异，居百变之后。求当时之说，童子能解者，众人不能定之。故考证之学难于义理，亦切于义理也。晋宋以来，说经者或守一师，或采众家。至于作正义、著释文，则势不能博泛并从，则必有所弃取。所取者不必尽善，则今经之文字，非古文字也。义理依于文字，今经之义理非古之义理也。儒者乃曰：经学如是耳！岂不哀哉？

圣清经学大明，而榷朴学者多本阎氏。阎氏寓山阳，东南言学者，皆其所启，至嘉道间大盛矣。由今观之，康乾老儒诚不免筚路椎轮，殷殷于小学。然自上溯之，从明至五代，名臣大儒终老而不知有此者比比也。潜邱之功，抑又伟已。山阳吴山夫先生亲传阎学，有重名于雍乾间，尤留意金石文字，所著书甚众。同治十三年，其县人顾芷清编修视学湘中。箧有《说文引经考》一书，乃先生随笔纂录，以视初学者。东乡饶新泉通守校而刊之。余尝习许书，美其引经说字有守先待后之志，其所引古文皆《尚书》焦传，为治书者所仅闻。而严、段诸家未能发明，盖经学重袭，藩篱未破。后之视今，亦犹今之视昔也。既间以所得，私为诸经笺。观先生此书，有感于二百年中治经诸巨公而聊申其论云。光绪丙子八月壬辰湘潭王闿运序。

权衡度量实验考叙[①]

律度量衡皆起黄钟，而千年已来，人不识黍，至乃疑其纵横，求之羊头。舍经典之明文，昧字形之昭晰，五谷不分，良可闵笑也。闿运笺注三礼及解《说文》，备疏证之。当世通人，犹未

①辑自吴大澂《权衡度量实验考》卷首。

之察。

愙斋尚书阅伍嶷衡，视学下庠，恭承访逮。偶论剡圭、璧羡，并发积疑，惊其通彗，契于神解。由是请益，获见著书，皆实事求是，若游三代。论及累黍，不谋而同。因示以一稃二米，初非异瑞，闻之心旷，顿披云雾。不顾群儒之嗫吸，诚生平之庆快也。既博求古器，悉陈杼宝，躬自斠验，成《权度量衡考》一编。请而观之，咸有实证。且九九八十一黍以生黄钟之管，而孟坚述之，以为九十分、千二百黍。两之为两，两者分也，实六百黍，而以为二千四百黍。九十黍之长，当今度八寸。二千四百黍之重，当今权几二两。又一龠当十二铢，以聘礼饩米百筥计之，积五万龠为二千五百斤，非人牛车所能胜。今破两之四，减尺之一，损斛四之三，则人食四升米，当今一升；食十斤肉，当今四斤有奇；人长八尺，当今六尺四寸。于古义今情，始得大通。权量法度，帝王所谨。尚书光赞中兴，务为有用之学以通于政，不为挦撦空疏之谈，与近世章句之儒绝殊，信可以垂经训，昭后觉。如曰博古，则鄙生盖犹未暇云。于时光绪廿年四月丁未朔王闿运谨题。

中华新字典叙[①]

夫人之所以异于他动物者，在于能群而已。人之所以能群者，在于有人类互相交通、互相团结之文字而已。上古之时，草木榛榛，鹿豕狉狉，无所谓文也。自宓牺画卦，文字始兴；皇颉制字，而文明渐启。厥后太史籀作大篆而文字一变，李斯作小篆而文字

①辑自王文濡主编《中华新字典》卷首，据《江海学刊》2019 年第 1 期冯利华《王闿运佚文一篇》标点，唐红卫审校。

再变，程邈作隶书、王次仲作楷书、史游作草书，而各体俱备。及南阁祭酒《说文解字》出，辑前古之文字为一书，是为字典之祖。自是以后，代有专书。于字书有《玉篇》，有《字汇》，有《正字通》。于韵书有《唐韵》《广韵》《集韵》《韵会》《正韵》等。自前清《康熙字典》出，搜集各家，汇为一书，可谓灿然大备矣。

然时代有变迁，文明有进步，字典相沿二百余年，未一修辑，至于今日遂成为不适用之书。盖近今百数十年之进化，较昔之数千年而有余。昔之数千年之历史，皆演之于中土。今则环球大通，事重九译，一切新理新器，日有所发明，名物既繁，而文字之增加亦与之成正比例。有一时之新名物，而无一时之新字典以考证之，岂非教育界之一大缺憾乎？

王君文濡有见于此，爰与海内通人钱君选等数人编纂新字典，丹铅不息，凡三数年。编纂大旨，一在厘正旧字旧义，一在增加新字新义。盖《康熙字典》虽官书，然引证繁琐，无裨实用，而谬误之处亦复不少，故不惮一一厘正之。至于科学之新字，通俗之新义，亦复无所不收。凡下一定义，增一新解，往往煞费苦心，商榷数日，必使新旧皆通，浅深适度。又复上列篆文，后附古体，以适用之字列初编，以深僻之字归续集，其嘉惠后学之心，可谓曲至矣。余喜其书之成，大有裨于教育界，故叙其缘起如此。中华民国元年三月王闿运叙于海上。

卫生指南序[①]

《记》言："医不三世，不服其药。"《论语》亦有"馈药不尝"之戒，则亦所谓"药者，合滋补之品而成"。如上古禁方之类，非若伊尹之汤液，仲景之经方，为千圣相传，一见而知其药性者。不然，《神农》《黄帝》之书，《本草》三品之列，经论俱在，岂有圣如孔子而犹未达者？盖服食滋补之法，自春秋时已然。迨唐《千金》诸方，遂有养性补益诸门。近世医学久废，而泰西各国发明方技，考证经络，立为专科。撷百草之精英，成诸病之主治。于是西医、西药遍天下，病者亦（药）［乐］其简易，喜购服之。致每岁入口，又巨万万。五洲大药房有鉴于此，聘我国之通西医者，制为自来血，以挽救之。盖人生之要不外气血。顾气可以吐故纳新，而血必资乎补养。又其药之原质，几经化验，俱有依据。非若诡诈之人，托名秘方，以欺世惑众者。使他日扩而充之，中华医院行且见夫泰西，岂非学者之至愿乎？余故乐为志其缘起如此。乙卯六月甲辰朔王闿运题。

神农本草叙[②]

梁《七录》始载《神农本草》三卷，陶弘景云存四卷，是其本经。韩保昇云，上中下并序录合四卷也。陶列卷上序药性之源本，论病名之形诊。卷中玉石草木三品。卷下虫兽果菜米食三品，

①辑自《中和月刊》1942 年第 3 卷第 5 期，又见于《湘绮楼集外诗文》。
②辑自《神农本草》卷首。

有名未用三品。又加中下目录各二卷，分为七卷，始改旧编矣。阮绪所录，盖用四卷本，而去其本说，以三品为三卷乎？本草之名，始《汉书》平帝纪、楼护传。《艺文志》以为《黄帝内外经》，故著录无本草书名也。此书自陶所见本已多附益，以为张机、华佗所为。陶始以朱墨别之，然陶序已云"朱墨杂书"，则其传久矣。汉诏言方术本草，楼护诵医经本草方术数十万言。班固叙言：《黄帝内外经》本草石之寒温，原疾病之深浅，今所传有《黄帝内经》，乃原疾病之书，则《本草》其外经与？《淮南子》云神农尝百草，盖金石木果灿然各别，唯草为难识。炎、黄之传，唯别草而已。后遂本之以分百品，故曰《本草》。

余读《尔雅》释草名类，十不识八，因以为其草亦皆药品。欲求《本草》正之，今世所传，唯嘉祐官本尚有圈别，如陶朱墨之异，而湘蜀均无其书。求之六年，严生始从长安得明翻本，其圈颇杂糅移夺，略依例正，而以药品分卷。其言郡县皆合汉名，而以吴郡为大吴，其药有禹余粮、王不留行，亦非周秦之文。其言铅锡，正合《书》《礼》，而与魏晋后反异。然则出于仲景、元化同时无疑也。其药无古名，更在《尔雅》之后。盖方家以今名改之，嘉祐本又大移改，前后悉不可复理，聊存梁以来之彷彿耳。于时岁在阏逢涒滩秋七月甲寅，王闿运题记。

凡三品三百六十五种，除唐本退六种，不知少何种也。又三卷多寡不均，皆仍之。甲子重校再记。

田海筹镇军集古诗序[①]

湘军兴而东南定，旂常之绩不可胜纪。然曾太傅自负能教练，必泽之以诗书，矛炮之间杂陈经史。五等之贵，师事青衿；行师之间，侊侊如也。故虎贲之士，不待脱剑而知礼矣。自余游军间，所见名将皆隆儒术。后接踵他军帅，虽谦下以为折节文士，为雅流耳，非心诚崇敬书生也。迄今逊卌年，流风益衰，乃多不文不武之节镇，又一无所取焉。

己丑春，从江船中邂逅田协镇海筹，孔吉士为余言："此多战功，两致二品阶，雅好文词，有集唐诗若干卷。"海筹故湘军老将，久知余名字，相见甚欢。今领江阴营，恤士轻财，出行箧新诗相质，且言将刊行，必请序以张之，余诺谢别去。及至天津，复得书问寄诗，征前诺。时方图南归，亦未暇于言也。顷之，曾公孙来言，君以上书忤彭尚书，长江提督将欲劾之，今已解任。及至吴，闻人言海筹贫不供岁用，乞贷彭公。彭已致事，亦辞以贫。海筹与书，历数其资业，彭以廉名闻天下，故大不悦。督将又自以他怨，假事陷之。余奇其以一偏裨，敢为惊人之言，非挽强不识丁者所能。又方危疑，夙诺不可不践，则为序其诗兼及其近事，而匆匆不省录。适海筹复至吴，一再过从，询其贷钱事。谢曰："无之。"问其罢官后益贫，将何为计？则委心任命而已，无几危怨欲之语，非徒营心词章者所能及。虽儒将或有顾忌狷怼，不能如此漠然也，海筹其不负曾公者与？至其集古句，能自摅己意，皆雅澹和平之音，养气于平时有足多者。虽其抗词腾书有类

①辑自《申报》1891年8月29日。

激昂，要以彭公散军时，余财悉丐部将，故窃自输诚，非以讦为直者。且议论失实，或至两伤，因附著之云。湘潭壬秋王闿运撰。

珠泉草庐文录序[①]

珠泉草庐诗文，余皆得而读之。诗裔皇中宫音，尝决其非乡曲穷愁文士。文因小见大，务为有用之作，不甚雕绘，颇取韩退之“气盛言宜”之说，沛然而来，忽然而止，于今所谓古文家者，皆有合焉。余之得奉教也，由陈右铭。右铭罢官旅湘，为余亟称廖君能文词，及其抚湘，乃倚以主矿政。余窃意文人不耐杂，不虞君之肯为用也。既而右铭罢去，矿利大兴，海内皆推廖君所主为第一，直省无敢比者，无有称其文诗者矣。独张子虞、柯凤笙前后督湘学，稍知其能诗。余虽勉与君唱和，于古文义法未之窥也。昔归熙甫论王元美，以为庸妄巨子。余之不见屏，而猥承相与论文，岂非幸与？退之非薄六朝，余不敢擅论八家，盖人各有能、有不能。而余之论君文，曾不敢谓当君意也。丙午小寒日王闿运题。

湘潭杨庄诗文词录序[②]

戊戌岁前，余馆东洲，同县杨、许诸生相从论文。杨生既吾世交，其女弟又适余少子。及归山庄，与诸女同读汉晋诸史，日

①辑自廖树蘅《珠泉草庐文录》卷首，又见于《（民国）宁乡县志》、《凌霄一士随笔》“湘绮楼追记”条、《湘绮楼集外诗文》。《凌霄一士随笔》有评语云：“廖氏《珠泉草庐文录》，弁以王氏所为序，同为坊本王集所无。”

②刘安定辑自《湘潭杨庄诗文词录》卷首，并点校，唐红卫审校。

有恒课，间作文诗。独杨兄妹沉思秀发，不为俗染，翛然物外，以为至乐，初不意世氛能扰之也。时事好变，风气转移，杨生兄妹皆随海舶东游，兄习宪法，妹还织作，无复笔砚琴书之想。而杨氏妇问视之暇，请业愈勤，曰："虽不能作，不可不解也。"余以其前此诗已成章，文亦雅饬，无八家时派，命录存之，且付石印。其在湘所寄书，学界推为才女者，则颇似饮冰、抱冰之文，无是可也。宣统二年春二月王闿运题。

曼庵诗稿叙[①]

湘潭去府治百里而近，而民俗迥异。长沙分立善化，善化多流寓，自为风气。湘潭亦多流寓，而渐乎土风。潭之人士旅于他乡者，亦不改土风，若黄九烟、张陶园，其明征也。潭之俗，重旧家，敬先辈。凡士大夫世交相见，亲如同姓父兄子弟，行辈秩然，长、善不能然也。

嘉道间，乡达人有欧阳先生，遍识当世名士。晚游江南，其长孙伯元从游，亦得遍识东南名士。客居扬州五十年，仍潭故家遗俗也。及归，而潭俗顿改，既无故家，复无先辈，而伯元独不改其素，闭门守静，有黄、张流韵然。久闻其好为诗，今年春，乃承以《曼庵稿》四卷见示，且曰："为我定焉。"其诗直摅己意而含蓄不露，不事僻涩而寄兴无端，盖翛然自得，温厚人也。生逢艰阻，旅食淮南，不假阶梯，自然特达。其境在遇不遇之间，其诗即有意无意之妙。讽诵逾月，一一领之。

---

①刘安定辑自欧阳述《曼庵诗稿》卷首，并点校，唐红卫审校。唐红卫又发现于《湘潭文献》1947 年第 12 期，题名《欧阳伯元诗叙》。

郭筠仙每言潭多诗人，意以嘲我，盖未知潭之人异于州之人也。夫诗之为用，厚人伦，美教化，非夫藻绘鞶帨之事。伯元尊人既以文为曾侯所推，今伯元复得以诗颉颃先辈，继其家声。使筠仙见之，必不以为潭之诗人，而乃真得为潭之诗也。故具论诗源，以志言诗者。戊申初伏日谨叙。

心白日斋集序[①]

往者郭侍郎嵩焘每发愤欲尽去言官，余恒举以相讪笑。郭君之言，本于王行人夫之。王恶明代议论之淆，郭患今日清议之迂，然不能自践也。王当桂王子奔窜之时，犹比于五虎，跪舟上疏。郭以日记获谤归里，每有外患，辄奏记两洋数千万言。己欲言之，而禁人言乎？国朝政柄操自宸极，而特优假言官，故无宰相，有御史。七圣以来，名谏官相望也。

余生逢夷滑前后五十年，唯己未、庚申之间，得与尹御史游，而身馆于主和王大臣之门，具知其事委曲。其后又客于主和大臣之家，而亲见清流张副宪舍战而言和。未几，主战大臣不能救败，而和议四成矣。遂归，闭门不敢问外事。适吾友裴光禄以书来，示尹先生所著书。昔岁密疏不可见者，今不得载。载其当日抗疏力争者，犹数万言。乌呼！何其劳也！当是时，文宗实不欲和，念无以处直臣，故因科场事罢其官，特诏内外臣论荐尹耕云，无得请再列谏垣，知其必不缄默以苟富贵也。已而先生竟改外道，同官贵人屈己礼之，己亦摧刚为柔，不复论天下事，而才气卒不

---

①辑自尹耕云《心白日斋集》卷首。《湘绮楼日记》光绪二十一年十二月十日记载："作尹杏农奏议序。"

能掩敛，以致喧然于身后，论犹未已。悲夫！悲夫！当其批龙鳞、犯贵人，岂顾区区一佐贰司官、万钟十一之禄哉？世之人，何其轻量天下士也！然余独私与裴光禄言："先生再仕，为蛇足。"又尝与先生书，以辞胡曾、吏张李为失人。由今观之，先生盖以身被重名，特不欲更标置，因假以自晦耳。圣人固不欲皦皦洁于当世，且身受疑谤而后终褫白。虽然，非节士之行也，使后之清流皆复污浊以从先生，不又悖乎？郭、王之欲罢谏官，亦恶其效己也。读先生书者，当壮其昌言，知士君子之所以取重。又其时风气犹未漓，有一正人，公卿皆竦然推异。故戊午之议宗室，王独与先生诘难，其后封事亦皆独上不联名，岂有嚣然交章未言而先防祸者乎？先生文章坦然明白，足以达圣主之听，其他亦昌明博大，盛世之音也。当时嗟惜以为不遇者，至今思其际会若在皇古，遇不遇诚非一时之事哉！乙未十二月望日王闿运谨叙。

芝霞庄诗存序[①]

国朝诗家，惟施愚山稍沿明风，留意五言。自余如王、吴、朱、杜，其注意皆各有所胜。至于苏、李相传之格，曹、刘骋妙之词，非惟不凑其微，实亦不知其味。二百余年，斯道愈替。作者牛毛，传者麟角。得失心知，焉可诬也？

湖外诗家尤微，然王船山、魏默深先后相映，皆能为五言。闿运友人有溆浦严咸、武冈邓辅纶兄弟，并称作者。当道光之末，与二邓同为城南院生，其时同舍生李寿蓉尤好标致，创为五子之

①唐红卫、李超平辑自黄锡彤《芝霞庄诗存》卷首，唐红卫点校。李超平又发现于《经铿黄氏家谱》卷二十九。

目，大见嗤于罗泽南。而黄君晓岱亦朝夕相见，敦瓠叶之义，顾独默默，未尝一语及诗。其后游京师，则湖口高心夔、独山莫叟友芝均有专集。顺德李文田、洪洞董文焕皆晓岱同馆，酬唱往复，坛坫颇盛。晓岱辄遣其季弟锡焘应之，亦卒不言诗也。又久之，以忧归里，旋病，岁余而后愈，与闿运复会于省城，须各班白，言诗者亦皆散处，有独弦哀歌之感。晓岱乃出其《芝霞庄诗存》四卷，受而读之，则五言居十之八九。其《杂感》六十七首，高者欲陵阮氏，下亦平视张子寿、陈伯玉。盖晦于外者闳于中，彼阮亭、牧斋以章句为羔雁，固宜其不暇于古也。晓岱平日持论，引大节，推本原，而躬无诡激之行，居词馆谏垣，皆若不能胜人，同时才彦或易之。今观其诗，且无论工拙，傥非沈心力学、不骛于名者，其亦孰能措词耶？

阮亭欲争诗名，至自恨其尚书，而夸其司理。诗固不以名位论，然好诗名与好官名，其蔽一也。惜乎晓岱将老，未大用。余观其诗，又以知其材矣。光绪乙亥九月庚子王闿运谨序。

秋水芙蓉集诗序[①]

《秋水芙蓉集诗》一卷，余妻从舅李萼初先生之妻、衡山聂羹梅先生之女莲仙夫人所作也。夫人幼工吟咏，下笔千言。初不欲以文、诗自著。今所存稿，皆其姨子萧君世衡及诸姻戚家所传录者。萧君闵姨之艰贞穷独而居僻左，不欲与纨绮鬣佩相往来，有古莱妻鸿妇之志节。遭时昏棼，惧遂湮沈，以属谭君丽生及闿运审校刊行。以夫人雅志韬谦，亦不务多为搜集。其杂文、诗余，

①辑自聂有仪《秋水芙蓉集诗》卷首。

存者尤少，当俟选存云。戊寅九月王闿运题。

桐凤集序①

咸丰中，闻蜀有贤太守妻，安贫抚孤，以画自给，教子女皆成立，有才行。后至成都，汉州张生祥龄为礼堂都讲，传张学使之学，时来讨论。同学多言其妇曾，明慧工诗画，往往为词翰，置诸高材生卷中，辄得高等。询其学业所由，即太守妻之女也。

余携四女至蜀中，其长者有标格，略涉经史。曾因来见，同学相约如兄弟，时出诗歌质余，益读楚词汉诗，兼作篆隶。十年来业术遒进，骎骎过其夫。易司使藩蜀，妻妇俱好文，尤敬异之。及移苏藩，固要张行，因挈家泛江渡湖，居沅澧间。顷之，至长沙省余妻。旋与易妻俱至吴，吴其外家故乡也。

余女、妾在蜀相继病夭，独携诸孤女泛江渡海。今年避暑天津，而张、曾复来，云自京师将还旅吴。女滋与曾见，约游浙，访灵隐、岩濑，因请余过吴。秋至长洲，议先游太湖，然后入浙。会秋霖连旬，客有言妇女宜静居窥观，不可登临，曾不乐，遂罢行。余亦念冬寒道长，且复南归。张生复以曾诗刻本来质余，云欲改刊。览其诗，篇篇学古格律，无复俗华靡，而风骨益洁，视在蜀时又异。询张生，乃反无所作，自云应试纷其心云。

古今已来，妇人传诗者多矣，其词意率不同男子。妇人从夫或从父宦商，虽仆仆风尘，以为固然。从游者一跬步，辄为汤文正、谭叙初所讥诃。从一也，有所利则人许之，无所营则人诧之。

①辑自曾彦《桐凤集》卷首，又见于《湘绮楼说诗》卷六、《雅言》1914年第1卷第9期、《中和月刊》1943年第4卷第3期、《湘绮楼集外诗文》。

男子有不役名利者，可汪洋恣肆以充其志。女子虽超俗，禁不许出房闼，其何以增其学力哉？曾夫好奇通脱，无故挈妻子行万里，故曾诗颇有古作者之风。又不应试，可专肆其力，宜其有成也。谁谓词章末艺？所言吟即可验其学。世未有汩汩于利名，而能言风雅者也。名者，小人好之，君子成之。余既嘉曾有丈夫之概，又悲夫晚近议论不探其本，以枉遏人材。宜夫士大夫之相趋委靡而不振也夫！于时岁在己丑寒露日，闿运题。

环天室诗集序[①]

重伯圣童，多材多艺，交游三十余年，但以为天才绝伦，非关学也。今观诗集，蕴酿六朝三唐，兼博采典籍，如蜂酿蜜，非沈浸精专者不能。异哉，其学养之深乎！湖外数千年，唯邓弥之得成一家，重伯与骖，而博大过之，名世无疑。所征引有余未知者，未能校其讹字，为点阅一过，题此代序。宣统元年九月甲戌闿运题。

环中庐诗集跋[②]

道光中，与邓弥之兄弟倡诗会，其后各自名家，格律大抵相似。自是，海内诗人诗派不约而同，初不相闻，非相仿效也。近年张孝达亟称郑苏盦诗，余未见其集本。及文芸阁以诗雄京师，

---

①辑自曾广钧《环天室诗集》卷首，据《宁夏大学学报》（人文社会科学版）2021 年第 1 期李香月《新见王闿运序跋八篇考述》标点，唐红卫审校。

②辑自长沙《大公报》1915 年 10 月 11 日，据《宁夏大学学报》（人文社会科学版）2021 年第 1 期李香月《新见王闿运序跋八篇考述》标点，唐红卫审校。

则不出本朝诗派矣，是清诗固未亡也。比者程子大以诗酒豪，而南北诗人多称顾印伯。余在成都，数与印伯数晨夕，然未见其诗。今环中庐诗才浩瀚，而多与顾唱和，盖将夺邓、王之席，变湘声为夏声者，其可以沟通郑、文，且一变清诗，合唐宋而冶之乎！其不同元遗山欲兼诸家而不见本色也。乙卯人日闿运题。

古砚香斋遗诗叙[①]

《古砚香斋遗诗》，余署正佐卿所作也。往因曾劼刚识佐卿，曾方以姨刘择婿，特以夸我云："佐卿清才也。"时曾妹婿聂亦初婚，聂自谓不及余，人亦以为不及。日夕过说，多就佐卿所，一时名辈豪贵，皆贤佐卿，独黄子寿以为轻浅不载福，未几而佐卿夭逝。曾仕显要，亦旋溘化，独聂再领节镇，归居长沙。前时余家座上客，大半宿草，不复知有佐卿矣，虽欲致子寿一纸，岂可哉？曾既夸佐卿于我，又夸之于李眉生、张香涛，今唯香涛存，方议罢科举、废辞章，使不遇如佐卿者得从学堂使才出身，以散数百年帖括伊吾之恨，又惜佐卿之不待也！虽然佐卿不愿为曾参赞，而从曾诸使员亦略死尽。昔人以文人为无益费神，古今之费神为有益者，又竟何益哉！佐卿才不足副曾望，要不得谓为非清才，即子寿所云"轻浅"者，亦以才人评之也。其先作诗，不出高青丘、陈卧子、屈翁山、王阮亭门径，及与我游从，慨然学无益之文，今存五言数首，是其变也。劼刚、香涛皆不知中甘苦，

①辑自余世松《古砚香斋遗诗》卷首，又见于长沙《大公报》1916 年 1 月 19 日，据《宁夏大学学报》（人文社会科学版）2021 年第 1 期李香月《新见王闿运序跋八篇考述》标点，唐红卫审校。《湘绮楼日记》光绪三十二年八月九日记载："为余佐卿看诗，且作叙。"

宜不足以知佐卿，故余因其子请为刊遗诗，皆因其原本，以存其真。

艺芳馆诗钞叙①

重伯编修当成童时，始自京师归长沙。左季丈、郭筠兄与语，皆惊为天才，茫然不知所酬答，一时声名满湘中。数数过余，每谈辄移晷，或至夜分，必有一老仆随之，不暂离。余心知其母夫人督教之严也。既入书塾，见其两弟，则衣履朴陋，恂恂如村童，益叹母教之贤。又闻其女子皆能书画，工诗文，益心羡之。曾氏自文正公以儒臣立大功，兄弟子姓云起龙骧，并有异才，而重伯独秀逸，有名士风。余尝论之，一姓之兴，自其积累。若其脱离乡俗，苕发颖茂，超然群萃之外，必婚姻之助也。

重伯母夫人，蕲水名家，幼侍宦游，以文儒之训渐，奉英杰之宏规。夫君既以算学冠中西，诸子复以才彦继勋阀，乃其家法无异寒素，能陶成美材，使就范围，其用心尤难于养不才。既庆文正之有佳妇，又伤郎中之以诸孤累未亡，而不及见其盛也。今夫人已逾六旬，诸子奉诲，幸诒令名，思使当世传其徽音，乃最录所作诗篇，自癸酉及今三十八年，皆纪事书怀之作，既不求工，而自然见其性真，非有学识莫能为也。因以余所钦钦者，述于简端。宣统二年岁次庚戌春二月戊寅王闿运叙。

---

①辑自郭筠《艺芳馆诗钞》卷首，又见于《湘绮楼日记》宣统二年二月四日、长沙《大公报》1918 年 6 月 9 日、《中和月刊》1942 年第 3 卷第 10 期、《湘绮楼集外诗文》，据《宁夏大学学报》（人文社会科学版）2021 年第 1 期李香月《新见王闿运序跋八篇考述》标点，唐红卫审校。《中和月刊》《湘绮楼集外诗文》题名《曾栗諴妻诗序》。

思兰堂诗集叙[①]

自史家以经学师承为《儒林》，后之词章家有《文苑》，凡论文学，未为无师承者也，有之自赵宋始。讲经者由心悟，作文词者必己出。师法之废几千年，乃反以明代五子、七子为优孟。余尝论之，优孟所以见称者，以其似孙叔，岂非贵其摩拟耶？优而可相，又何病焉？然文与世运升降，非人能为。自乾隆以来，经学始盛，至咸丰而词章斐然，经学或有人提倡，词章之淳雅，未有知其所由者也。

有外甥曾竹麟，与余家麓槃，皆童幼时下笔成章。及长成，已可入《儒林》《文苑》，乃始与余相见，观其材志，非可限量。二子出而涉世，与当代贤豪接，皆以为得余观摩之益，独余心异之，以为必大成。秀而不实，相继夭逝。麓槃游李少荃之门，少荃不重文学，未能奖拔之。竹麟以余荐见张孝达，孝达于人片长无不奖，独未能赏异竹麟也。岂二子自负其能，而不屑屑于两公乎？古人所以欲得一知己也。然二子早逝，无以自见。搜其遗文，又多散失。说经注子之书不成，独诗卷恒随身，存百之一耳。麓槃遗诗，其同年生叶君为刻之。竹麟诗犹有此五卷，虽不纯古，要可想其意趣。其子广武为刊而存之，辄序其因由，以慰二子不遇之感云。乙卯三月上巳日王闿运序。

---

①辑自曾纪元《思兰堂诗集》卷首，又见于《湘潭文献》1947 年第 6 期，据《宁夏大学学报》（人文社会科学版）2021 年第 1 期李香月《新见王闿运序跋八篇考述》标点，唐红卫审校。

寻古斋集叙[①]

陈恪勤生湘潭，而遣子就学常宁。余近年教学衡阳，而颇患常宁生来问学。相去不二百年，常宁之盛衰大异矣。当道光时，唐艺渠抚部以文雄于岳麓，刘武慎、陈隽丞侍郎皆师礼之。余获交当军兴时，已而唐从胡文忠领鄂军，列四将，号“多鲍唐蒋”，多鲍武，唐蒋文，俱名达宫禁。唐遂以举人跻藩司，授皖抚，改直隶布政使。频招余至鄂、燕，晨夕论文，亦间示己作，皆含豪藐然，以超澹胜，顾未尝论及其乡先辈。余亦习闻常宁十子，乃陈恪勤所推制艺名家，非我所用功，未遑论也。

及垂耄耋，乃见寻古斋文诗，始知十子同时有李振南明府，文雅澹有品，艺渠所宗也。治行亦如恪勤，亦以直见黜。乃知常宁大有人，人亦非隐而不著也，特俗论汩没，知之者少尔。振南游迹亦半天下，独先知姜斋而称道之。恪勤未尝称姜斋，则其经史词章之学，不若振南入之之深也。顾恪勤名震天下而振南不显，岂非以其但免官、未深劾致死乎？然使恪勤当日冤死，则江南枉杀一廉吏，犹之江西枉劾一文吏，无与治乱之数也。幸其各有文诗流传，不终没尔。立德立功，皆恃言以存。然则三不朽亦虚语也，人生将何寄乎？因晚读斯文，又嘉其后人能重刻其集，感而叙之，又以吊艺渠焉。其集先刻于江西，精致有康雍格式，道荣堂不逮也。今重刻亦重摹原本，聊存典型，不与仿宋争雅俗也。

---

①辑自《小说月报》1919 年第 10 卷第 3 期，又见于《中和月刊》1943 年第 4 卷第 3 期、《湘绮楼集外诗文》，据《湖南人文科技学院学报》2020 年第 1 期朱德印《新见王闿运佚文五篇考述》标点，唐红卫审校。

八指头陀诗集序①

诗歌，僧律所戒，而寒山以之度世。唐时俗尚吟咏，亦犹㲉音兽言，入其群以接引之也。寄禅师兄幼誓出家，然指求法，精进甚苦。初不识文字，忽有慧悟，通晓经论，有逾宿腊。然颇癖于诗，自然高澹，五律绝似贾岛、姚合，比之寒山为工。湖外朴检，士大夫虽异之，莫能崇奉檀施也。故得全其孤洁，自吟自赏而已。使有刺史求见之，几何而能留国清乎？夫法尚应舍，何况言语？然世尊相好妙音，皆尝示见，供人赞仰，生人信向。闿运平生求工文词，信为逐末矣，既见所录，辄题以告学者。丁亥闰月戊申湘潭王闿运序。

八指头陀诗集后序②

自晋以来文胜，至唐诗胜，赵宋理胜，而释家均随世有拔萃之秀。就诗论之，唐僧诗不能颉颃王、李，六朝僧诗无愧陆、谢，唐后益靡矣。盖法显、支公兼文理以为诗，齐己诸人徒事吟咏故也。谢灵运讥孟顗无慧业。慧者，圆顿之所尚；业者，退堕之所由。然谢双举为言，岂不以一切法为慧为业乎？知业之善犹不善，益知业有善有不善也。其理非赵宋后之理，其诗即非赵宋后之诗也。吾乡多诗僧，诗不胜余，僧定不胜余。而寄禅和尚以慧业，

---

①辑自民国八年仲冬刊法源寺文楷斋本《八指头陀诗集》卷首，又见于《中和月刊》1942 年第 3 卷第 4 期、《湘绮楼集外诗文》。

②辑自民国八年仲冬刊法源寺文楷斋本《八指头陀诗集》卷首，又见于《中和月刊》1942 年第 3 卷第 5 期、《湘绮楼集外诗文》。

故不由识字，自然能诗。众耸异之，争相传抄。欲其省便，因为刊布。余初序之，引贾岛以比，意以为不过唐诗僧之诗耳。既隔一年，复有续作，乃骎骎欲过惠休。余序未为知言，亟刊前序，更为论定，亦见进步之速也。寄禅得慧而能兼文理以为诗，可谓稀有。虽然，慧亦业也，法亦业也，散花所以供养，何故反以著衣为结习？众无花业故，故亦无花慧。知此而寄禅可为诗，亦可以不为诗矣。戊子十一月既望王闿运改定重题。

杨中丞遗稿叙[①]

咸丰初，曾侍郎治兵衡州，其时内外贫困，户部指空籍以应军饷，藩司以库空为能守职，督抚不能过问。朝出大臣佐团练者，牧令偃蹇不为使然。有能自出资募军者，疆臣任其自为，廷臣固不知也。海内通饬团练，实无一团练。惟独曾侍郎倔强乡里，不肯自休，则建议令富民出资助成军，尤注意诸大臣厚禄之家，以为皆宜毁家以纾国难。而湘人故少达者，其显著唯安化陶、湘阴李、清泉杨、衡阳常而已。李、常新死事，方优恤。陶倚其姻家以诉巡抚，巡抚左右之。曾往督捐输，乃悉簿上田契，请变价以应诛求，侍郎大沮。唯独杨氏出银二万，义军赖之以起。于是愧焉，念无以报之，则专奏故湖北巡抚杨公宜祀乡贤，臣掌礼部即部议也，请特诏准许。文宗责其专辄，严饬夺职，其事遂寝。越二十年，曾成大功，中外皆尊伟之。杨公名益以彰，其孙曾影缨搢笏、乡举朝籍知名者翩相望，闿运皆与之游。登其堂，见仁宗褒嘉天语犹新，间求其文集治谱，则谢无有。

---

①辑自杨健《杨中丞遗稿》卷首。

尝游广州江夏，迹公所莅，其遗老率称其廉爱。而荆沔江堤间往往私祠公，至其所设施不可复知矣。曾孙棨等乃搜藏箧，得奏稿十余册以相示。多例奏，不具录，录其自草者为一集，以存其名。而以曾侍郎前奏及闿运所知者略述之，俾后人有所考焉。公之罢官，坐总督微累。近日方断断患督抚同城之不可为政，不知当日之互相监也。网密则漏吞舟，疏则纲纪不振。今之督抚，非昔之督抚也。昔患其密，今患其疏，故陶文毅以恢廓而祠名宦，杨公以纯谨而举乡贤。使逢今之时，其皆可以矜式诸大夫乎？庚子三月既望王闿运谨序。

比竹余音序[①]

往昔邓辛眉从孙月坡学词，邓父语余曰："词能幽人，使志不申，非壮夫之事、盛世之音也。"余窃笑焉，以为才人固甘于寂寞，传世无怨于凉独。使我登台鼎，不如一清吟远矣。特病不工词，不恨穷而工也。未三五年，天下大乱，曩之公卿多福寿者，相继倾覆，而词客楚士流传兵间，憔悴行歌，不妨其乐。余亦渐收摄壮志，时一曼声。既患学者粗率，颇教以词律。

东南底定，海氛未起，于天津行辕得见叔问中书。叔问贵公子，不乐仕晋，乞食吴门，与一时名士游，文章尔雅，艺事多能，而尤工倚声。吴门，孙君故国也。前五十年，孙君与如冠九以词唱和于浔阳、庐山间，佳句犹在人口。冠九则叔问乡前辈。再前则成容若，湛沦盛时而词冠本朝。邓丈所言，吁其验矣。余交叔

①辑自郑文焯《樵风乐府》卷首，又见于《国朝文汇·丁集》卷十四、《中和月刊》1943 年第 4 卷第 4 期、《湘绮楼集外诗文》。

问，又将廿年，而时事愈变，吴越海疆不能有歌舞湖山之乐。余居三闾之徂土，无公子之离忧，樵唱田歌，一销绮思，穷则至矣，词于何有？邓丈之言，其犹衰世之感邪？叔问远来征文，辄述师友身世之感以告之。时光绪壬寅夏四月五日，王闿运题于长沙城中湘绮楼。

盛寿岩诗序[①]

古今称李白豪于诗，自许能倚马万言，杜甫亦云斗酒百篇。今观其集，唯古风有数十首，殊非一日之作，自外无连数十篇者。至明人乃有一夜成百首以夸同人，率一生偶一为之。若其兴酣疾书，下笔不能休，余所闻见唯汤海翁，亦只自言十年三千首，以太白较之，费三石酒耳，何其仅也。余友邓辛眉五十年诗殆万首，比之《剑南》及《乐善堂》，皆以久积为富。

善化盛寿岩勇于诗，自言年甫壮已有诗二十一卷。余得见其衡、永游诗四卷，无论大小题古近体，每辄二三十首，自言不多则郁郁不快。曾涤丈所云数十万言才未尽者，乃真复见之，信天才之各殊乎？诗气豪而语绝驯，无艰深险怪之字，于吾县陶园为近。其先世固居吾乡，为巨富，至寿岩，孤贫力学，宜以其文富哉！义宁陈侍郎抚湘，礼致之甚敬。及设湘学，上客后皆挂文网，寿岩翛然不与，又非太白好侠之比也。今将游江、淮，益壮其诗情，将十年万首，并载百斛酒，拍浮长江，又何羡乎“汉水鸭头绿”乎？余居饭颗山，瘦且老，犹将与细论文也。

①辑自《湘绮楼说诗》卷五，又见于《湘绮楼日记》光绪二十六年闰八月二十六日、《中和月刊》1942 年第 3 卷第 11 期、《湘绮楼集外诗文》。

阙存斋遗诗序①

右《阙存斋遗诗》一卷，闿运从祖父兄子佶韵之所作也。佶韵亦字麓檠，少孤，受学祖父。骄稚之，未尝督课。年十一，旅于零陵，忽与余书论文，词意斐然，始大异之。其后相见时，冠娶矣。文笔、诗歌皆不凡，近六法八体，并有逸趣。同辈尤赏其画，谓近四王。顾与余并不能家食，各自游旅，相聚尤罕，学派亦殊，而独相推敬。意以海内无足与语，唯臣叔尔，用是亦大得狂名。

朱肯甫詹事来督湘学，乃首拔之。左季高相侯故有姻连，其督两江，恒游于幕。及左被劾，朝廷重伤元勋，诏彭尚书核其事。彭与余笃好，亦知麓檠名。按其客皆琐琐下吏，唯麓檠及余妻侄有名字，因以塞命。又谬以附生为贡生，贡生故不隶学官，欲学官以无稽寝其事也。而忌麓檠者，乃依实更正，用此除名。麓檠既以附为贡，其先故别有监照未用。依名录科，遂为乙酉乡试解首，众又大哗。既以前后错谬不可究诘，用是以无妄得咎，而有碍者反不问。盖麓檠之名尤噪于此。既上公车，遂不复归。又八年，于天津旅卒。

平生文笔都不自检藏，唯游草狼藉数卷，其友人张君白珩殡敛时得以还余，俾授其子钞得如干首为一卷。又七年，其同举生叶君德辉闵麓檠之无传，刊而存之。是皆非所注意，其志学将大有所见而竟无所著，为可悲也。余于麓檠生时既不能有所裁成，

---

①唐红卫辑自王譔《阙存斋遗诗》卷首，并点校。刘安定又发现于《湘潭移风乡王氏族谱》。

感叶、张两君之勤拳，弥自恨失吾家珍，因记其行迹以谂时贤。光绪二十有七年三月丁卯朔王闿运书。

仙舫诗存叙①

《仙舫诗存》四卷、《杂咏》一卷、《悯忠诗》四卷，溆浦严先生作。其子咸奉命属湘潭王开运校字，缮写既定，叙曰：昔子夏受经孔子，亲承微言，大义昭晰，以为正得失、动天地，莫近乎诗。孟子曰："《诗》亡而《春秋》作。"故诗者，圣王垂教之统纪也。太师陈诗，观民风一代之典备矣。国废不采，则贤士大夫虽有讽谏，礼不自献，无补于治乱，故私作无为也。然则感时抱忠、宣情吐奇，终不能默息。而一人之情性著焉，天地之文美矣。诗者，文之至和也。轻儇之思，其志骄；纷纭之学，其词浮。外以骄感内，内以浮饰外。国典坠而性情野，莫患于为诗。君子明乎修治之故，达于圣教而怀其文礼。吟咏情性，和之节者也。

盖严先生少而好学，耄而习礼。承先德，敷皇化，观中外之得失，见盛衰之原本。其亲民也诚，其接人也忠。若生商周，备国史、成风化、言王政，入则吉甫肆好之风，出则武公自警之篇。文宏而用博，明不以空言自文也。至于政不溥、志不达、躬行之不逮而文外矣。其周旋方隅之内，闻见并世之士，求前后之效，奖纤豪之善，亦寄于斯编。沈而不妄，慎而自择，诗存之义也。质以垂教，口无敎言，杂咏之体也。人有善则举所知，知之未尝求全，悯忠之录也。三编之存情性之端、学思之原，是以先生优游儒林，以无忘节和，去夸淫，酌华实，比垂教之盛焉，斯古诗

①辑自严正基《仙舫诗存》卷首。

之谊也。同治二年夏五月甲子年家子王开运谨叙。

松梦寮诗稿序[①]

咸丰用兵以来，湘军复六名城。善后之政，惟浙江为善。左侯之治，未能过曾、胡，则曰蒋布政之为也。蒋亦未能过严、李，则以杭士大夫实左右之，而丁君松生为最有功。蒋公之兴，余所举也。丁君屡荐不肯出，余亦四十余年不至杭，故讫未见君。己亥冬，寓西湖三潭，故彭尚书寄楼后奏改为专祠，亦丁君主之。又欲搜讨杭州名胜故迹，而君有《武林掌故》之编几千卷，能悉益我闻见。知君非独政事材，乃其文学不可及也。惜寒雪经月，未得造君之庐，一申企慕之情。嗣君亦未出城，不得相见。

濒行乃承以君诗稿、传志见示，将征余文。览俞君所为传，不复能措词矣。君诗风格峻上，而其用意在征实传事，绝非世所谓格调高下之说。盖观其诗而知其人也。嗟夫！世之论者恒曰当世无材，有材者又曰世不我用。彼不知不用之非材也。庄生愿处材不材之间，所谓间者，不见用而自有用也。君有名于时，再被特举，不可谓不受知。三十年来，抚浙者皆与亢礼而任以事，不可谓不见用。人第以但用于杭，于杭用而又但在抚恤搜辑之事，以为君惜。不知并此不用，而君亦有以自见也。孔子论隐居达道意，以为夷齐犹未足当之。以其扶翼世教之功，非尽人所能识，故设四科、序六经，而后隐士之道昌。君特隐而仕者耳？然其道固已达矣。因序其诗以告世之怀材者。光绪庚子二月九日王闿运谨序。

---

①辑自丁丙《松梦寮诗稿》卷首。

刘希陶先生集序①

夫言期不朽者，徇名之恒见；因人存文者，后死之深悲。是以贵骥一毛，珍龙尺木。何也？世不希觏，故宝而存之。中兴以来，湖南达人多矣。咸垂名竹素，自致青云，或覃思于六经，亦抗衡于三达。

刘君希陶者，新宁尚书之季弟也。少无俗韵，长绝宦情。避轩冕如恐污，寻文史以自乐。闲游杭桂，萧然羁旅。闻其风者，皆洗然易容。尚书曾语余云："吾弟风节峻洁，居然名士。吾以其标置，望而畏之。"余云："公若以世情相期，彼亦以复畏其官气。"尚书大笑，闻者以为知言也。及甲午之役，奉命危难。趋附者惧迫于死绥，激昂者不甘于分谤。君星驰赴军，轻装犯雪，朝夕将护，敬爱弥崇。未尝有讦直之言、傲悻之色。然后知其以礼自将，非畸人之行也。夫安乐不淫于富贵，患难则笃其孔怀。固以砭於陵之非廉，见谢安之体国。谈者犹为之欷歔，而况于同气乎？归遘门丧，兼伤国事，曾未中寿，遽从迁化。

闿运为位僧寮，悼其风概。未及会葬，忽已弹琴。死吾息也，岂其犹恋？但风尘未已，令失斯人，举目河山，埋忧何地？贤兄切祝予之恸，从子伤萎哲之歌。哀缉杂文，都为一集。观其自摅怀抱，不劳鞶帨。申眉抵掌，若可呼之。既屡散万金，不荣一命。布衣终身，谅为烈矣！岂直弟五之名，同于骠骑将令。偕隐之志，不愧小山。余恐论者慕君之高，而未详其至性，是以披文逌尔，掩卷凄其，辄仿萧统之序渊明，谓有助于风教也。君被服儒素，

①辑自刘侃《犊鼻山房小稿》卷首。

而技乐豪华。爱乐武冈，依城营宅。晚寻三《礼》，服膺郑学。朋会讲习，谦退不言。华屋书堂，阒其虚矣。余所以东望都梁，空怀芳草者。尔嘉言轶行，其可尽乎！光绪二十六年闰月寒露日王闿运序。

四照堂诗集序[①]

夫风云入简，声色寄其灵；日月顺环，才思之所阅。南越新篇之奏，桂蠹一双；东溟照夜之光，珊瑚八尺。所以重斯芒烛，借彼珍瑰。谭君荔仙发藻融晖，资才粤异。逸情生境，下笔成章。览采相贻，羽仪必振。方之玉气，探龙璧而霞高；譬以枝华，取翠禽于月采。七弦有度，如移海上之船；大树留功，即和门生之笛。是以望古遥集，同心斯应；敷笺既得，竖义欲骞。况其绘水作声，看云共卧。明波夕起，层楼抱百变之龙；紫星遥映，南斗动三山之影。壮怀所托，妙体为图。咏唱则出石为音，会巧则施屏拜画。乃得负其轶志，穷其胜赏。今者冲飙卷意，张翰方归；荒城落晖，阮公兴叹。秦兵唳鹤，宜永嘉之流寓；安仁素壳，同傅燮之求生。易水闻歌，方思壮士；楼船横海，更忆当年。巴陵五月之波，即时秋色；宗悫长风之概，并复山飞。恨曲凄情，其可知矣。求万金之产，远问沧君；补杂纸之袍，将怜庚信。是则苏武生别离之世，屈原有烦乱之心。犹得音变阳春，豪传调谷。性灵含吐，尤在斯人。抱剑遐征，弹琴有寄。若使铙诗动响，则下马成文；玉轴依然，则汗牛归籍。扶轮奏雅，接袂方论。故国山川，清时鼓吹。时咸丰四年甲寅仲夏下九日，王开运壬秋序。

---

①唐红卫、李超平、刘安定辑自谭溥《四照堂诗集》卷首，唐红卫点校。

师竹轩诗集叙[①]

咸丰末岁，天下文武之道最盛。然文不见用，多游京师。庚申春闱，海内知名之士与试者六十余人。人人被荐，人人见黜。其时主文大臣犹承平帖括生，守长技不通变故也。自文宗东幸，共和为政，朝野风尚，悉改往时。文人多以武进，应进士举者，隽不得十。而场屋甄拔破格，恒举百以觊得一。故奇佹者岁必登进，始患才难矣。庚申集六十余人而土苴之，未二三科，揭号而求之，而皆曰天下无人，才难才难，岂其然乎？

刘景韩先生少有美材，当咸丰时，故乡云南乱，停乡试者十年，乃诣京师求举。虽过庚申，犹应试如承平故事，然竟不得。犹有天幸，劳而见甄。过五十，为命大夫耳。其场屋帖括三十年，则诚何为哉？闿运当己庚之交，与君同求科第，同于不得。往时与同人学诗，选录汉隋八代名篇，君辄览诵，顾未尝轻作。交游三十年，亦未尝酬唱也。今年二月，至清苑访君，因慰君悼亡之悲，见孔夫人遗诗，风格清高，多学古调。君又出己作见示，曰："余妻尝谓吾拙于篇章，君谓何如？"余乃惊喜，反覆吟玩，不图君之私致力也。

余好为诗，君不为诗，皆天下所共闻。今观君诗，思深而境微，下笔欲在三唐前。特小有字句未安，要非近代名家所及。孔夫人之言，何其大异于邹忌妻乎？抑欲以专门苦吟相绳，未遑论其意境耶？孔夫人其犹有近代名家之风与？取吾言，足定之矣。

---

①辑自刘景韩《师竹轩诗集》卷首，又见于《中和月刊》1942年第3卷第8期、《湘绮楼集外诗文》。

曹子建云："后世谁知点定吾文者？"余为君易其未达之词，以发其英华。具述君初不为诗及能诗之由，以告知者。幸勿土苴君诗，如庚申主文，又令君重下第也。他日君刻此篇，当悉存原本及余所点定，则知君功力矣。自赵宋以来，言才藻者，得一二语便驰名江湖，其孰能积而后发乎？且有真知而后有真材，则六十余人之见黜也固宜。光绪十三年闰月癸丑王闿运叙。

若宇太守诗集序代　丁丑①

咸丰中，宪和侍先侍讲游湖外。时初学缀词，侧闻庭诰，言湘中官吏能文学者，南有黄海华，北则若宇太守。又廿年，奉檄守武冈，太守知宝庆，以属吏谒见。咨禀官政，暇及词翰。时欲观全集，自以谫陋，未敢窥长者涯涘。逾年受代，太守亦以公事留省城，治善后。宪和又为局吏，朝夕接奉，每事受诲，乃多及文事。太守因示所作文诗，且曰："子先公尝点定，宜有以志文字会合之缘。"

宪和伏读感怆，又眩骇于浩博情藻。循诵还复，而不知所称。既而叹曰："夫文以道事，诗以宣心，岂可伪哉？"太守当清时居贫，不累华膴，故其词幽而秀。及官湖外，值资格平进之世，上下安静，不愿乎外，故其词安而雅。军兴，人才争自见，而独守素志，不厌簿书，故其词恬淡而正。及夫东南稍安，时局更新，曩之先辈流风，不复可睹。后进小生，起持节旄，不获见儒雅坛坫之事。太守乃独与耆隐优游唱和，盖其年亦将老矣。今观其集中所酬答之人，大半云散星沈。而湖湘时局之变，亦略可推睹。

---

①辑自《中和月刊》1943年第4卷第2期，又见于《湘绮楼集外诗文》。

宪和窃幸从先侍讲时得闻高名，而三数年间，再从公游，不至以俗吏自隔。所谓永嘉之后，得闻正始之音也。至其格律词意，读者可因其言以知其政事学术，固不俟赞颂而始著耳。

勉吾公杂文叙[①]

守拙斋杂文，善化韩勉吾孝廉之剩稿也。自余弱冠，获交黄晓岱侍御，与勉吾相得甚欢。晓岱乡居，来城必主其家。时勉吾席先业，称富家，闭门守静，不一干时事。而晓岱好访人才，所往来皆闻达名人，人见之者莫不知。勉吾以此不得自匿声名，日闻冠盖辐辏其门。晓岱虽不在城，君乃日接宾客，酬对游宴，文酒日会，以倾其家。其时科举尤重，曹郎中镜初最能为正嘉之文，盛推君有先辈风格而利于场屋，自以为不及。于是城中好言文者争师事君。桂阳陈巡抚、湘阴曾伯督并场屋名宿执贽请交，知不可致，遣子侄受业，荪石副宪、慕陶侍郎皆其弟子也。其余翰林进士相继，而身困棘闱，年过强仕，始获乡举。再上公车，不第。陕甘督左伯特疏论荐，以助饷议叙知府。先是，滇督、新疆抚及曾伯督聘币交辟，均以养母辞谢。及养亲事毕，乃以本官指分贵州。贵抚李公故闻君名，而贵州瘠苦边荒，官吏视为畏途。龙阳易布政发愤捐分，人皆迂之。及君请往，院司侧席，即以檄总理营务兼巡抚文案，待以宾礼。君本以文儒长，逢军旅，赞佐幕府，练达戎机。久在田间，知民利敝。投笔参军，剖决沛然。朝批夕答，竭心毗赞，主帅倚之如左右手。每治官书，中夜不寝。积此劳瘁，曾未一期，遽以疾卒于馆，年五十有二。所存文诗十分无

①李超平辑自民国九年刊《长沙韩氏支谱》卷五，唐红卫点校。

一，以欲见涯略，录存如此。

孤子瀚以闿运夙托知好，来请一言。窃以军兴达人文武众矣，至于众所推挹、初无间言者如君之比，盖罕其人。虽未领封圻，治民吏游刃有余，固所同许也。推其得力，守拙而已矣。昔潘安仁论公卿以为巧宦之效，后世之取高第、致通显，则巧者无所施其智，而国家无所考其功，盖听其所遭焉。惟君则未举时，世皆以为宜举；未莅官，而世以为能官。观其遗文，亦拙者之志也。夫好文章、喜议论者，宜莫如余。而欲不官以为巧，则读君之文而叹其能守拙，其亦吾亡友曹、黄之所同慨欤？宣统三年五月戊戌朔王闿运叙。

读墨要指[①]

凡读古圣人书，贵得其要。读书而不得其要，如网无纲，如丝无纪，始则疑之，继且毁之。墨子之书，大要有三：曰仁，曰俭，曰勤而已。儒者患道之不明，故学问思辨之功多而长于文，其利于人也久。墨者患道之不行，故力行之功多而长于行，其利于人也大。儒文而墨质，儒弱而墨强，大较然矣。

仁者兼爱之谓，天下一家，万物一体，不敢恶于人，不敢慢于人也。俭者节用之谓，不厚自奉养，不作为无益，不伤财，不害民也。勤者强行之谓，劳勤心力，不敢自暇自逸也。兼爱者，墨氏之宗旨。强本节用，所以佐而成之。俭者仁之基，勤者仁之用也。兼爱之事，约有两端，曰养，曰教。有财以分人，有力以助人，有道以教人也。节用之事，亦有两端，曰有用，曰无用。

---

①王振中辑自曹耀湘《墨子笺》卷首，并点校，唐红卫审校。

有用者谨之，无用者去之。衣服饮食、宫室舟车之属，民用之不可缺者也；珠玉鸟兽、音乐厚葬之属，无益于民用者也。强行之事，亦有两端，曰劳心，曰劳身。心者，身之主宰。身则耳、目、口、体皆有其用。强勉学问，则智益明；强勉行道，则身益修；勤于养人教人，则人益治。勤之道取于益，益于己，益于人，两益而无所损也。俭之道取于损，损于己乃不损于人。不损于人所以益人，亦即所以自益也。损己而云自益者，损在欲，益在理也。人有生而不能无养，一粟一布之奉，圣人皆视为天禄，而弗敢轻。人有欲而不能无教，一喜一怒之情，圣人皆敬畏天威，而不敢肆。俭之至，则道足以约其情，勤之至，则功足以称其禄，二者又交相为益也。先贤有言："禹墨之教，忘己而济物也。"上者王公大人，下至一介之士，莫不有养人、教人之责，则皆宜以忘己济物为怀。不自厚其生，乃以厚天下之生。能约其情，斯能尽其性，以尽人物之性。内为圣，外为王，天下归仁，自天祐之，而况于鬼神乎？是墨子之学之极致也。书中如《法仪》《尚同》《非攻》《天志》《明鬼》诸篇，皆兼爱之旨；《亲士》《修身》《尚贤》《非命》《非儒》诸篇，皆教勤之旨；《七患》《辞过》《三辩》《节用》《节葬》《非乐》诸篇，皆教俭之旨；余篇或专言之，或兼言之，触类而求，思过半矣。故曰三要也。

墨子之书，有一言而千圣百王所不能易者焉。其言为何？则《贵义》篇中"必去六辟"一语是也。辟，偏也。六辟，即六情也。情者人所恒有，而谓之辟者，人性无偏，发而为情则偏矣。既发以后，而情不可遏，放焉流焉，则以为咎于身，为害于天下，是以圣人务去之。《中庸》曰："喜怒哀乐之未发谓之中，发而皆中节谓之和。致中和，天地位焉，万物育焉。"致中者，致之于情未发之先，所以完其性也。致和者，致之于情既发之后，所以节其过也。性盛则情微，情炽则性隐。故情与性，犹阴与阳，相为消长也。夫圣人之事，修己治人而已。修之己者，无所用情者也。治人者，有所用情者也。无所用情者，情灭则性显矣。有所用情者，节之又节，和而不流，则仁至义尽而性仍不失矣。喜怒哀乐四者，情之最著者也，其原生于欲恶。《礼运》曰："欲恶者，心之大端也。"并二与四，是曰六辟。墨子兼爱俭勤之教，所以去己之辟，即所以平天下之情。人情莫不好逸乐，恶劳苦；好丰厚，恶贫约。墨者为己之所恶，以成人之所好；损己之所好，以除人之所恶。本之一心，是为仁；推之四海，是为义。仁义以立人道，而天地参焉。且夫喜不节则赏无艺，怒不节则罚无辜，哀乐不节，则养生送死，靡财力以事无用。故其喜也，则便僻列位，拘女充庭，狗马鸟兽珠玉之玩，驰骋田猎毕弋之观，远方珍怪之物，土木兴作之功，不可胜计。其怒也，则侵凌攻伐并兼，覆军杀将、伏尸流血之惨，不可胜计。其哀也，则厚葬以破业，重服以伤生，棺椁衣衾明器陵墓之费，毁瘠黧黑之容，三年期月功缌之数，不可胜计。其乐也，则宫室台榭苑囿，丹青刻镂之饰，文采靡曼之衣，刍豢煎炙之味，钟鼓管弦之音，燕饮歌舞之娱，不可胜计。举凡墨子之所讥而非者，斯世固纷然趋之，王公大人且依之以为政教，士君子且缘饰之以为礼俗，又书之竹帛以为法式，曰古者礼乐刑政之文若此也。害中于生民，祸被于后世，而其本起于人情之不节而已。故情之初生，泉流也。其流极，则洪水也。《墨子》之有《节用》《节葬》《非乐》《非攻》诸篇，譬之犹堤防也。《尚贤》《尚同》《天志》《明鬼》诸篇，譬之犹疏导也。"必去六辟"之一言，则拔本塞源之要术也，读《墨》者不可不知也。

又按墨子之教曰："嘿则思，言则诲，动则事。使若三代御，必为圣人。"其在《修身》篇曰："藏于心者无以竭爱，动于身者无以竭恭，出于口者无以竭驯。畅之四支，接之肌肤，华发隳颠而犹弗舍者，其唯圣人乎？”故孟子曰：“墨子兼爱，摩顶放踵，利天下为之。”圣人之所以为圣者，勤也。圣人之所以贵勤者，欲其密也。《易·系传》曰：“退藏于密。”《庄子·德充符》曰：“使日夜无隙，而与物为春。”勤于心，勤于口，勤于身，无顷刻之疏，则无纤微之隙，其密也至矣。密之至，然后可以藏。倘有隙焉，物斯入之矣。《易》曰：“终日乾乾。”曰：“自强不息。”《论语》曰：“无终食之间违仁。造次颠沛必于是。”《中庸》曰：“戒慎不睹，恐惧不闻，道不可须臾离也。”千古之圣人，岂不同条而共贯哉？

镜初先生博通三教，以为释迦兼仲尼、墨翟，故自许立身兼仲尼、墨翟。晚治《春秋》，尤与余善。余方注《墨子》，时与讨论，但知其善墨，未知其亦有注也。余注既刊行，自叙其意，犹以不见曹注为憾。

丙午冬，到长沙，乃闻校经生言，曹故有注，欲从其族子借刻之。余甚惊喜。适其子来，亟问之，出此本以相示。初阅之，浩如大海，乃屏群书，取余注本相对勘。不及三日，《墨》书勘毕，其注与余注大同者不具论，字句小同异增减亦不论，取其别异者入余注本，而不敢以余说溓焉。存亡之义也，经、说分列则不谋而合。余去《墨》之言兵者而附其文，镜初则全去之，信乎两人之知《墨》也。《墨》之书，余序既发明之，而镜初论之尤详，所谓能明义者乎？两注皆据毕校本，此注改易尤审。因题其后，明君子之不自表襮而欲表章绝学之意，为皆有合于道，而镜初尤深远矣。丙午冬至前五日王闿运题。

鹿大冢宰七旬寿序代衡州程观察作①

国家惩前明嚣竞之习，以礼法饬臣下。台省有长贰，阁院有先后位次，王公老大重臣入军机，必先学习九卿会议，未有敢儳言者也。近岁，左文襄内召，径补大臣，众以为异数。尝与宝文靖约，当有所争执，及语不得请，宝叩头，左亦从叩头而退。余尝笑之："束发受书所期者，参大政以行所学。居相位而不行其志，如孟子姑舍之言何哉？"

定兴尚书受命于危难之际，当国大臣并颠沛引咎，不可更言事，奉诏许独对，无有所让。固辞以逊荣，王众或疑之，以为抵巇倾危，诚非长者之行。然多难殷忧，危事无齿，委蛇调和，非所尚矣。及后议事，辄申己意，悉除南北屋之习，从政章京每窃怪之。当时所谓贵宠权要及前辈重名、众所推者上事，或有不合，辄加驳议。众皆以其孤立，必不安其位。适又自户部迁工，讹言益喧。尚书危言危行，直哉惟清，其于世俗得失之见，犹蚊虻也。既命长吏部，俾登相阶，天眷优隆，复予赐寿。闿运闻而叹曰：世之言直道不行者，皆非也。人才力容有长短，至于士君子志节，当无同异。往在华阳与尚书论同时疆臣，即云诚不见有可推服者。盖自通籍以来，四十年中仕从县令陟总督而入枢密，官历桂、越、闽、豫、陕、蜀、苏、宁，所经历设施众矣。或有苦其廉峭，未有乐其随和者。以涉斯世，宜若困踬，乃复特受主知，遗大投艰，扶持纲纪，以整颓俗。方在陕时，独议不宜还都自陷危地，同列

①辑自《秦中官报》1905年11月第6期。《湘绮楼日记》光绪三十一年六月十三日记载："为程生作鹿寿序成。"

以非臣庶所可参，故格不闻。使其论得申，庶乎社稷臣矣。其他与时论异者，进退用舍之间，大要不随俗迁移。湖广督部张公为其懿亲，锐意兵学，未尝相唱和。昔曾、李皆以疆臣不与密勿，致不展其用。今尚书居政地，不徇俗议，冀不负平生所学，以报君国。盖不计其志之行不行，而要非枉道以求合者也。皇太后方忧勤海内，减服御、却贡献，抑损万寿盛典，以率先天下，而独加恩于尚书，锡嘏老臣，则凡承宠荣、图报称之言，犹未识君子之用心乎？鹿氏自太公以忠孝直节，六代相继，为畿辅名族。前明季，孙相国最为贤臣，时皆以定兴比高阳，不论爵位也。然孙公得位，求去以行志；乡贤父子不得大位，而自行其志，人患无志耳。

闿运识尚书于为令时，至迁蜀藩又相周旋。伏处山中二纪，遂不相见。然相知在未遇时，知其志行久矣。夫不负友者，必不负国，不待琐琐考功绩也。今年盛夏闲居，而衡阳程生以书来，曰："子知鹿公者！龢祥幸尝为江苏属吏，初仕无职任，未尝敢私谒。及公移督，首见拔用，未识所由记忆。顾窃闻同列言，以衙参恒早至而不求独见，因此拂拭焉。盖公之观人于微而不喜干进如此，此诚贤相之度。龢祥疏贱，虽不可谀颂，至于论出处、励志节，则贵贱、隐显无以易。今中外皆承天子意，将称美颂德，以为公寿，子其无一言乎？"余惟昔之择言者避席举觞，必明道厉俗以为善颂。又曰七十从心欲，其不逾矩。盖旄期称道，卫公所以圣也。富贵有极而志无穷，况闻尚书复有贤子，以才能特荐，而逡巡不补官，其庶几能养志者。则引之翼之，竟信其志，以跻国家有道之长，斯可券己。爰因颂尚书而论立身治国之本，俾程生以斯言达之，朝贤或不以为妄发也。于时乙巳孟秋月朔，王闿运谨序。

玉池先生七十生朝宴集序[①]

兵部左侍郎湘阴郭公，出使海西时，年六十矣，往还十二万里，经历五年。自史册所记，名贤儒臣，垂老远行，曾未有此。宜见劳于朝廷，为智者愤惜；乃反被谤訾，并为一谈。及归，遂不乐入京师，请疾家居，久之。当天子亲政之岁，三月乙未，盈七十月辰，其子孙置酒称庆，因宴宾客，同人祝颂之词数万文。闿运适从北还，来及嘉会，夙承眄睐，许为能语言；又谬自谓持论不傀于流俗，俾佐致词，以备择言。

窃豫自念古之善颂者，无不以富贵长久为志；末世矫激，乃有遗荣利之说。顾其所谓荣利者，卿相厚禄，遇隆德薄，孔子所谓君子不处者耳。使必以布衣长贫为高，则将以有道之身，亲与膴仕鄙夫相对为贤否。曾子所谓彼富贵而我仁义，孟子以为天亦有爵，以敌人爵，当时俗人之言也。庄子又夭彭祖而寿殇子，人君子而天小人。名实淆然，无所适愿，言论因之各相是非。然由古义律之，则今之颂者，宜祝其再出，保位以增禄寿，而致仕县车，固得君行权，功成身退之所期。君既未得志，不宜以是为幸也。

往昔同游济南，偶论河泲经流。君因言其遇合节操，颇似清

---

①辑自杨钧《草堂之灵》卷十二“王撰郭序”条，文前有杨钧按语云：“湘阴郭氏以湘绮先生书撰之《玉池老人七十寿序》改装成册，请余题跋。其事不载于湘绮年谱，其文不录于湘绮文集。考玉池老人出使英国，在光绪二年，年正六十，则七十时，湘绮五十五岁。玉池为闻人，其事足纪，特录其全文于左，以补年谱之缺。寿文入集，始自陶安，以后名人，皆不肯多录。湘绮文集，亦不过二三篇，盖视为酬应者，概割弃也。闻玉池老人日记正拟刊行，郭之后人请为之序。玉池所记，中兴名人事迹必多，当亦世人之所乐于披读者也。”

沛数伏见异于江、淮、河，他日当列为四渎，是时年甫四十余耳。及今验之，其德行、政事、文学，抗古人而参时贤，与中兴元功，赢绌相权，实无所让。以云不得志，则亦早为近臣，出典方牧，入跻卿贰，与枢府谋议，管中外邦交之重，人臣之显仕也。然其所愿，辄有人从而挠之，挠之者或即平生交友；又无故得谤，大为悠悠者所非笑，妒娼者且欲罢退之，夫果何以得此于天下哉！

就其少年所成就，自童稚已有圣童之誉，试文、诗、赋、书，无不高等，遂取甲第入翰林。公卿先达，争相知赏，誉之不容口。九府人士，尤无异词。如曰君生不遇时，则不宜名实兼收如彼也。一人之身，一身之行，毁誉县绝若此，岂君所能自料乎？冉冉浸浸，遂以老传。怀大有为之材，当人才极乏之时，两不相遇，而不能被不遇之名。凡世人所自托者，君皆不无其数，达不得比曾、胡，穷不得拟吴、罗。盖唯修所自得，而莫蕲于人，故在人者不合辙，而在己者可操券也，是故其寿可必也。

迹君行政卓卓，莅一官，有一官之能，皆非前后人所能为。又博文约礼，服膺程、张，辞理充沛，抗纵韩、苏。假其德言，无增于今，固已必传，况又纵之以耆颐之寿乎？人必有所缺，乃厚全其天之量。论君者诚不宜以世俗富贵相比较，亦不必以在位施政为愿，古今时异也。孔子七十以往，欲不逾矩。盖七十者，成学之大期，譬如仕者功成，无所复营。仕不可进，学不可退，唯保其所诣，乃为日进。君之仕既未极，而官已尊显。如或诏用，竟申其志，尊主隆民，其蓄积久裕，亦犹吕望七十，乃后师尚，不以夜行为嫌也。仍必不得志本而著书，开悟群迷，敦厚风俗，以悲悯之心，摅悱恻忠厚之言，其功愈长，其思愈永，所谓独立不惧，遁世无闷，天假其年，又何疑哉！

人患不适道，不患毁誉。宠辱不惊，偏颇之词，犹不足为君诵，矧当世之所谓宠辱乎！内外达官故人，多询君起居，余具对以菁华未竭之效。彼得志者及挠君者，虽亦各有卓绝自见之行，然其效已睹，亦犹江、河、淮，利害彰著，非若清泲溢播，无主名也。四渎各发源注海，泲独流无助，俱行于天地，究不能测其功用。即以用世言之，未施之政绵于已著之功，不敝而长存，而又何吝焉。周文百龄，经师犹谓损寿。黄老论养生，均患外物，或疲其精形，君其勉之矣。三不朽者，立言为尤久，德功皆赖之传故也。道其所得，斯非文儒章句之为，孔子所谓从心者与？君虽有著书，未尝定写，盖犹有志用世，不欲传空言。自今以还，当岁撰述。立言过迟于孔子，则年寿宜过多于孔子。人之挠之，是天所以昌君年也。

廖荪畡先生七十寿序①

近世论士，必曰热心，而刘岘庄尚书独自号冷稳，若冰炭之不相合也。非热不足以济人，非冷不足以应世。士君子怀才抱道，要必有发见之时，乃后不为虚声。不然者，岩谷枯槁，而自以为冷；声华喧赫，而自以为热，其可嗤也均矣。

当东南鼎沸之时，天下波靡，而独有湘乡曾侯，倡为求人才、分国忧之言。于是左、胡和之。虽走卒下吏，一艺之长，得以自达。闿运弱冠，亦与其议论，湖外人才搜访遍矣。宁乡近邑廖氏名族，有荪畡先生者，与刘克庵兄弟游，称名诸生，竟寂然不相

①辑自廖树蘅《珠泉草庐师友录》卷二，又见于《凌霄一士随笔》“湘绮楼追记”条、《中和月刊》1942 年第 3 卷第 9 期、《湘绮楼集外诗文》。《湘绮楼日记》宣统元年九月二十九日记载：“作廖荪畡寿文。”《（民国）宁乡县志·故事编·先民传五十二·廖树蘅》附录载：“王闿运撰七十寿序。”

闻。其后湘军愈昌，诸将分旄，而周提督得称大将，专阃固原，乃始礼接之。遨游列营，历览关原，赋诗而还。陈巡抚故宦湘中，颇与唱酬，名声乃稍稍闻于省城。未几而海外耀兵，疆臣失职，征调惶扰，陈公自鄂臬调藩畿辅。江湖波荡，而先生挐扁舟，越重湖，游虎丘而还。其于世，盖翛然矣，可谓冷矣。俄而，陈公抚湘，康梁得志，亟用热心之言，举国若狂。湘人被知用者，皆旋踵放弃。独常宁矿利大效，海外腾书，以为巨厂。部尚书移文湘抚，称廖氏私产，即先生为陈抚所开辟也。方其受事时，与巡抚约：一不得掣肘，荐一人、授一策，即请退矣。故其举事皆自经画，以成此伟绩。无尺寸之柄，而御数千万人。外排众议，内检罅漏，为湖南所恃以立国，陈抚所赖以雪谤。身杂丁役之间，躬畚锸之事。食不兼味，居不重幕，亦哑然自笑，不自知其何所求也。人之目之者，皆以拥厚资、握全权，一语不合，则以求去要必胜。省局常欲驾驭之、排挤之，而卒不能。徐视其容色，听其言论，若不知有开矿之利，而遑恤人言乎？

闿运长于先生八岁，相见时，年逾六十矣。未暇问其设施，但观其诗文，春容高华，无寒俭之音，不与冷官相称。未几，果以学官改部司，主省局，天下言矿政者交推之，而亦垂垂老矣。今年正满七十，同事诸君皆欲称觞致词，而以余知先生最深，属为文张之。余以先生性冷而心热，蓄道德，能文章，而不见用，偶见之于纤小之事，已冠当时，名海内。使其柄大政，课功效，必能扩充之无疑也。士无所挟持，诚虚生耳。虽膺高爵，享厚禄，何益？先生家固小康，以勤俭治之，男妇各有所职。六丈夫子，俱有才能。恂恂雍雍，门庭儒雅，尤余所叹羡。尝戏语［之］云："君毋自夸能教，此福非他人所及也。生平得接贤人君子众矣，先生得天独厚，而不自表襮，特假矿以发之。今七十既老，当古人致政之年，宜及斯时谢事闲居，饮酒赋诗，传子课孙，以福泽长曾元，而何汲汲远游，避客遁世之为?”先生笑曰：“吾前者西征东游，子未闻一言。今独欲吾具衣冠，延贺客，仆仆亟拜，以为子酒肉计？子言谬也，姑待吾归而论之。”然闿运窃自喜，相见晚而相知深，吾文果足用也？遂书以为寿。

湘潭王香谷先生六十五寿言①

湘潭山水回复，明秀尤在朱亭、淦田之间。余姻族多居此，常岁至焉。于曾氏见一客，衣冠如贫儒，朴质而不掩其英爽，以为诸生中奇士。坐客语余，此适自凉州太守解印归者，则大异之。心数所遘贤杰，贫贱富贵不改度者，唯湘乡罗罗山、新宁刘荫渠，安得复见此人？亟就密谈，则吾宗莼浦者也。从妹婿曾岚生为余言：“莼浦世农家，今封公香谷伯尤有笃行。子当访而纪之，以备耆传。”俄而莼浦为巡抚王侍郎所知，总一方团练事。余又居衡阳山中，相去渐远。每念莼浦，辄忆询封公硕德，若曾侯之钦刘叟也。今岁六县土寇小蠢，莼浦以公事至省城，其友人出甲戌所为封公六旬寿词，乃得详其平生。欣然起曰：“薄俗之汩于仕宦、科第也，久矣。自乡老造士之法不讲，而天下无真材。今制科策士，虽宗室荫生，其词必曰从田间来，其对必自言草茅臣。而其起于农家者，必不能仍为农，其世农必不能自为士。上下名实不相应，古今人才安得相及乎？今封公之持身教子，可谓有远大之量者矣!”

封公始就傅，盖慧敏甚。家产中人也，未毕经，其从大父谓

①辑自湖南图书馆藏抄本《当代名贤为湘潭王氏三世撰文钞录》。

之曰："汝幼孤，诸弟孩褓，奈何为章句呫哔废正业？"封公大悟，即弃书，与佣客杂作，田事乃兴。里豪右见其单门多孤弱，恒相欺陵。人或言宜讼之，则笑曰："诸见侮者，诚不可忍，然犹乡邻也。讼则当贿吏隶，吏隶与乡邻何厚薄乎？"有所罚，顺听之；有所索，曲与之。其振贷、周恤、赠赙，视力所及而加厚，以为乐也。族居二百余年，无宗庙。封公曰："吾侪蒙遗业，有薄田足以供饘粥，敝庐足以蔽风雨，而先祖之祀阙焉，岂有田则祭之义乎？"其视产厚薄，敛财营造。其时私田仅半顷，负债逾千金，众咸谓封公徒倡公义，势不能出资。乃反先输百金，族众欣感，一朝而集事。其他善举及里社公作桥道之修建，皆从其衍。由是封公之行谊，孚于闾党矣。其奉母也，甘旨珍膳之进无阙。曰："鸡彘肉食，瓜苴佳果，力田之所能致也。"以孤故早娶，十五而生子。子五岁，则夜恒自课，曰："吾幼废学，今因以习业。"妇织于旁，分镫光之余。常自喜曰："徐吾匡衡，彼何艰哉？"

莼浦起军功，为牧守，旋弃去，有高隐之志。其治乡兵也，出接大吏，论军政吏治，优优有智略之举。及归乡里，布衣敝履，恂恂不若里正。诸子朴愿，勤耕作，不知其家有官。盖封公能通士农，故其子孙能忘仕隐。然后知周代之所以重农事，而三公之退为塾师，与庶老之升于虞庠，得其人犹可复见也。无逸以享国长久，推原于知稼穑之艰难。封公之耆颐康强，夫何待祝嘏之称词哉？既观客之文，因书之以诒封公，亦俾莼浦洗致为庆焉。时戊寅暮春，封公年六十有五。同县举人山东试用知府加道衔宗愚侄闾运再拜撰文。

汤太翁寿序[①]

昔胡文忠抚鄂，广求潜德之士、文武之材以济时艰，故东南大乱、西北夷寇，皆倚湖北财力以济。翼赞京室，号为中兴，几六十年。而张文襄督两湖，伟胡之绩，思继其略，若陶士行之继和季也。于时正患外交，遂兴洋学，资遣才略之士，海外习业。万里庭户，中外一家，天下豪俊言通达时务者，以鄂为首。盖湖广秉气荆衡，襟孕江湖，自汉以来，名贤巨公肩背相望。二千余年，莫盛于今。曾氏兄弟丰功伟业，既其封翁所亲见，而汤聚五总长兄弟则又经其太翁意诚先生所训成，而身享其安和，为尤足荣也。

武昌之乱，同于夏包；黎公之兴，有类王镕。聚五总长时在议院，以从容定之，白刃纵横，治以文理。于后长沙闻风，焦、陈倾危，谭编修固慕聚五而不能定。赣、皖合纵，谋乱东南。京朝忧劳，爰遣镇兵。幸赖江汉安定，中流克宁。湖外浮嚣，一日数惊。铸心将军既定九江，总府推能，命镇湘州，委以专阃，澄清南服。而革命诸人多起于湘，爬钩纠纷，殆不可理，缓则容奸，急则生乱。将军地处孤危，任兼民政，城中乱党好勇疾贫，乃能镇静军民，从容文治。而总长亦入领教育，为天下师。弟兄同时，文武兼用，推本庭训，惠泽弥长。乃溯太翁少壮之年，经纶之志，甫周花甲，征效已丰，盖亦儒生之愉快也。当其阙帻受经，辞家服贾，虽亲见两子乡举通籍成名，亦惟冀其优游翰林，以文学名世耳。及重遭世乱，追忆艰难，幸在乡闾，得免为幸，又岂意夹

①辑自孔夫子旧书网拍卖的王闿运手稿。

河为镇，遂定两湖，近在一州，号为生佛，以云孝养，斯亦可为养志者乎！

德配张夫人，齐年比懿，同居里第，不乐从官。太翁于两子官所，亦尝一至，察其治状，旬日而去。今年八月，里中姻族以双寿称庆，总长既乞归未果，将军亦受任在公，爰借颂词，以彰美善。闿运习闻耆旧，颇识世家，辄述太翁家庆之荣，盖为两湖佳话之首。又今年日本乘衅，来窥潍济，彰武上将以亲寿称觞，亦奉谕止。太翁雅意，不慕虚名。但造福臻祥，理固不爽。悦亲之义，两帅所知。君山酒香，平湖波静，遥为侑觞之祝尔。国史馆长礼学馆顾问官翰林院侍讲衔检讨王闿运撰。

樊山方伯六十寿序[①]

夫大材贵仕，二者难并；禄位寿名，四皆必得。然则足于己者，无愿于外；遇其时者，有异于人。自顷艰危，圣哲驰骛，经纶当世，骖靳时贤，莫不劳神苦思，出坎入窞，神明虽泰，蹇难相乘。斯则命有荣枯，才无优劣。故曰：身名俱泰者，上也；身沈名显者，次也；身安名晦者，又其次也。

有樊山先生，当用才之世，居干戈之地，一门武达，六艺身通，少擅词名，仕专方面，当世贤者，屈指先之，而目不睹烽燧之警，身不与和战之议，优游暇豫，大隐于秦。令则为循吏，名则光文苑。以外吏而知制诰，不出国门而至台司，夷羊在牧，六

①辑自《秦中官报》1905 年 11 月第 2 期，又见于《中和月刊》1942 年第 3 卷第 11 期、《湘绮楼集外诗文》，据《宁夏大学学报》（人文社会科学版）2021 年第 1 期李香月《新见王闿运序跋八篇考述》标点，唐红卫审校。《湘绮楼日记》光绪三十一年九月十七日记载：“作樊云门寿叙成。”

十年矣。先后隽杰，奔命损声者，不可胜数。乃以其余闲，从容啸咏，文笔双美，骨藻俱骞，十荡无前，五版并答。故以当世之文人比翰林之所诣，则何莲舫有其才而无其雅，李莼客有其幽而无其畅，潘伯寅有其敏而无其精，王子裳有其多而无其丽，袁重黎有其典而无其博，胡长木有其趣而无其情，高伯足有其工而无其兴，闿运有其兴而无其官。故夫"穷而后工"，徒愤语耳。大夫能赋，亦久无闻。才不代生，士不常遇。凤毛麟角，希世之遭也。且官贵玉堂，憾其改外，屈声既振，士望弥高。每入承明，仍称旧吏；若逢前辈，便略苛文。遂得纵肆林亭，嬉酣图史，黄獐数生风之助，绿珠歌自作之词。及海水群飞，神京再覆；或渭城折柳，几案方勤；或华岳看莲，风尘不起。山头望尉，料无袁、许之灾；塞上迎銮，偏有鹿、岑之绩。同时名辈，尽室流离，岂曰人谋，盖蒙天赦。顷者民欣借寇，帝念康秦，嘉保障之贤，重屏蕃之寄，就加朱绂，坐领黄图。褰彼露襜，居然画锦；风声所被，墨吏先惭。云霓之望，周邦咸喜；中和乐职，德论曾传。长生未央，吉金当出，以迎长之月，为生甫之辰，虽闭阁翛然，而讴歌久矣。况复缣能比素，妻庆齐眉，子又生孙，翁无镊发，一身之福无比，一家之庆无已。翼轸之野，近多达人，平步康庄，斯为盛尔。张孝达之寿李，十幅嫌谀；余寿平之序集，一斑已见。

宁乡廖树蘅荪畡，当今才士也。因观公牍，叹服吏材，每谓时人知公未尽。闿运居乡人之长，应群吏之声，老不徇求，远承授简，辄以平生所见，略夫功德之言，专以文人，推其福命，谁毁谁誉，盖有羡焉。抑又闻之，六十曰耆，指使言功，不自已也。公卿无难，苏子所嘲。时局方艰，诚宜濡足。圣人之战必克，王者之征无战，齐桓犹能驱戎狄，况与于斯文者与？其或袁、端之流，建考察之议，鲸波万里，鴃舌九夷，则请为谢曰："六十不亲学，无溷，乃公为也。”

丁稚黄制府寿序[①]

盖闻召分陕右，而南国爱其棠舍；黄登汉相，而颍川私其神雀。岂不以基功之始，行化所由，道济愈闳、光远弥曜者乎？矧夫咏琕刀于幽馆，识衮绣于东都；旧习其威仪，新闻其歌颂，于宫保尚书公遇之矣。夫其禀兰沅之淑至，苞辰象而曜仪；湛泽浃乎岱方，显光垂于益土。八驺所戾，咸靡乎仁风；二国相徯，来苏乎慈岁。要其初绩，爰暨周谟。则颂雁门者惟有洛人，谈齐桓者莫如鲁国。

公世毓渊德，家起高门，茂实内映，金声幼发。翔步乡校，自陟清华。待之以文儒，期之以著作。俄而桂象蠢动，桐梓连结，连黔府蛮苗相扇而起，至于金陵瓦解，长江波荡。湖外之军，不能自救；建岭以北，曾无通驿。牂柯置府，夙仰邻封；及此多艰，谁能奔命？而乃指囷养士，敛绛兴师，躬率义徒，出征千里。文武之吏，莫肋其威。毁家裨国，几何能给？文宗圣哲，举牍知名。乃眷西顾，如闻鼙鼓。起家授岳州知府，于是海内皆奇其志事矣。

巴丘之戍，戒严十载。巳庚之际，鄂帅东征。寇乃蹈我不防，窥我根本；循艾罗之山道，通汉沔之津途。于时骄将偏师，屯防不戢，阽危弗恤。戒彼扰民，直请移军，毅然誓守。民感公惠，制梃争趋，未及十旬，众逾八万。寇骇其神威，折其狡逞，望风

①辑自《北京大学图书馆馆藏稿本丛书》第八册《江阴缪艺风先生杂著》，据《古籍研究》2019 年上卷颜建华、黄远发《王闿运〈湘绮楼诗文集〉集外文二篇及相关考证》标点，唐红卫审校。

引去，两湖以安。平临案堵，崇通遂复。无焦烂之客，故无煊赫之名焉。奏移长沙，将观首善。

而西北蜂骇，海水群飞。两宫忧勤，悉征先帝之记，不由论荐，超拜陕西按察使。时又选将募士，远赴山东。湘之民财，固忧不继。巡抚以公有状略，不避盘根。辄奏移之济南，克期援难。士仅逾百，金不满万，人不堪其忧，惟公不挠其忠勇，建旗而往，成军而战。齐鲁之地，蜚鸿满野；若禾之莠，不胜其锄。公吏兵兼治，军粮并足，不告贷于司农，不乞援于群帅。再迁至巡抚，而未解兵。无征富民之财，未鬻武功之爵，竟能丰储廪，厉锋棱，守有山岳之固，战有夺踔之威。刑德所怀，山川再朗。斯则同时之名帅、天下之元功，远略或有过之，患贫何其太切也！

逋寇逃氛，屡干畿甸，戊辰之岁，六传交驰。大帅逡巡，京营仓猝，盗骑斥于赵北，戍火达于甘泉。防御之师，忽焉在后，臣民危恐，朝官忡协。公投袂而起，不介而驰，惟率一军，星言倍道。廷议方忧南面之守，已得任丘之章。长城有寄，人心自固。寇深惊怖，莫测其众，风尘南去，辇毂晏然。平撚论功，进号太子少保，登泰阶而尹东夏，跻贰公而翊中兴。以为社稷之臣，故有梁益之命。

夫以两川厄塞，历代崎岖，诸葛患其难治，王言阳因而自免。况其地称繁富，吏乐贪横。扇之以廉风，饬之以新政。信惠未及遍，更张未及和。麛裘之谤已闻，褚衣之谣遂远。公挠清不浊，宠辱若惊，无恤人言，果蒙夫鉴赏。在东抚则两塞决河，用帑藏数百万而颂声兴。及为西督，则一治江堰，支杂银十万而弹章至。非夫忠贞之志久孚于圣主，委蛇之度不改于自公，岂不欲保全盛名，迟回晚节乎？故知卫武不虐，由髦学之勤；蹇叔有容，为黄发之彦。行百里者半九十，不足为元老言也。

今者盖冬之良辰，揆初之周甲，公子分符辽晋，而孝廉诸弟侍在官所，将徇僚佐之请，介祺福之酒。公以礼抑私，奉公靡暇。前已被召，阅伍遂巡越裔。乘壶之敬，且无由献；麦封之祝，将拥行辕。民吏之诚，俱怀觖望。

闿运以为言时计功，称寿择言，前典所贵也。使者所知，蘧伯六十之学；奚斯有颂，鲁侯千万之岁。夫中和宣布，微斯惑其歌咏；赍遗追送，故吏念其清贫。见湘士之推贤，知蜀人之必化。故愿略述德美，以侑宾筵。何必饮醽醴而后甘，耀珩珠而为宝？且爱而后祝，颂不忘规，将有验于斯言，庶亦以庆其惟永尔。

陈母徐太宜人六十寿序[①]

自唐重科目、废门第，几千年无世家。海内号名族、衣冠相继者，皆幸弋获于不可知之数，或以声气、亲故，钩带而得。则边远朴质之地，不能通其机缄。以故湖以南鲜闻累世登上第、跻贵仕者。

国朝用人、立贤无方，然积习畸重。要有二途：其进身不由翰林，虽至将相，不为清；其任官不入军机，虽掌院入阁，不为要。二者乡人尤羡之。而祁阳陈文肃公，当乾隆中，以编修历官大学士、为军机大臣，二子复以章京出官。至今军机官会宴，必延其后。湖南通籍者，祁阳陈氏于京师为甲族。然文肃长子被陷入重法，同朝达官莫敢公援其子姓，故其孙曾或为丞尉卑吏，虽有乡举者，亦不复居清要，家几微矣。同治末，文肃玄孙文騄字仲英，始以高第官翰林编修，乡之人幸之异之。其年仲英还乡，

①李超平辑自《陈氏清芬录》卷二，唐红卫点校。

明年北还，道长沙，乡人士传夸其学行藉甚。闿运数数往见之，仲英述其孤旅状甚详，乃知夫中兴其家者，盖绵绵几绝而克振，赖其母夫人徐氏之德尔。夫史传所称贤母多有训其德、食其效，其泽荫及身焉耳。至夫持门户、绍衰绪，光复先业，为夫家之功臣，因以达于乡邦、闻于天下。则文騄母兴陈氏，而文肃之功德亦足以佑启贤妇。五世而再昌，诚盛事也。《诗》曰："厘尔女士，从以孙子。"世之取科第者猥多矣，而文騄必得编修而后显其宗，岂偶然哉？从贤母来者也。

徐为天津素门，祖、父俱为令。及归陈，舅与夫亦世官而终身于贫。归陈廿年而夫亡，有子四人皆未成立。君舅退老，旅祥符，僦舍而居，无以供饔飧。则属二子于其弟，而身供养恃女工以奉甘旨，甘旨不乏。弟官中河通判，念姊劳苦，遣迎暂归，辄谢以养亲，不遑自宁。推己子以后再从兄公，又迎养其嗣母，身营丧葬昏嫁十余事，因宜隆杀，不愆于礼。其行皆士大夫所难，岂非所谓女士者邪？文騄之言曰："吾母自少至老，无日不在艰苦患难中。而愁叹怨恨之言，未尝出也。亲族周恤馈遗之事，未尝吝也。教子诗书、女工作，未尝因其孤而稍宽也。年过五十，其事姑定省之节，抑搔扶掖必先诸子妇，肃如翼如，未尝老也。"传曰："诚信勇敢，赴义不疑。"太宜人有焉。

岁在戊寅，太宜人年六十，编修以丁丑冬自故里还寓第，拜觐称祝，湘、汴之士习闻贤母之行与陈氏之所由复盛者，皆高慕其事，争为颂词。闿运囊客京师，又尝过开封、至祁阳，习知文肃之流泽矣。祁阳平原连冈，有中原之形势。永、衡峻狭之气于彼豁焉而发，宜有世代俊伟魁硕如关西杨颍川陈者。他日编修以清途跻要官，太宜人还乡为宗母，诸族娣姒话其曾王姑八旬赐寿之荣，百余年先后相辉，为湘中美谈，其必授简征文，闿运不敢让矣。

文滋配刘七旬寿序[①]

昔刘校书作《列女传》，凡闺阃贤媛足为天下后世楷模者，类皆登载。太乙梨光，炳耀千古矣。壬父不揣陋谫，谬撰邑乘，都人士咸以李母刘孺人属其表扬，因撮其大要，闻诸政府，达之天廷。旋荷恩纶，勒之贞珉，纪诸女史。孺人之节孝，与刘校书所作传，后先辉映已。

是岁涂月之吉，孺人寿晋七旬。客复有倩余文以祝者，余曰："孺人之贤行已传之矣，何赘为？"客曰："前之所表，仅大略耳。从来寡鹄《柏舟》之志，操之于顺境者犹易，操之于厄境者更难。孺人成苦节于艰难中，盍觍缕之以为称觞者劝？"孺人李君，文滋淑配也。李君受命而货未殖，及卒，四壁萧然。孺人营葬尽礼，维时子尚稚弱，孤苦伶仃，无所依丽。乃与其父同居，茹荼嚼蓼，艰苦备尝。为人纺绩以自食，不济则仰给于其父。父春秋最高，晚中风疾，手足不仁。孺人孝不辞劳，日扶游于庭，寝不解带者数年。性慈惠，平生不出一恶声。余尝过中路驿，憩邮亭，与馆人侈谈风土，群藉藉然曰："此间有贤母，凡童仆至其家，每谆谆戒以风雨泥涂。"言为心声，足见婆心一片矣。由是观之，孺人之寿，节为之，孝为之，亦慈为之。倘仅铺张内则、扬厉姆仪，浮词也，亦谀词也。寿之，实以诬之。余闻孺人甚悉，故质直书之，以见其寿由德致。称觞座客，其亦以斯言为然乎否？壬父王闿运撰。

①辑自《湘潭龙船港李氏六修族谱》卷三十三。

俞侍郎乞假还山阴序[1]

士君子之立身，审矣。仕隐，时也；进退，义也。处得为之时，则行之以义。有可进可退之义，而权之以时。《易》曰："时义，大哉！"又曰："知进而不知退，其惟圣人乎？知进退而不失其正者，其为圣人乎？"儒者疑焉，以为不知退必非圣人，此三代后所以无圣也。夫退非全身远害而已，忠孝道德皆不可退。不退者，义也；退者，时也。有义而后可言时，有道而后有权。贤哲相望，古今相嬗，名声相高，前后相非。其孰能与于此哉？盖尝怀此而不敢言，下士惊怖，以为河汉也。

山阴侍郎仕宦卌年，交有道之士多矣。上交不谄，下交不渎。其知幾乎？余之得侍在其为达官时，又以老不复论前此之政学。独其临吾州也，当巡抚锐意兴革之时，有书生论新政狂惑，巡抚大怒，将逮治。舆论凶惧，湘人士自相攻争，诣按察台，觇意旨。侍郎时掌臬事，一应以和，上说而下教，人心大安。明年由晋藩来抚湘，而前巡抚获重咎，朝廷震怒，诛斩罢黜，刊章四驰，天下莫敢言前事。侍郎一无所惩革。已罢者不复问，未罢者不复问。优而游之，人心大安。又一年，讹言盗且起江汉间，治之有迹。总督大惧，羽书日夜至，舟骑旁午，径用便宜斩杀逮捕，国人若狂。侍郎一应以和，总督又追治民教事，天下督抚亦皆治民教事，出资偿教士，所在民吏倾产破家，衡湘晏然若未有事。偿银数十万，皆公库节省赢余。则士民不惧不狂，而后愈知惠之大也。

---

①唐红卫辑自《清欢留缟》卷首，并点校。李超平又发现于《湘水怀清集》。《湘绮楼日记》光绪二十九年正月二十六日、二十七日记载："夜作《送俞廙轩还山阴序》，未成，鸡鸣乃寝。""晨作俞序成。"

《易》曰："显诸仁，藏诸用。"仁人之用远矣。方今大驾还都，百寮熙熙，庶政维新，三辅疲劳，爰求良牧，乃移镇太原，湘人屏营，方妒晋得我君也。而侍郎已具陈前目疾不敢告劳之义，请归调理。天子知其至诚，有诏听许。

嗟夫！义之不胜时也久矣。当危难之时，则人思退；安乐之时，则人思进。故孔子曰："舍之则藏。"言不舍不可藏也。前史称二疏，陆生以止足为高，彼闲官耳。膺方面之任，无致事之礼，故义在不知退。方事之殷也，侍郎目疾甚，未尝自言疾。至是疾向愈矣，舟车之间，无簿书之烦，有山水之娱，宜可以收视返听，清明志气。而尤欲养其和、壮其猷，肫然陈情，倏然告归。命下之日，僚吏士庶莫不叹息，以为今之退者，明前之不敢退也。而知止高蹈之说，诚不足以拟贤者，况乎衣锦世俗之情哉？斯可谓知时义者。盖怀德思贤、感时发愤，诗人之义也。于是耆老搢绅作为颂歌，而以夙所闻于经训者，序而先之。癸卯二月王闿运撰上并书。

书周司农传后[①]

节义莫盛于前明避剃发也，残其形，易其服，则烈士耻之，而公卿大臣多逃于僧，又自毁以明志。衡阳王行人独不然，私完其发，遁于徭洞，昼匿夜行。夫岂不能死？无死道也。湖外固少任重秉国之人。有列七卿者，则削发居寺以避征命，若益阳郭、宁乡周，其最著者。湖外风俗淳朴，山川僻远，内无攻讦之仇，

①辑自《（民国）宁乡县志·故事编·先民传十·周堪赓》，又见于《沩宁周氏族谱》卷十。

外无物色之遒，故周尚书得以腊终，而王行人完发四十余年，终敝其冠巾。身没将二百年，其名不为乡校所知，犹不及项煜戚藩。孔子所谓“疾没世而名不称”者，殆非谓世俗之名。

近六十年，王书大行，几比于不刊之经。而其书顾右郭而左周，所记永历事直言周降。于是长沙人士憯焉。而其家族，始出黄九烟所为传以雪其诬。邓教谕显鹤，王学之徒也，亦据赵都御史集序之言，推为名臣。黄、赵皆同郡，年辈相接。王阻绝溪洞，传闻不实，然轻于书降，盖亦有由。洪承畴者，东南所同疾也。司农荐誉于前，承畴造访于后。以故尚书之黯淡，新经略之煊赫，造膝密语，淹留竟夜，非洪有贰心，则周其有惑志与？故其事盛传，而遂以恶洪者疑周也。易代之际，有名为患。行人尝与叛藩伪官周旋，食宴藩园后，亦受我巡抚馈粟，而人不讦之者，吴之官不若承畴之著，而潘巡抚非若恭顺王之力能登人于天也。迄今王名齐程、朱，而周不过郭、赵之间。故王虽无心挤之，而周族之裔愤懑诚不能已。

古记有之：“陷文不活。”文不可不慎也！虽然，论人者盖棺则定。使尚书被荐得用，起僧服官，则当论其功状，乃论名节。若承畴虽为贰臣，其才略自在也。今周与王同食周粟，而周遁于释，王抗为儒师，有孰当引决，岂仍以位尊卑计乎？疏退之臣，既无死道，一完发，一自髡，皆不欲辱其形；形且惜之，而辱心耶？本朝于明故臣，褒诛虽严，王以贞见褒，而周又以僧不与。周诚重不幸，其见诬必不欲求自白也，特论世者宜知之尔。至其治河之功、陈弊之疏，又士君子之末节粗迹，故不具论。光绪二十五年五月丙辰。

卷四

传状碑志

隆观易小传①

隆观易，字无誉，宁乡人也。父任侠，为里豪所仇。观易年十余，避地衡阳，易姓名，居莲湖书院，从生童诵读。颖异劬学，诗文幽苦。衡阳欧阳生时为馆师，察异之，诘其自来，具诉其冤。生女夫曾国藩，属以侍郎治兵衡州，移文宁乡，悉反其事，捕系其父所怨家数十人，欲穷治其狱。时骆秉章为巡抚，以国藩侵官权，固不乐。里豪乃遍诉其县吏士，因左宗棠告巡抚，径下檄，用便宜斩其父，事又大反。观易甫归，遇奇变，即又窜走山谷间。有廖翁者知其冤，容舍之，资其衣食。观易日长，学亦日进。既逃徙不敢出，唯与二三相知、不涉世事者，以诗写其忧。不袭于古，自发摅其愤，所遭际然也。

岁久，事益解，而怨家犹盛，不敢入城市者二三十年，县人文武达者，皆无因与相识。后乃识廖树蘅，树蘅奇其才，哀其遇，稍稍言于官士间。义宁陈宝箴，好奇士也，得见观易，特以为诗

①辑自《（民国）宁乡县志·故事编·先民传五十四·隆观易》附录，又见于廖树蘅《珠泉草庐师友录》卷六《湘绮楼书札》附录、《凌霄一士随笔》“隆观易”条、傅熊湘《钝安脞录》卷三《隆卧侯》、《湘绮楼集外诗文》。

人之穷者，又隐厄不自拔耳。然尤喜其诗，为之刊行，间以示人，人亦未之闻也。观易既久抑不得奋，思游关陇从军绝塞以自振。光绪初，过宝箴寓邸，辞而行。行未至嘉峪，道卒，年四十一。妻某氏，困约时所娶也。有子志毅，贫不能自存，树蘅合其友数人经纪之。出其诗以示王闿运。

王闿运曰：自军兴以来，搜求振拔文武之材多矣。曾侯尤好文，一介之士、一语之善，未尝不知赏也。余居家亦汲汲于遗才，自谓无遗焉矣，乃初不知有隆生，知之矣，不知其厄穷之由。夫文章易见耳，当吾之身百里之内，而使斯人颠倒侘傺以终，可不悲乎！

萧提督传[①]

萧陛高，字荣阶，长沙湘潭人也。曾祖世光，以儒术显。祖仕南，父廷昌，明恕好施。陛高兄弟五人，次居三，状特魁伟，读书日千言，通大义。广西寇起，乃弃书习骑射，能于马上夺矛槊，举百钧行及奔马。年十五，投身王珍营中，即后所谓“老湘营”者也。初入，门吏以其年少，不遽通，陛高且詈且奋，珍出，见而奇之，延入上坐，与语大悦，遂拔百长。从讨富川余寇，毙贼二千余，叙功奖五品。余寇遁还恭城，复陷东安。珍会诸军夹击，寇势不支，突围出窜四明山。山介祁、邵间，势崎岖，寇凭以自固，诸将战罢，莫敢深入。陛高毅然请往，厝火丛莽中，因

①辑自《青鹤》1936年第4卷第14期，又见于《国光杂志》第18期（1936年）、《南社湘集》第6期（1936年）、《中和月刊》1943年第4卷第4期、《湘绮楼集外诗文》，据《湖南人文科技学院学报》2020年第1期朱德印《新见王闿运佚文五篇考述》标点，唐红卫审校。

风爇之，寇惊走，一鼓悉禽。自是，珍任陞高益重。广东寇陷郴、桂、江华，湖南上游各州县均岌岌不自保，巡抚骆秉章檄珍军赴援；陞高别募新军，会师衡州，冒雪力战，诸城以次克复，时咸丰五年也。事闻，保千总，并赏蓝翎。其后寇犯长沙，趋武昌，沿江皆贼垒，陞高从珍军出境剿贼，复通城，保守备。进剿吉安，寇踞水东为垒，援贼数万来援，势张甚。陞高力战，大破之，擢都司。七年八月壬子，军次乐安，珍病卒，仓猝易将，陞高郁郁不乐为用。时浙事已亟，左宗棠檄陞高入浙，一见敬礼，曰："璞山之言，诚非诬也。"璞山者，珍之字。先是，四明山役，珍尝以陞高战绩语左，称为："好谋而成，古之名将。"至此故云然。遂督楚军，随文襄迭战兰溪、龙游，克复寿昌，保游击。同治二年，左军援江西，克复乐安、宜、崇。三年，入闽境，追剿漳州、龙岩贼，陞高功皆最，诏以参将即补，赏花翎。五年，攻蓝田、黄岩，克之，保副将，赐紫玉翎管。七年，兼统瓯江水师，节制乐标。时温属土匪倚山为巢穴，焚掠居民，出没无常，有司莫敢谁何。陞高曰："不入虎穴，焉得虎子？"于是募壮士三百人，伏山下，躬率数人佯诱之出，伏发，禽首匪潘茂等五人，诛之，余各鸟兽散，地方赖以安堵。旋因事乞归，丁父丧。服除，宗棠招赴陕甘，至即奏统刚毅军，兼办军储。时回匪已陷巴燕戎格、河州，蔓延关内外。湘军士卒苦战久，思休息，骎骎有暮气。陞高慨然誓师，激以忠义，士气百倍，诸将中如刘锦棠、刘松山、郭松林等，亦因之感奋，遂分道出师，卒以成大功。宗棠班师，以陞高功最入奏，诏擢总兵，加提督衔，给勇号，予三代一品封典，赏穿黄马褂，赐绸料、班指。光绪五年三月，得旨署河州镇总兵。履任甫九月，以母老引去，然治军有纪，河州士民德之，于其行为立石，述其绩。八年，宗棠移督两江，强起之，委办善后机器火药工程各局。不两月，复乞归。宗棠疑其不乐小就，拟奏请巡视长江水师，终不顾，竟归。归二十年，以疾卒于里第，年六十有一。陞高治军，大抵本王珍之法，宽猛相济，故士皆用命，所至有功。性孝友，父常患疡，剧甚，辄口吮，呼天乞代，未几创合，人咸谓为孝感所致云。生平廉俸，皆以分致昆弟，无私财，又常创修族牒，立育婴、保节诸堂，故湘州父老子弟，无不知萧提督者。子幹从闿运游，能自立，振其家声。

闿运曰：王壮武与曾文正同里闬，以书生募勇剿贼，因意气相龃龉而异军特起。曾文正至诋为刚愎之流，然其军能以少击众，左文襄特奇之，壮武亦乐为之用。其后王军出湖南，转战湖北、江西，所在有功。壮武之卒也，其部下如张运兰、王开化及陞高等，先后皆为左用。左之平浙、平回捻，陞高等力尤多。然则将将之道，如身使臂、臂使指，运用申屈之妙，各视其人，何必狃于一己之好恶乎？然使陞高不遇壮武，壮武不见知于左，则亦困顿于占毕行伍中而已，又乌能以自见哉？

梅礼部家传[①]

钟澍字霖生，青云君之三子也。幼颖悟端谨，生有至性，成童入学，弱冠乡举。时嘉庆季年，科举积重，非进士无所成名，而举人亦各自矜重，敦品励学。君十上公车，前后交何文安父子、胡文忠父子、罗文僖、劳文毅、贺耦耕兄弟、汤海秋，并一时名人，而邓湘皋又为其县学官，相得甚欢。以此京朝、乡里诸闻人，

①辑自《梅氏遗书》卷首，又见于《小说月报》1918 年第 9 卷第 11 期、《蔚报》1929 年第 26 期、《中和月刊》1942 年第 3 卷第 9 期、《湘绮楼集外诗文》。

无不敬礼梅霖生，而君布衣食贫，坚苦卓绝，不以文自矜，唯以廉隅自砥，羁旅厄穷，忍人之所难堪。

道光中，考取国子监学正。既补官，成进士，选庶吉士，入翰林，与曾文正同馆。文正新进，方从倭文端、唐确慎讲正学、砭俗宦，以君早有廉正名，尤相敬待。君本与胡文忠父同举，文忠师事之；及入翰林，乃在文忠后。散馆，改礼部主事，众嗟惜焉。君与书邓湘皋，深以官闲得专意撰述为幸。君之取学正也，补官例得外吏，则自奋厉，将为陆清献、于清端之续。及改部曹，又欲以文学自见，而要期于狷介绝俗，孤洁自喜。盖其素所期许，而人亦共信之者也。孝弟谨信，则其天性。兄丧未闻赴，归见几筵，抱栗主审视，一恸陨绝，至今乡人传道之。笃于师友，不妄然诺。道光二十一年五月二十五日卒于京师，年四十有三。一时知好腾书相告，无不伤痛，若丧其亲戚也。搜其遗稿，得文、诗各一卷及其家书，并传于家，邓湘皋又附其诗于《耆旧集》。未十年而东南兵起，曾、胡均以治军贵显，湘州人士一技能皆有以自见。然儒业大绌，文亦靡矣，后之言经学、词章者，不复能勤笃谨守袭先辈风，而科第愈盛，愈不贵。每闻君遗言，辄洒然自失焉。曾、胡皆求君子至军中，或荐至四品官；今其子孙在县，自有名字为清门。方君卒之前夕，友人梦其来别，云当与云阁同归斗极宫，云阁即文忠父字也。明日侦之，俱卒，竟不知其何祥云。

王闿运曰：贺蔗农视学湖北，妙选宾从，以梅孝廉为首，唱酬甚欢。余读其歌诗及家书，辄心异之。及上公车，湘士二百余人，曾文正独属余问讯梅生，则君之子也。相去不十年，不得一见。郭筠仙广求声气，亦竟未见。梅礼部君之介节固然，亦其艰苦奔走，不得家食，诚贞苦之士与？湘中自军兴而有标榜之风，前辈朴拙，或以为陋。故论者推君为先正，有祀乡贤之请。君之意，诚不在一祀以为名。而今之请祀者，果能效君品节以自励乎？抑徒徇名而聊以应故事也？君卒将六十年，传、志已具，采其遗意为家传，以附于君子之林焉。

黄君兆熊传[①]

黄新，本名家玫，字兆熊，湘潭县学生员灏第五子，出后伯父，以从军易今名。前清光绪甲午岁，用兵防海，从福建陆军为什长。时同县秦公炳直方守福州，知其朴练。及后六年，秦公授广东提督，治兵钦、廉，新适以病家居，度岭从之。以信义为营伍所推，乡人从军者病笃，皆以归骨相托，新慨许焉，遂挟五六柩，渡重洋，自沪还湘，身任劳贯，军中服其勇义。统帅知之，拔为哨长。

新之还营也，其兄兆麒与偕居。无何，兆麒病死，而乱民假革命仇官，所在扰动，广东尤甚，至狙杀两提督。秦公亦自危，所统军多自外，惟是湘人为心膂，新以故不能归，乃送兄柩自省城还湘，而己为卫军，从秦公往来惠、广。兄熙瑞亦自湘来，领惠安水师中营文案，兼稽查，屯河源。新统左营队官，屯博罗。对岸鲇鱼角，故盗薮也，新至，则昼夜巡防，棹行风雨中，所部忘劳，商民得安。

居一年，惠州防急，兄弟并奉调还城，守西门，三日不寝食。城内兵乱，开门迎寇，城中大乱，传言提督被害。新悲愤誓死，然行人往来相挤，莫辨民寇。乃与兄及兄子俊，合所部亲信，移登北城楼。乱民呼市中，凡官军匿枪弹者，悉听缴械自去。又分

①唐红卫、李超平辑自《湘潭箬林黄氏四修族谱》卷一，唐红卫点校。

党搜夺，新兄熙瑞惧新轻发，唯与共守。新曰："与为人杀，不若自杀。"然安坐无忧愤容。顷之，携手枪下城楼，逾时不还。寻之，则仰卧城堞间，盖以足踏枪自击死。俄而，乱党纷至，随新在城楼者见新死，亦劝其兄及兄子散去。明日，城楼已有乱党屯守，亦不知当新屯守两日何以不来争也。新死二日未敛，熙瑞潜殡之，面如生，又潜瘗城下。乃遁去得归，秦公亦得归。

湘人自杀者，先有秦公客何秀才，惠州人士礼葬之。新生儒家，以贫废读。其在军独有士行，自以身在行伍，耻于遁归。又无所寻战，故发愤自杀。抢攘无知者，藁葬北城。他日惠之人或知之，必有以表异之也。因熙瑞状其事，故为之传，附之其家谱传之。新妻先卒，无子。熙瑞悲伤之，以次子后之，曰声仁。民国国史馆馆长通家生王闿运撰。

清征仕郎郑玮轩君传[①]

君讳先琦，赠奉直大夫讳敦讦之长子也。祖父世宝，以子官赠刑部尚书。世为科第望姓，百年益显天下，称长沙尊阳郑氏。君生而端凝，祖父赏其厚重，以为贵寿之器。授经口钝，乃自奋厉，终日诵读。未弱冠，毕受十三经，皆能暗诵，颖慧者自以为弗如。父性严默，四子受教，君独迟讷，而以谨朴见爱，终身未尝谯诃。六十孺慕，见称乡党。自弱冠入学，读书岳麓，几二十年，先后院长并以器识许之。试辄高等，族人登高第者相继，君乃不遇。十应乡试，光绪五年始中副榜。后复堂备，以额满见遗，遂不复试。隐居教子，颇以酒自适，饮少辄醉，尝醺然也。家中

---

①李超平辑自《尊阳郑氏族谱》卷十一，唐红卫点校。

资，被服儒素，不偶世家子，以俭自厉，耻计米盐。人或欺隐其财，辄曰："彼不足故也，吾足用足矣。"妻黄氏，善化名族。生二子四女，先君十年卒。

君之先积产巨万，数传递析，遂无余财。君昆弟四分父业，衣食财足。君仲弟复贫乏，君抚其孤，教养成立。诸从子有富贵者，见君莫敢不祗肃。君尝怡愉，无疾言遽色。尝赴试，衣大布衣，徒步城中。人或讶之："世家子奈何自贬损？"君曰："郑氏家法也。且世家可自标置乎？"生平不讲学，经史皆有札记。余第三子娶君第四女，以城乡相距百里，遂未得与君相见。君尝一临女家，余又未入城。君以光绪三十三年卒，年七十二。其次子业中有声诸生中，笃敬不妄语，奉状来，为次其略，俾家谱传之。壬子初伏日姻愚弟王闿运拜撰。

曹郎中家传[①]

郎中讳耀湘，字镜初，应元孝廉之曾孙也。祖父栻，父春芳，均以仁笃勤朴，克兴其家。郎中昆弟三人，兄焕湘，弟翰湘出后从父，皆自有传。郎中幼颖异，有成人之器。年十二三，与叔父春敷同试府县，辄屈诸名宿。覆试联行，出入场院，朱锦约发，温如玉童，见者争指羡之，耆老大夫固皆知其名矣。年十九，举于乡。报至，家人惊喜走告，方寐不应，呼之唯唯，复睡，群异其有远量。或问："何能尔？"则曰："实寐熟，不自觉也。"其静澹天性然矣。好读宋儒性理书，会试京师，与冯卓怀俱谒曾国藩，谈说渊远。及军兴，与左宗棠论时务。又以《内经》灵素之学，

①刘安定辑自《三峰曹氏长沙受五公房谱》，唐红卫点校。

为欧阳兆熊所推重，翕然称为通儒。益蕴藉自谦，退语逡逡，恒后人，貌温温如也。湖南修通志，与诸老师、达官同见聘礼，声名尤美。少工制举文，兼方苞、韩菼之长，然频试见黜。坐师乔公抚安徽，招入戎幕，为入赀叙郎中。入都肄业，同治中名臣莫不交欢。辛未会试，文出，见者定为天下第一。有识者叹曰："制举当废久矣，若此文得元，人未敢菲薄时文。以我卜之，必下第也。"已而，果不见知。于是举进士者满二十年，始请假南归。至江宁，为曾国藩所留，不委以文职，优游讲议而已。国藩薨，遂还侍养。

稍慕墨、老学，兼及炉鼎、符箓，后遂尽读支那经论，茹菜戒杀，人颇怪之。恒独坐一室，不轻诣人。讲甫刑为授佛记，证以《穆天子传》，群儒哗然，不自直，亦不自改也。晚遂尽弃所说，而专功《春秋》，尽通诸疑义，每出一解，怡然理顺，专门弗及也。盖其好学深思，尽五十年而后见圣人之通，则九流百家通焉。性至孝，白首承事父母，色若孺子。继遭大丧，毁顿无复生意，然恒自强，以为古之制礼者本防贤者之过，故曰敬为上，卒终大事，而后告终，卒年六十。所著有《公羊春秋通义》十二卷，《论语笺记》三卷，《尚书大传笺记》二卷，《学庸笺记》二卷，《墨子注》十四卷，《孟子笺》七卷，《读骚论世》三卷，《阴符注》三卷，诗文杂箸六卷，《读西游原旨》二卷，《道德经三注》三卷，《圆满总持方便法门》一卷。同年生陈宝箴巡抚湖南，序而刊之，而王闿运为之传。

得云公传[①]

先生讳世霳，号得云，别号汪洋村人。少负隽才，下笔千万言，倚马可待，应试屡列前矛。然秉清夷直史之特性，慕巢、许之高风，以功名为身外物，既而思匹夫有天下之责。世居邑六都，都分南北，以涟水为界。有黄草渡，乃南北交通之处。历置收渡，每岁秋，舟子索谷乡闾，均不便，而舟亦破坏不可乘，行人几裹足焉。先生悯之，乃与里中诸先正更为义渡，至今往来行人，自南自北，绿杨两岸，一苇杭之，先生之力也。源湘河，旷家山、白鹿冲、梅林巷、金塘湾、聂家坪，地属通衢，烟火千万家，凡排难解纷、兴利除弊，一切皆先生是赖。他如各处诸义举，若育婴、若保安、若学务、若积谷，得先生之力为尤多。邑令沈公锡周以都耆任之，诚以舍先生难其人也。厥后宦游十余载，凤雏非百里才，与时不合，仅以文林郎终其身。退而与太史、孝廉黄君籽舆、国熙之徒重修湖南黄氏祠馆，著《纪略》四卷。先生之文华衮斧钺，游、夏不能赞一词。

晚居汪洋村，距闿运家仅数里，闿运归故里时，必一面始快，开樽畅饮，携手赋诗。兴之所至，几若前无古人、后无来哲。盖先生素性豪放，有傲骨，有侠肠，不较流俗之短长，不悖个人之道德。故其发为诗文，光怪陆离，于陶、孟、李、杜诸家外，别树一帜。迄于今，虽逝世数年，披阅所著《醉六文集》《汪洋诗话》，月明镫下，如闻其声，如见其人，先生尚在也。有二子，长泽福，次泽祺，皆能文，继父志。

---

①李超平辑自《湘潭锦鳌峰黄氏四修族谱》卷十三，唐红卫点校。

赞曰：海内万辈，而有先生。少陵诗格，谪仙酒名。衔杯在口，把笔在手。兴到笔随，古今寡偶。持身涉世，坦然率真。一意孤行，超群绝伦。士生斯世，动与时侮。鹤欲群鸡，鼠将变虎。遐哉先生，长与世辞。一腔热血，使我永思。

愚弟壬秋氏王闿运谨撰。

清授中议大夫冯树堂先生家传①

中兴以来，豪杰蜂起。吾乡茂才异能之士，相率而博通侯、任封圻者，趾相错也。而仅以一官一邑，兢兢然急流勇退者，莫如长沙暨公。公讳卓怀，字树堂，别号暨楼。宋三元冯京，公鼻祖也。其籍贯由粤而鄂而豫而湘，家世居邑之东乡。公少酷贫，笃志绩学，以博士弟子员应已亥棘闱试，举第一，擢为士林领袖。寻以公车至京师，屡试春官，弗售。出而与名公卿大夫交游，日以道谊经术相切劘，如倭文端、曾文正、唐恪慎诸公以及何丹谿、吴竹如、陈岱云、江岷樵各先生，或师之，或友之。茹精晰微，昕夕罔懈，一时声誉踔起，称名盛焉。故公之学问、文章莫不具有根柢，而治行尤极卓卓。耳其名者，多负笈鱼贯而来执弟子礼。公循循善诱，一一引而伸之，不惜瘏口哓音，必竭其绪余而后止。门下士以所学掇巍科、取青紫如拾芥者，不知凡几。曾劼刚、左子仲袭通侯者，皆公高弟子也。

公出为蜀宰，举除弊、修教、阜财、惠工诸善政，为一己所恪执者，靡不批郤导窾，俾民困豁然而苏，邑人咸颂神君焉。至今读安乡政令与所遗去思碑，犹脍炙人口不没。虽方之召甘棠、

①李超平辑自《长沙冯氏续修家谱》卷二十一，唐红卫点校。

羊岘山，不是过也。嗣迁太守，加道衔，上峰驰檄以防堵粤匪事相委。未几，曾相督奏调祁门，佐理军政。阅数月，辞以终养，致仕归里。后虽当轴巨公屡檄，终茧足不出，惟时时键户著书，不过借种竹莳花为消闲送老之计。

性方鲠，且喜朴素，亲友晤谭者如亲芗泽，鲜不敬而惮之。常殷殷督课子若孙，虽隆冬盛暑无少懈。凡建祠宇、置义田、竖桥梁、修谱牒等事，慨然以一身肩之，恒醵金为之提倡。而其中益慊然，如恐不及，盖知其德弥劭者，心弥敛也。老子云："知足不辱，知止不殆。"其公之谓欤？时余旅皖，会公之家乘告成，丐余一述其颠末，为之传，以志弗谖，非所以阐扬公之盛德云尔。清赐翰林国史馆总长湘潭王闿运撰。

葆吾观察传[①]

君讳敏真，字仲养，号葆吾，常宁人。其先世有隐德，迄艺渠中丞以孝廉起家，历官大吏，吾其仲子也。君赋性肫挚，幼随刘夫人侍大封翁病。封翁厌药饵，夫人跽进，君拜舞随之。翁喜，为之饮，立尽。咸丰军兴，曾文正招罗时彦，中丞日在戎行。君以少年相依，锋镝不知其危。中丞官鄂藩，寇大股扑黄州，有会戒严。君方奉刘夫人里居，闻警遽散私资，募乡勇星夜赴援。大府奇之，有国士之称。君少读本聪，继原华胄，辍业童军。同治改元，乃入赀为中书，旋加郎中。乙丑，赴京供职，宽以持官成，严以烛吏奸。部例如山，览之如水。丁卯，得京察一等，以繁缺知府用。继办西城团防，有功，加道。虽官阶渐著，京国有声，

①李超平辑自《常宁唐氏七修族谱》卷七，唐红卫点校。

非其志也。君之官京师也，以中丞任直藩，易于定省。迄中丞予告，君亦弃官归养，构观稼书楼，聚书万卷，莳花千本，为中丞燕息之所。又尝探讨灵素，覃思脉络，以备侍疾之需。可谓善于事亲者矣！

中丞与夫人先后疾革，哀毁骨立，营葬营祠，忧劳备至。庐墓三年，撄疾几殆。劝少归，弗听。忽墓侧生芝一本，异香馥郁，咸谓孝感所致。邑人为之请旌云："乡居多义，见靡不为。"常宁向无育婴，自君建始。初施腴田二百亩，继出千金。守令上陈，天语遥褒，其最著也。他若兴文重祭、养老济贫、葺道修梁、施棺舍药诸举，前后累数千金，不求人知，人亦无不知之者。中丞既殁，尤以继述为怀。初，中丞辑《常宁诗文存》未就。君延名宿铨次成编，校雠躬亲，动逾星纪。又以书楼见烬，中丞遗（稾）［稿］无存。远摭旁采，得数百纸，增以奏疏、《从征图记》十数卷，裒然成集。邮商于其姻世父陈中丞与予，予尤嘉君之意焉。夫生重丘山、殁同秋草者，何可胜慨？盖无贤子孙以表彰之，斯奇杰与齐民伍耳。且余尝历乎世家巨室矣，其上者博官阶、争利达，其下者竞货宝、习骄淫，求其始终为亲者卒鲜，君不诚加人一等也乎哉！余又闻之，壬辰孟夏，君病，函恒凄然流泪，谓遗书不成，无以对先人于地下。迨五月工竣，君即六月下世。噫！君固始终为亲者也，中丞世德弗替矣。君卒年五十有四，有子三人，曰诗隽、诗永、诗杰。

论曰：余初接君于中丞戎幕，见其年少气锐，谓干将、莫邪，进不可当。迨一宦京师，杜门不出，又何其退也！君殆古所谓事亲而大，而为善最乐者与？后又闻君有出山之志，而天不假年，卒无建树，惜哉！

杨参将让梨传[①]

宣统三年秋八月，武昌军乱，逐总督。未十日，长沙逐巡抚。传檄天下，假外夷以胁朝廷。疆臣以无兵为名，望风解印去。旬月之间，江西、两广、四川、云贵、江苏、安徽、陕西、山东、甘肃、山西、直隶、河南、东三省、新疆二十一省督抚，或走或叛，其死者惟陆钟琦、松寿，而广西、江苏、山东抚臣，奉天督臣皆自称都督，以革朝命，天下臣民不复知顺逆，自生民以来未尝有也。湖南七十城，惟镇筸镇道始不从乱。其后煽动而中营游击以守正见惮，卒被凶害。懔然仗节者，独此一人。使天下存廉耻之心，则杨让梨之功也。

让梨者，湘乡杨氏，字劭钦。父碧峰，咸丰初从征桂阳阵亡，恤云骑尉世职。让梨年七岁而孤，自励于学，授徒以养母，恒以罗泽南为比，同县王诗正奇之。诗正父（鑫）[鑫]，故泽南弟子，以功名谥壮武者也。左宗棠渡海援台湾，以诗正领军，乃请让梨主军书，例不视行阵。而让梨每战辄从往来炮丸中，急则负诗正走免，以胆勇咨用守备。然喜吟咏，遍游吴越。每为诗歌，一吐其奇气，不拘拘于篇韵。又上关陇，谒刘锦棠于新疆，言边事，留三年，与俱归。益自慷慨，思以功名见。故善董福祥，闻其领兵，往从之，从征河州、西宁，叙功至参将，加副将衔、铿色巴图鲁。及福祥入京师领军，复往从之。见其攻夷馆不能军，乃遂告归。先是，黄忠（灏）[浩]领防营，以让梨管左旗，屯金盘岭。至是复领右旗，屯醴陵。母丧归，巡抚强起之，固谢不起。

---

①王振中辑自台湾图书馆藏手抄本，唐红卫点校。

及宣统元年，巡抚督两湖，当补永州左营游击，特奏让梨名，以参将借补，由是知名。未逾年，调署绥靖中营，俄调补镇筸中营。初湘军之起，曾、王、胡、罗皆以训练为先，及后专务行阵兵械之事。让梨在军，独严纪律，自作《训勇篇》，以继曾、王。时新立常备军，尽改营制，然亦重讲说，多取海外野言，以种族为别，竟以此乱。鄂变既闻，巡抚征兵镇筸，让梨率千人赴急。至桃源，长沙已乱，总兵急檄令守辰龙关。时兵备道朱益濬已议保辰州，谋进取，恃让梨为重。已而总兵子从乱，诱说总兵与书让梨，微讽之，书再至，不报，则檄令赴辕。让梨亦露牒报，曰："标下遵调军门，一庸将耳。不遵调，乃可对军门。"遂不听令，相持两月余，而镇筸定降，辰州震动，道府皆弃官欲出走，劝让梨解兵。让梨腾书骂总兵，遂只身下沅，至清浪滩，再拜，自投水，以救免。未一日，总兵已遣数十健卒追让梨，并执其子还辰州府城。时长沙闻辰州不下，以镇筸兵精闻天下，又新杀黄忠（灏）［浩］，恐其部下、乡人以复仇为名，注意西防。而龙璋率军以来，至常德。辰州送让梨适至，璋欲杀以胁众。先好语，让梨厉骂之。璋不胜其侮，惭对其下，麾令缚出。让梨笑曰："烈士何用缚？"解裘与执刀者，遂见害。龙璋名家子也，祖、父俱有行义，祀名宦乡贤。亲为逆，杀忠臣，无人之心。闻者不奇让梨之死，而奇璋之杀让梨也。让梨子传孔与父俱执，父既死，令视殡，殓以二品服，璋亲奠焉。既又械送其子至长沙，释令还常德迎柩。余初闻武陵廖世英言其事，壮其死；及传孔奉状来，因为之传。从让梨死者，同县陈骥伯，其从子婿也。当乱卒前缚让梨，骥伯徒手击一人仆，众丛刃之，破伤头身，复断一足，乃僵，流血不止而死。

论曰：宋人重节妇，而明人殉国难，国朝因之，广加褒恤。仇敌犯顺，皆加美谥。易代之际，虽乞丐游女，知为国死。通谥至几千万人，谓可劝诱，民庶冀戴其主。及于大变，天下靡然，朝官暮寇，反颜为仇，岂教之不豫与？何其好犯上也？杨参将一死，而后知冰炭之相激，节义之不可伪也！胥天下而是非焉何害？彼宋明之区区，抑其末也。

贺义生妻张氏传[①]

贺义妻张氏，西宁喇萨人也。光绪初，陇回畔乱，屠府城，以幼女免。复为官军所掠，主妇虐使之。义年四十，官古城千总，聘为正妻，年十七矣。自谓孤苦得所依，勤俭婉顺，克尽妇职，生子一女一。义病且死，唯张目视，不能语。张氏谓夫曰："有不测，必以君及子女归里。"目乃瞑。于是殡奠成礼，送柩城外，而仆从兵役悉分夺其资，拒不许入门，皆叱辱之，曰："新官已至，汝何为者？"既无所赴诉，告于市人。有怜之者，假屋一间，居其母子。乃理夫贷，往索之，辄曰："汝非湖南人，不能以资资汝。"孤苦流离，贞志弥厉。军中湘人悲伤其节，始加敬礼，为责逋负，或周恤之。而被病咯血，不能（戒）［成］行。忽感神梦，祷请得愈。光绪三十有一年，载柩携孤，发于古城。先是，夫友谢玉华，宁乡人也，老病且死，以归骨托义，竟同殡焉。于是张氏叹曰："吾不负夫，即不忍使吾夫负友。夫虽亡，吾未亡也。"并载两柩

①辑自湖南图书馆藏光绪铅印本，又见于《独立周报》1913 年第 2 卷第 4 期、《妇女杂志》1919 年第 5 卷第 7 期、《湘南》1924 年第 1 卷第 23 期、《船山学报》第 2 期（1933 年）、《中和月刊》1943 年第 4 卷第 5 期、《湘绮楼集外诗文》。《妇女杂志》《湘绮楼集外诗文》题名《贺晓江妻张安人传》，《湘南》题名《湘潭节义贺张氏传》。《湘绮楼日记》宣统元年四月二十八日记载："作西宁张氏传略，张氏所行殊有孺人之风，奇女子也。"

以行。湘人闻之，莫不感泣。先侮之者，皆还自悔。统兵官遣马队护送入关，且为移文沿涂，依品官例资送。张氏固谢，曰："资斧不足以犒兵役，且一妇人，礼不对客。徒多牵制留滞，亡益也。"自四月至十一月，水陆舟车行万八千里，归于贺门。义有兄子曰子莼，当闻义丧时，寄书言力不能迎柩，复不能办行费。至是子莼已死，族人惮葬费及母子三人日食之供，待之漠然。张氏独与子莼寡妻同居，葬夫家茔，送谢玉华柩还宁乡。贺氏贤智长者闻而悲壮之，虽力不能振，无不称其贤哲。张氏归贺六年而夫死，除丧明年而归。归四年病卒，年二十有九，子能负薪矣。贺氏乡居僻远，事不达于朝省，因邻里所言而为记其略如此。

王闿运曰：昔江忠烈会试，归乡人之柩，名闻天下，以视张氏，难易犹什百之于千万也。荀息以死者复生，生者不愧其言为信，孔子贤之。乃张氏能使夫死践其言，其信义可以泣鬼神！则其孝慈贞专，盖犹夫末节与？百里之内，有卓绝奇行而先莫之知，司马子所以叹青云之士哉！

现任镇筸总镇嘉萱公女福贞罗烈妇传[①]

周女父瑞龙，以军功补湖广督标中军副将。平江罗缙绅为宜昌总兵，子万青以荫叙，授部郎，未仕，侍官所读书，恂敏甚有称，瑞龙以女妻焉，年十七归罗。婉顺和同，族姻羡为嘉偶。宜昌有江山之胜，万青游宴从容，志慕文学，无子弟之过。俄而遘疾遽卒，父母骇痛。女依礼哭奠，徐请舅姑，言立后之意。众讶其急，未疑其殉也。已而和铅粉饮之，知之已死矣。于是江汉士

①辑自《湘潭阳塘周氏八修族谱》卷五。

大夫高其义烈，督抚特疏奏闻，旌表如例。诸诔颂之词，编为一集。瑞龙旋迁镇筸总兵，还家上冢，县人乃知其事状焉。

李母唐恭人家传[①]

恭人唐姓，湘潭贡生讳世昌之次女。年二十二，归今蓝翎、候选训导、宁乡附贡生李浚昌。越二十二年而卒，生子三。长曰钧，季幼殇。中名钊，吾妻蔡氏侄倩也。恭人既卒之五年，岁光绪丁酉。李氏大宗续有事于世谱，钊时读书长沙，诣门请传恭人。

出其略，开首二三百言，虽皆世俗所难，然在恭人，直可一语蔽之曰：妇道、母道兼尽，无稍歉，有不劳费词者。最后乃举其性嗜女红，手制木棉、夏葛诸布，精妙若纨素，竟以是得疾不起。卒之日，箧中犹遗布四五十匹、缕七八万。予顾谓钊曰："传在此矣！传在此矣！"

盖古者王后亲桑，公卿大夫而降迄士庶人妇，无敢不桑。自宫教不宣，内则日益晦。乡落之间有负郭田数十亩，剩获麦数十斛，其家人大都日晏始起，起则傅粉墨、薰香，燕坐竟日，甚者佚游戚里以为常。省垣都会，此风尤盛。即至淄蠹，已成輮釜。不谋朝夕、无言纺绩者，非惟不谙，亦不屑焉，痛乎偷惰之习之移人也！李氏固素封，本无事恭人操作，而恭人躬劬苦顾转过于单家。至于气息奄奄，不少辍业。斯非伟丈夫之特立独行，不肯以富贵捐其志者哉？抑吾尝观钊之世父石贞孝廉所为小宗谱矣，其叙太君成恭人于石贞婚时为制新细布衫服之，几不见经纬，每诧以为绝艺，今恭人乃复踵事而增其美，益叹李氏阃政之修由来

①李超平辑自《楚南沩宁东山李氏四修家谱》卷二，唐红卫点校。

已久，而其仍世厚实不倾，虽代有贤者纲维其外，未始不潜资佐助也。纂以付钊，缀诸乘，用勖夫嗣恭人起者。清咸丰丁巳补行壬子乙卯两科举人现主讲船山昭潭两书院姻侍生湘潭王闿运撰。

刘太恭人传①

刘氏，冯芳荄妻也。芳荄，道光时廪生，好学居贫，言动必以程朱自律，工文而思迟，以此试不利。刘氏兄长绂官内阁中书，亦无以给衣食。芳荄即卒，有孤子，刘氏艰难抚之，夫族、母家俱不能振恤。旋值兵乱，关山流徙，不使子废学，或曰："儒不救(负)［贫］，何必勤劳以要不可必之名乎？"刘氏曰："诗书之泽，以托士类，非敢望富贵如贾之计利也。"入其门者，斗室蓬户，礼法肃然。及后其子成立，有文名，敦行恂谨，人皆美刘氏之教。长绂官琼州知府，家门稍盛，而刘氏先以贫悴卒。

黄宫保传②

黄少春，字芍岩，湖南宁乡人也。初起时，年二十一。父縠亭，游钓乡里，称善人。然训子严，七岁则命就傅，不乐占毕，辄从群儿嬉。家饷箪食，日暮则拾薪热之，饱饭乃归。父怒，乃令樵薪，采倍群儿，而嬉戏习战斗，自为帅，指挥两阵。比长，里中侪辈固惮服之矣。矫捷多力，能于壁上行。又能驰马，俯身

①李超平辑自《霞湾冯氏六修族谱》卷七，并点校，唐红卫审校。

②唐红卫辑自《南社湘集》第7期（1937年），并点校。李超平又发现于《冷水井黄氏三修族谱》卷二十四，题名《芍岩公传》。

拾散钱。将应武试，而金田盗起。

咸丰五年，县城被兵。方耕石谷傍，有相者过之，曰："贵人也，何为在此？"即出从军，隶罗泽南营，改入防营，从征守列县，积功至都司而江浙并陷。左宗棠募勇健援浙，闻其名，檄调领楚军左营。自广、饶进兵，于时苏、杭、安、庐并为寇据，而湖北兵盛，不敢窥长江，则皆躏皖南，突广、饶，以窥闽、赣。曾国藩自祁门避之东流，以徽防委左宗棠。而建德已有寇，少春领偏师，自建德东南下德兴，收婺源。明年，左宗棠大破寇乐平，少春功最，再迁至参将。

同治元年，始进援浙。寇屯马金，开化北岭也，在遂安东、婺源西。官军自大鳙攻张村，屯岭寇下，援前军却，少春绕从右蹙之，寇退，环岭增栅固守。官军分左右，环山仰攻，少春扼金竹岭，断寇走路，立焚蹋十余垒，遂复开化。论浙战者，以马金为奇功，由江浙军兴，未尝见搏战云。于是寇酋李世贤纠大众，自衢州西援，而江山先屯寇在花园港，方相持未下。少春恐腹背受敌，急攻花园，填壕肉薄，躬犯炮丸，被三创，立平之。还营晕绝，事闻，诏以副将留浙，加总兵衔。援寇竟不至，乃皆自徽西北侵谋，扰我后。左军两大将蒋益澧任浙援，刘典任徽防。少春与典俱拒寇休宁，攻岩寺街。典深入被钞，少春乘大雾雨往援。寇出不意，骇走。将西北攻黟，寇作屯渔亭，西连黟城，众号二十万。渔亭，前鲍超所屯，以遏徽、宁寇者也。及曾军再复徽，留朱品隆守城。品隆、少春、典皆同县，相应和。典军四千，分三道。少春当右路，乘山列阵。寇恃众，径出接战。少春从山上率众压之，寇骇顾。左中急进，遂大胜，徽州城众犹未出。曾国藩闻捷，手书劳典，责品隆。明日复战，又大胜，遂克黟，岭内肃清。诏记名浙江总兵，赐号强勇。寇南走浮梁，进军援之。少春督前军，袭之崇光渡，乘胜破石门青山屯，寇悉北走。还屯黟，寇自宁国南袭昌化。时左宗棠已授浙抚，方谋复省城，故寇大举挠官军。刘典奔父丧归，少春代领典军。自黟选士，持七日粮，道绩溪，出昱岭关，暮逼昌化，而寇不知。明日仓卒拒战，前部骇走，追奔至白牛桥。援寇大至，少春分精兵伏间道，寇别队亦分出间道。遇伏惊奔，援寇皆奔，遂夺桥克昌化城。左宗棠奏其功，以为前拒虎而后进狼，非黄少春则皖浙皆危，遂兼统典军，助攻余杭。围攻急，寇从宁国南袭淳、遂，少春亦南移淳安。至则遂安告急，屯防将方北防休宁、战昏口，寇亦南窥遂安，不虞军之骤至也。解围，走还郭村，蹙而歼之，并昏口来寇俱溃。还屯遂安，为杭西捍。明年而杭州复，奏换达春巴图鲁。于是逸寇汪海洋复道歙出杨村，别部自遂安西逾岭趋马金。裨将告急，往援，破走之，北追至绩溪，还屯常山。自是寇不复犯徽。江宁既克，逋寇南走湖州，趋广德，出昌化，乃移屯严州，复出淳安，遏寇南北溃走。叙追击功，赏三代一品封。

休军铅山河口，而李世贤先自绩溪败走江山，入广丰，蹈隙入闽。闽屯将不能御，乃陷漳州。诏授左宗棠闽浙总督兼浙抚，督师入闽。急檄征少春、刘典、高连陞三道赴援。寇亦分四部，李世贤踞漳，汪海洋踞汀，丁太洋、林正扬往来龙岩、永定、云霄，众各十余万，皆百战剽忽，冒突求死。三年十一月，少春会连陞围漳州，坚壁不战。所部降寇谋叛应城，城寇夜出，大众列阵，少春疑之，方出陈兵，闻中军已叛，遽往掩捕，降寇已戕两营官，率众奔漳城，适相遇，骇怖各散，城寇亦收众自退。少春自劾疏防，有旨免议，且命署福建陆路提督，时年三十。诸将虽早达，未有其比也。漳州城寇围急，分党出陷长泰，分军复之。围五月，八战八捷。明年四月，遂克漳州。功最，诏优叙。寇走嘉应，福建平，诏署浙江提督。

休兵武平，武平当汀州、嘉应之中，西北接江西瑞金，东南则广东大埔。总督自驻大埔，故以提督驻武平辅之，以应兵法。然逋寇无定计，漳州虽复，而汪海洋在上杭，正邻武平东。世贤走平和，将北合之。于是海洋亦弃上杭，与世贤俱会永安。比至，又为别将所破散，俱走镇平，西犯平远，遂走龙南。总督方晏然，以为寇必益西，檄少春备赣防。寇闻闽军益西，即自连平东掠和平，道兴宁，直东行。少春方西行，闻之遽还，与刘典谋曰："帅屯单弱，劲军四散，今为奈何？"典曰："君军劲捷，倍道先往，宜先寇至，至则势力自壮，典军继之。"其夜遂行，先至福建平和迎总督。典军道遇寇，战不利。少春复西迎典，合军俱屯塔坳。塔坳，嘉应东地也。来寇剽疾，军莫能当其锋。少春令军织竹篓高七尺、围四尺者，棚十三，百人则百三十，千人千三百作垒。未竟，则投土篓中，垒以环壕。寇至，凭垒隙中发火枪。海洋自将来如风，典军却，遂攻垒中，飞子贯脑，堕马曳尸引退，其夕死。明日，降者过万，遂合围嘉应，克之，余寇尽平，诸军凯还。少春当率所部还浙江，莅提督任，东至松口，谒总督。道见卧丐，疑焉。降人识为寇酋谭体元，代汪海洋领众者。具知海洋死状，乃并磔体元。

五年二月，少春还至邵武，总督急檄令东往崇安、建阳，平土寇。至崇安，寇先夜散走，将入铅山，踞封禁山。封禁山者，自明以来，禁民垦种，以防广信、邵武之边。然时有藏盗，扇动为害。至是骤遇大军，奔迸骇散。江西军至，寇已大定。诏以不分畛域，交部优叙。左宗棠尤盛推其功，以为比于十万师云。三月，补授湖南提督。浙抚奏留平定黄岩土寇，五月到宁波提督任。浙额兵万七千，岁饷将百万。平时虚冒，军兴益不可问。少春至，则议简练，按籍以征，空领者十之六，而定海镇兵最骄，举人某主之。扬言祖制不可变，群议汹汹，则躬往定海，率二十人入城。标兵妇女老弱号噪，围行辕，谕不可止，乃登子城扃门观变，众复哗出鸣钲围子城。少春直遣两卒出，禽其首行左右各一人斩之，众骇散去。乃发令传标兵明晨集镇署，点验兵众，悉听令无哗，不戮一人而还，奏劾定海镇总兵及举人某为谋主者。诏调补浙江提督，海盗闻风屏迹。城中经乱多盗劫，亦无复窃发者，宁波民颂歌焉。满五年，陛见。光绪元年，恩例予荫一子。五年，假归，遂请终养。明年，开缺，其年仍授浙江提督，总海防。父丧，改署任。明年，海防解严，给假治丧，固请开缺，旋命督师南宁，复改江南。母病，请留，而左宗棠再出督闽，奏总防务，撤防乃归。明年，母丧。服除，授福建陆路提督。距前署任时，正三十年，年六十矣。以勤绩加太子少保，陛见，慰问有加。

到泉州，命兼水师提督，驻厦门。马江用兵，不预军谋，率千五百人驻南普陀。运米麦六万石，以备民食。移家入城，以死自誓。和议成，调补长江。时张之洞督两湖，恒谋自强，故奏移少春自近。二十二年莅任，明年立江胜军驻镇江。时议练兵示威而后可外交，朝旨频降，日有戒备。少春叹曰："纸上谈兵，今之谓矣。长江幸可优游，奈老病何?"二十七年，拳匪构衅，两宫西幸。长江转饷，每帕首芒鞋，躬督船运。明年，调福建陆路提督。三乞假，满三月请开缺。不许，仍至泉州。台湾民既不欲隶日本，时有劫杀。日本患之，胁内地官吏捕治送台，则焚杀之。民愈恨，乃相聚为盗，入屯安溪多坑洞，及佛耳山。朝命水陆提督剿抚，少春心知其由，檄招其魁简大扁、赖乾等三十余人隶大旗为壮勇。大吏尼之，盗散而冤终不得白，终身憾焉。其所规画，亦多格不行。屡以老病乞休，朝旨优假，又命兼水陆提督。三镇海疆，外夷知名。在厦门，与各国领事及往来兵船交接，必以礼体。日本台湾兵官赠佩刀致敬，法兰西提督求其战旗以表著战功。然少春恒欲引退，至三十二年乃得归，年八十。壬子年卒，其前年诏以战功卓著，在籍食全俸。及其卒，时天下多难，竟无奏恤之典。

少春将兵机警，每出奇制胜，非仅以猛进为尚，其在官虽不与民政，而有利必兴。在宁波督军士疏浚甬东堤闸，以备旱潦，尤为民所思。城西有虎患，民请兵往。哂而麾之，众固请不退，乃自率常从数十人出城，一虎伏道旁，直缚入城，数其罪，对众刳之，腹中得钗钏指爪，民以为神。其战花园港也，铅子入右胁，绝饮食数日，垂死矣。帐外一老人自请治之，延入，祝杯水，铅子自出。欲谢问，已失其人矣，莫有见其出入者。及老，每以语人子弟，传诧之。自少春始出，从名将持旄节五十年，优游晚岁，湘将贵寿无其匹也。尤敬礼文士，好读书。督水师时，重订长江图，精核过于曾、彭。受左宗棠知最深，于其殁独为建祠，工费巨万，皆以己财成之。性笃孝，以父卒未视敛，其后江防急征，以母病誓死不忍离。母亦贤明，病少间，即命具奏起程，左宗棠亟称之。初在宁波，筑招宝山炮台，选守备吴杰守之。其后法兰西兵船来犯，各海口披靡，独宁波炮台击其船，殪孤拔，乃得罢兵，本少春功也。巡长江，招抚盐枭徐宝山，今为名将。庚申以后，民夷相斗，必抑民伸夷。夷商作浮桥鄞江，度者争值，毙一夷人。领事来诉，告以建桥违法，偿其工价，收桥入官，今新江桥是也。厦门商民哄围海关，夷吏司税者将火枪击之。少春冒飞石，坐税局门，石激伤额流血，哄者惭怖，乃退散。或断鼓浪屿美国旗，领事请捕治，少春伺其生日，制新旗鼓吹送致之。其行事亦尚整暇，未尝有怨。乡人或侵其田，后来投留治军书，为叙功得官。其居乡以乐善好施奏闻建坊，盖将兵六十年，未尝以财自累，异乎求富贵而立功名者云。九子俱习文学，有四生员。

赞曰：少保英英，为闽方叔。既收全功，亦隆晚禄。吴剑虹飞，越旗龙蹴。诸子文通，雅歌方续。

翰林院侍讲衔礼学馆顾问官湘潭王闿运撰。

茶陵举人谭椿祥妻龙氏殉夫事状[①]

咸丰八年秋九月，茶陵州举人谭椿祥之妻龙氏于椿祥卒后二月闻赴，后十九日殉椿祥死。龙氏，攸县人，贡生友夔女也。适谭十六年，以椿祥就学长沙，常随夫居母家，中间归侍舅姑者仅年余，至其死，谭氏莫不哀。当寇犯攸，妇适从父在县西乡，乡妇女争谋避匿，妇挟短刃衣带间以自矢。平居论妇德，尝慷慨慕节烈，以为人不能常处顺，志贵自立。与其兄嫂言，见其意。故椿祥卒于京师，赴至，两家皆决妇必死，谋缓之，秘不告也。妇窥家人仓皇征其词色，夜半叩嫂室，泣且言曰："嫂何欺我也？吾与嫂居有年，宜知吾心。今家人见我切切细语，或收泣相向，必有大变，事不终隐，吾固当闻之。且嫂视我何如？何为薄待我？"既坚问得实，遽请父母，乞终丧于谭，且告嫂曰："吾固定死，死于夫家，礼也。"嫂曰："若两家父母何？"妇曰："舅姑尚有子妇，吾父母爱我，甚念我苦，日夜忧我，我死虽暂痛，久当弭愈于生而忧长也。"嫂又劝之，妇曰："嫂不知我乎！且吾名父女、乙舟妻、皞臣妹，岂难死哉？"皞臣者，举人汝霖也，嫂即汝霖妻也。汝霖少习节概，其妻亦明义，既知妇必死，持之泣，妇曰："嫂无然也，人生莫不有死。弱女子不出门户，独易湮灭与草木同尽。

①辑自光绪长沙龙氏家塾刻本《攸县龙氏贤孝录》。

今得遂吾愿死，为两姓光，使人知教训有素，岂非骨肉亲戚所望愿者邪？嫂闻当喜，何反哀也？嫂第思关盼盼特小家儿女，身为人妾，非习教训，顾时论有必不可生之道，徒以一日感激，不自鄙薄，故以若此。今与嫂别，以从吾志耳，非有所不足，与夫愤怨而为之也。嫂无多言，惧父母闻之。”明日，妇遂归，嫂请送之入门，成服如礼。至夜，出金屑服之，戒嫂：“毋惊我。”遂安卧一时许，微闻喉中有声，视之，已死，无苦状。

夫人情见死则哀，况嫂姑亲情，久坐待其死，大忍者所不堪也。妇之义烈能使人深信默喻，不忍夺其志，虽其嫂贤，知大节，非夫容色、志意深沈哀激，乌能动人若此哉？且人惟处死难，至于临时，闲闲如平常，父母舅姑不知其将死，其服金屑非无惨痛，乃安静无呻吟，盖其志定而其力坚，尤足奇也。妇事（父）［夫］婉顺，以己无子，私以女工余资，积十余年，买妾奉之。又好恤亲族，不计施报，三族女党贫困者，皆有所分，最为父所爱。椿祥尝游学，其父母爱子，遣妇从夫，归家日稀，故其事舅姑处，宛若之间无可详者。然以孝父、殉夫之义视之，知必无间也。椿祥灵柩以年日月归，夫妇合葬于某，以兄子恩纶嗣。椿祥，字乙舟，卒年三十六。妇，字芝眉，卒年三十五。王闿运状。

皇清诰授荣禄大夫振威将军兵部侍郎都察院右副都御史安徽巡抚兼提督署湖北巡抚直隶布政使司布政使另候简用赏戴花翎奇齐叶勒特依巴图鲁常宁唐公行状①

曾祖侃，字梦翼。县学附生，赠荣禄大夫。夫人同县贺氏，赠一品夫人。祖恂，字中和。从九品衔，赠荣禄大夫。夫人同县崔氏，赠一品夫人。父讳棣林，字花圃。从九品职，赠荣禄大夫。夫人同县胡氏，赠一品夫人。

衡州府常宁县唐公年六十有八行状。公讳训方，字艺渠，行九，常宁人。嘉庆十四年岁次己巳十二月十二日，生于蓝江里舍。年十七，补弟子员。二十二，食饩。中道光庚子科二十五名举人，考官周项、王桂奇其文，以“致君泽民”评于朱卷，由是显名。与东安叶元桐友善。下第南归，有清泉举人唐如春偕行，道病卒，公与元桐并贫乏，又以药饵尽耗其资斧，乃俱徒步，以所坐直辕车载柩，以其一悉载三人衣被而从行，或躬助推挽，日与渡夫、店主、门卒相争诉，费犹不足，则持高丽参卖之道上，人无顾瞻者。行次信阳，入州署告贷，大为门者所诃。面目黧黑，日或一粥一饼，竟致丧还衡州。元桐后更名兆兰，胡文忠奏荐以为于成龙、张伯行之流者也。道光三十年，复以会试留京师，卖文字以

①唐红卫辑自《唐中丞遗集》卷首，并点校。李超平又发现于《常宁唐氏七修族谱》卷七。

供旅用。其时衡、永公车留京者颇众，类皆朴贫，不见省于朝士。唯公辍食贷衣，有无相通。衡山文岳英为军机章京，馆公于家，遣子受业焉。安仁举人段遇隆亦以授徒自给，方得馆所，患疟疾，主人辞令归，出无所依，孤居会馆中，众莫能省恤。公独时往视段疾，久嫌妨生徒课业，乃亦辞出，与段同居。治疾经两月余，卒不起，又为敛殡焉。及归，又致其丧归。癸丑，大挑二等，以教谕候选。是时广西寇洪秀全已连破湖北、安徽、江南三省城，东南大乱，乃告归。未至家，丁父忧，奔丧庐墓。而县中土寇连结有迹，曾文正公在籍帮办团练事，治兵衡州，檄公督其县团治土寇事。平复，应聘为本县书院院长，所谓双蹲书院者也。

曾文正率湘军，设八所，檄公主银钱，与今湖广总督李尚书瀚章同事。未几，假归。俄奉檄，称已奏言唐训方笃实练达、沈毅有谋，请以教谕随征，乃告墓。行至，即助李光荣从罗忠节陆军，攻寇蒲圻之花园，大捷。又从攻兴国之金牛、蕲之田家镇。以五次出力，迁知县，赏蓝翎。曾文正檄曰："唐令营勇，训练有法，可为训字营。"营官隶罗道泽南，罗号名将，其论战以能败为上选。咸丰四年岁在甲寅九月，遣公攻蕲营。城南三十里、城西一里有龙矶，宋时州治也。东有湖曰八里湖，时湖涸犹有水。公直率五百人登龙矶，瞰城中寇。寇愤其轻敌，出精锐百余骑、步卒千余，渡湖掠我师。我师东望城，不见其出，为寇所乘，退公殿，已陷围。亲兵夹鞭马，马逸，冲围得出，右镫县绝。寇骑来追，公右足踞鞍上，手短刀反斗，纵马背驰者三十里。哨长周茂荣、何有能据山隘，挥大旗招溃军，贼疑伏援，乃退。比还营，三日不能步。罗嘉其全军，曰："兄真健者。"故恒与同行。十二月，罗军会塔忠武陆军、彭杨水军于黄梅之孔陇。未至，次濯港，寇酋罗大刚迎战，败之。大刚乘夜谋犯大营，五鼓公起，闻传号声不续，巡营扑之，并将治夜燎者。燎者恐，遽发炮以自明其不惰。大刚将至，闻炮返走，有声甚嚣，觉而逐之，得其火器。微公警觉，几败。明日进攻孔陇，诸军趣街口，寇悉力拒甚坚。公巡视，见中街筑高垣，疑故巷口也，遣勇士踏肩升，寇仰见旗，大骇。伤一人，后者继上，寇大乱，街口军乘之，破孔陇，斩获万计，遂攻九江、湖口，屯灰山麓。灰山者，《方舆纪要》所谓罂子口。寇屯城下梅家洲，柝声相闻。寇夜来袭，已至沟外。他军觉，以夜不敢救，但张火为声援。公更灭火，静以（侍）［待］。寇噪无应者，逾沟辄被伤。寇从外掷火烧公帐，军士旋灭火，终夕无敢哗。比晓，寇退，伏其坚忍，自是不来攻，亦不出战。他将百方攻寇垒不能下，乃退军九江城南。五年乙卯春，寇别军出婺源、破广信，罗军驰救之，复弋阳、兴安、广信府、德兴、浮梁，公皆有功。克广信时，公先入城。拔婺源、休宁，陷贼者万余人。屯景德，军无敢侵暴，尤为其民所思。时曾帅退次南昌，江西巡抚陈启迈留以自卫，郡县沦陷，莫敢救，以故徽、宁、湖北之寇皆掠地江西。四月，义宁州被围，固守二十日，终以援绝城陷。六月，罗军移攻之，寇屯城外鸡鸣山及其左凤皇山，与城中犄角。于是罗军三营、训军一营，逼城为屯，而公屯当鸡鸣山下。寇以公营军薄，欲乘高先破之，以走罗军。公卧病，闻号炮声，亟起索刀，徒步出。族子敏兴为副将，扶翼以行。诸军前已出战，见主将自出，骇且奋，腾踔直上。寇不虞我军之先登也，反惊愕退走，遂大败，弃其山上屯。罗军鼓噪趋城，城中大乱，合兵围之，遂复义宁。论功迁一阶，而义宁人独于鸡鸣山下立石，书曰“唐公胜处”，盖推本克城所由云。

时议者以寇蔓延，曾军失势，罗忠节公定议先图武汉，群帅、诸将然疑二三，公独赞其计。九月，从攻通城、崇阳，皆克之。

战于羊楼，罗军败。再战，以训营先进，寇据两山设伏。公以三百人自随，分二百人搜其伏。寇恃胜直进搏战，三百人整静不可败，伏不得起。寇懈将退，别军突起乘之，寇收众退据蒲圻，诸军六道并进。公攻五岳观寇屯，不能下。出奇兵，攻其水濒小屯，破之，遂破九垒、克蒲圻，加知府衔，赏换花翎。湖北巡抚胡文忠来会师，进收咸宁，遂通山坡李桥之道。隶胡文忠，从屯湖北省城外五里墩。寇环城东南为垒，自白沙洲、八步街、鲇鱼套、坛角、藕塘、十字街，屯守相望。攻战连两月，寇辄增筑大垒，沟以长濠，引江水通藕塘。官军既屡捷，进营长虹桥。先是，寇与我相持，倚得桥以胜，故武昌再陷，至是悉力来拒。罗军屯洪山为东路，公从巡抚当桥为中路，其牵制之师为西路，无日不战，卒限于濠。六年丙辰正月元夕，公令营中设鱼龙镫火之戏，自骑以从循鲇鱼套至藕塘。寇以其戏，且易之，不出斗，反从壁上观。公见濠守严密，惟藕塘恃水为防，不设备，逾日乘夜自塘涉水，勇者附墙先登，斩巡更者，寇哗。公率所部乘之，夺二大垒，振旅而还。是役也，以三百人绕城二门，走寇众数千。巡抚以其近戏及上功以力战夺垒为名，非其实也。诸军倡勇敢，公所部喜诱敌。或以为怯，公曰："攻坚非计也，后必悔之。"未几，罗忠节以穷追中炮卒。公先移营，故仍助罗屯洪山。罗卒，李续宾代将，始禁仰攻，谋诱寇。寇创甚，不肯出，唯召援贼。五月，援至豹子澥，距大营七十里。公同蒋益澧等迎击之，再败寇援。寇退二十里，屯葛店。巡抚以蒋敢战，欲一其事权。公宿望不可隶，蒋仍檄公还洪山，复助攻鲁巷，掘堑遏来往之寇。八月，以大小百战并案叙功，诏以知府补用，督修百堵关。

会襄阳乱民高二先结捻寇、胁饥民袭邓州，再败镇道官军，围府城。河南上变，诏责统将常恩玩寇，命督抚择大员如都兴阿者统带马步相机攻击。巡抚忧之，集议，以公才兼吏将，堪定乱，急檄赴援，以舒保领马兵二百同往。公以救民宜保固完善地，疾行日八十里，申明纪律，斩犯令者二人，民相传告此军非前日诸军比。盖自北岸数经乱，未尝见湘军，至此乃知有军令云。寇至襄阳之峪山，军至枣阳，相距七十里。或议城守，公曰："峪山南三十里有璩弯，大市也。寇资其粮，而阻水自固，不易灭矣。"遂进四十里，急据之。寇哨马已至，禽七人斩之。寇又伪遣五人，诡称贡廪生来求救，授以笔，不能书，斩四人，纵其一还报。明日，进攻峪山，以步军分三列，马队在后。既至，分三列为左右，马队先冲之。寇不虞其速至也，始接而败。明日，寇援至，又败之。寇还樊城，公自蔡洲宵济汉，屯城下。寇解围，退屯檀溪。进败之，复渡汉，复樊城，解散胁从以万计。追至吕堰，寇复伪为驿卒来迎。闭市门，无一人。公先遣视，市多积刍豆，知必有伏，下令火其市，违者斩。火发，伏寇仓皇出，蹙而歼之。有少妇横刀冲围走，俘寇曰"宋女将军"，捻寇悍将也。公策寇必绕道仍袭樊城，请舒军旋师，己殿。明日严陈行，见寇从南来迎我军，疾驰如飞，众皆惧，公曰："寇虽勇，不办此。且其行甚疾而不相顾，此必败走者。"分左右阵以待，则马军行绕贼前，故驱而返，夹击之，寇大败。乃退屯新野之杨集，以辎重悉与捻寇，招与同守。皆手长矛、衔短刀以迎战，公议以马军直进，当寇步；步军横冲，当寇马。寇马恐我马之袭其后也，疑不进，又败之。焚其屯，寇众走光化。移兵往，复走房山。时盐道常恩先领军屡败，欲乘势刷其耻，止公勿进，而率所部追寇。参领舒保及襄阳道皆重违常恩意，阳以光化善后为辞，留公屯老河口。河口者，郧汉通道，五方辐凑。自平时多盗劫，县隶吏与生监通豢盗为奸利，反诬累良民。及寇起，有李千总掠河口商船，载商货巨万石。公召千总案问，具伏，愿还主者，乃就死。公曰："壮士有时谬误耳，能不讳者，天良也！"悉举籍召估客领货，而召千总所收无赖者数百人，资遣之。补千总为亲兵，兵民大安。又有二十五人者，诈称武官及营兵捕治通贼，诸家团长疑诘之，则缚欲斩，因截其发。公闻，大怒，遣部将率兵往捕，曰："不尽得，毋返。"自谷城追至房，凡行三百余里，悉斩之。诸生监奸滑者因缘为团长，寇至为之耳目，寇去复结官吏，公尽案诛罚之。因访蠹役名，令光化令按卯册集县中群吏，使亲兵侍其后唱名识貌，出即禽之。凡杀户科吏伪驾王王正、俘刑房吏伪护国军师廖明鉴及他奸宄六百余人，百里肃然。有李不良者告其弟通寇，引诱得诬状，令缚不良。俄而，乡民父老踉跄至，诉其弟诬，入则已缚不良矣，皆顿首欢呼，曰："此李不良也，民等知之，公何以知之如此？"由是众传以为唐公先微服至河口，尝借宿陕西馆云。天雨雪，居帐棚，苦泥涂，民争负木石为支版屋，顷刻立办。及其去，为立戎政碑，不颂其战，颂其德。盖公乐于亲民，以官为家，所行恒在律令外而合律意，有两汉强果循吏之风。其仪表谆谆如也，使在前代，治不减龚、虞。惜其守郡不逾时，遂他徙，为可憾也。

常恩与舒保追寇至房山道，马不能进，于是寇得休息，保康、竹山、兴山群盗复啸应，陷宜昌，出南漳，襄阳戒严。巡抚檄曰："司道以精兵留防作闲兵，以弱兵为征兵，调遣大误。"急召公赴援。公拔吴佑棠为前锋，佑棠故文生，领襄阳团丁，众疑不可用。公曰："常军妒湘人，故败；襄将顾可妒襄人乎？"佑棠感奋，及贼于南漳，一战破之。布政使马秀儒详称唐守训练戎行，抚绥商民，洽于舆情，请饬令代理襄阳知府，十二月二十六日受印。

七年丁巳正月二十九日，高二先复掠宜城之武安堰，领兵捕之。未至，别寇复犯襄阳。司道急召公还，则寇已他遁。二月，四川寇刘尚义结土寇破远安，犯宜城，巡抚恐寇至荆门，急调公回援。十二日解府印，十三日军行。守道罗问所向，公曰："今惟襄阳有兵，故寇扬言趋荆门、宜城，欲令南漳寇乘我师之出而袭府城也。府城南当武安堰，寇必据之。今当扬言救宜城而急据武安。"遂东行，夜半折而南。至九仙观，已遇寇。寇骇退，公令长夫伪为团丁状，伐树道旁。寇将掠之以益师，返噪而来。公挥兵疾进，先者退，长夫从山上下木石以塞道，后者狂奔，据武安堰城以自固。公曰："寇气夺矣！虽得堰城，无为也。"进薄之，寇悉众迎战，又败。其夕有降寇求见，曰："寇师刘尚义党亡过半，唯张瞎不服。"曰："步队十当一，何患不胜？"明日出战，寇马甚众，军惧。公曰："彼胁新附，杂马驴，必不能整阵，当以贼马乱贼步。"乃自领队，循山坡横进，若将绕马队后者。戒诸军但举旗帖地旋舞，盾手猱伏，后者鼓噪。俟寇近，乃斫马足，寇果疑不前，退则山下队已上，新附从者纵马奔，寇步亦乱，乃皆奔，得其马逾千。寇闭堰城，不敢出。当战时，飞炮中公马，马跌死山下，公队易马再进，军中不知也。及献捷，讶公马何往，则皆叹且贺。顷之，巡抚以寇众兵少，复遣都统巴扬阿以兵至。巴扬阿阴助常恩，忌公，知不可与争勇，乃言宜招抚。公上言寇不可纵，巴扬阿大忤，径下令令公撤围。巡抚方欲徇总督意，敬惮八旗人，因檄公宜搜禽高二先。二十三日解围，师复邀寇于襄阳璩弯。舒保马军绕前自东而西，公步军自西而东夹击，歼其众，二先投溪走间道以免。适大雨，途淖泞，乃休军，将屯于樊。至夜大雪，公计曰："昨回军，寇意懈。若待雪霁，延数日，群盗复合，蔓难图也。"即起作书约舒保，曰："高二先尚伏马家集，以雪故，未远遁也。乘夜往禽，当无漏网。拟遣土兵作乡导，四更出屯四旁。某合贵部五更出，黎明直破其垒，禽之必矣。"书甫发，舒保书已至，曰："本日大雪，天所以成叔子之功也。贼未动，可即夜禽之。惟马兵逸、步军劳，贵部血战兼旬，恐未堪此苦事，非独力所能胜。若悬重赏，使勇者自奋，某心乃安，功可成矣。"公得书大喜，以示部曲，皆感激，曰："参领能念我，虽寒何恤？"即夜会师，攻马集，二先不战，北走遇伏，乃东西走，皆遇伏。二先乃率十余骑突围，舒军马队追之，入民舍，循涧下步走，乃遇吴佑棠兵，生得二先。马军北追数十里，得报乃还。是日也，往还三百里，高二先之党悉平。

公先以武汉克复功擢道员，留湖北候补；至是论功，诏以马步分合悉中机宜，从优议叙。而巴扬阿所招降寇，以官军精锐既分，复相招诱，所过以索夫力为名，辄虏土民，再叛于谷城之庙滩，掠郧、房、竹山、竹溪、保康、兴山。巡抚始思公言，急檄讨捕。公自樊城移师，寇闻，疾趋均州。四月，群踞武当山，山前临均州，后通房山，断磴道，设三屯，谋死守以疲我军。公至老河口，闻降寇张瞎在谷城助城守，疑之，遽反旆至谷城，召张瞎。瞎恐，免冠谢，且请率其众随征。公曰："平寇，余分也，不须尔助。必欲自明者，以数十百人相随足矣。"于是自保康、房县至山后，山径险杂，连阴雨，不辨形势。祷于神，云开，乃从土人所指，得进兵要害。因合陕西延绥镇总兵龙泽厚军，分三营，泽厚屯山西南之中观，吴佑棠率张瞎屯西北黄土（哑）［垭］，自屯正西豆腐沟。先是，群寇见训营帜辄走，营既定，乃多张旗帜为大营，而身率精兵督佑棠等进战。约龙军缺其围，伏以待寇。五月三日夜五鼓，鼓而进，立破寇两屯。山上寇始觉，鸣鼓吹角，声闻涧谷。我军衔枚疾进，力战，又破一屯，寇众相争蹂，颠岩者数百计，余皆上山，聚屯金顶。金顶者，明永乐时建真武祠于山上，外有石城，祠殿墙砖传以金为之。寇知必死，又恃险凭垣，炮发如雨。官军登左右山曰燕子峰、九成峰，发炮击之，不能破。公谓众军曰："仰攻伤士卒，宜阳退。寇无水，必汲于五龙池，乃可击也。"其夜寇果出，击之返走，遂蹙之，寇众大溃。余二百余人保石城，公令驻军，遣张兴邦独入约降。兴邦者，张瞎降后所更名也。五日，寇帅黄大成等自缚营门，公以其倡乱斩之，释胁附者五十八人，并斩寇魁党二百人，襄郡尽平。论功加按察使衔。陕西巡抚曾望颜亦奏公功，且称其材，亦加按察使衔。公初随罗军，战状不尽达上知，至是特将且有治绩，名由此起。巡抚奏荐公调度有方，逾月诏补授湖北粮储道。军将任本省监司，异数也。

李忠武率军攻九江急，寇大将陈玉成要结捻寇，连兵犯蕲、黄列县，以掣我兵。巡抚急檄公自襄赴之，甫至蕲，前将败绩，寇大上，接战于望天畈。大雨，军溃，皆退屯黄州。寇十万分四道，公与舒保当蕲水之刘公河，六十日五十余战，仅相持。七月，增兵通蕲、黄之道，遂进攻，寇退宿松、太湖。巡抚令曰："两蕲寇经各营力战，纷纷败窜出境，亟应乘胜攻之。唐道即日率领宝、义二营进驻张家塝，暇则设碉卡扼寇冲，将弁官民均归董率。"义营营官丁同知锐义者，名将也；安徽潜山令叶兆兰，公旧友也。公旁諏得失，联络义旅，审形势，张军声，以为自蕲州通襄阳、界皖豫者千里。蕲州有大山曰四流，四水出焉。当其下为大关，分八卡、四碉、炮垒五、炮台七。运寇故垒砖石，给运价，以赈流亡；招居民，立军市，以通资粮。乱民龚秉极故富户，以资得六品阶，通寇受伪职，往来扇利以饵官。贼知州方用之治乡团，公密告巡抚，下檄立斩之，奸宄惊悚。又诇捕斩寇五军新将一人。六旬，关碉成。

八年戊午二月，寇二万来犯，公率二千人守之，寇困而去。乃走麻城，以弥陀寺、南阳河、陈德园、安仁河先后力战，平寇垒三十九，奏功赏奇齐叶勒特依巴图鲁名号。寇大众犯麻城，官军并力防之。以蕲州委公，不复能相救。公与丁同知等坚守拒战，凡三挫太湖、英山寇众，并攻克太湖县城，湖北解严，遂复九江。袁端敏时以太仆卿督师临淮，急调援师，诏公抽防兵、增新勇，合三千人自将往援。九月，两奉特诏，取道英、霍以赴徐、宿。十月出师，闻三河尖之败，李忠武、丁同知等全军俱陷，死者精锐六千。钦差大臣官文恭、将军都兴阿均奏令公还师，至太湖遇桐城溃兵，知事急，自请回保楚疆。不待报，退屯陈德园，获伪军师二人，斩以徇。钦差大臣手书要公，以北路、后路兵归调遣。十一月，拒寇南阳河，力战，禽斩千人。会胡文忠起复，躬至黄州，人心大定。公乃上请，攻寇太湖。

九年己未二月，移屯荆桥，以过寇安庆、太湖之道，相持一年。诏曾文正会师宿松，寇渠陈玉成亦大合援党，麇聚于潜、太。十年庚申，会多隆阿、鲍超、蒋凝学三军，合二万人，攻潜山之小池驿，所谓多、鲍、唐、蒋之军也。寇军依山筑垒，多、鲍、蒋往击之，以公一军遏太湖城中寇援。城寇大出，力战败之。胡文忠重倚多，下檄令统诸军，虑众不服，则并令李续宜军听调遣。续宜方假归，以名隶多，则湖北军无所不统。曾文正争之，不能得，故多隆阿之权益重。既以公军委寇，又令鲍超因寇垒屯小池。寇日夜出兵攻超，死伤积，众议危惧，以为唐、鲍军将覆，必败大事。多业已建议，乃移己军入鲍垒，俾鲍军休息，而令公移军于中，往来应援。垒未定，多急召公军出，鸣鼓吹角以张声威，于是寇悉众出，迎战我军。恐其乘多军也，力御之。经四时，欲退辄为寇蹑，进则不得战。蒋军急出千五百人助战，多见寇众，恐蒋军并败，则俱败无完师，遽令收队。寇乘势合攻公军，军饥不支，乃退屯新仓。是役也，非公力战，则皆溃。多名将，习行陈，以公一败全四军，虽知其危急，势不相牵救，而湘军则皆怨多。胡文忠知四军且俱危，以金国琛将八千人间道从山后凭险而营衷寇师。寇来争，乘大雾击之，大捷于潜山上之天堂，官军气自百倍。正月二十五日，公率七营，会诸军攻寇罗山冲，分五道，公钞其尾。战一日，斩寇三千，禽寇帅二十七，其夜会议乘胜并进。二十六日黎明，分三道，公与鲍军出东路攻小池驿，曾部与蒋军出西路攻罗山冲，多隆阿当中路攻寇垒，均大破之，平垒馆数百，俘斩八千，寇委弃旗械连十里，太湖城寇弃城走。越三日，潜山寇退屯桐城，李续宜始还营谋进取。

军事大定，巡抚当还镇。咨公所向，公以诸将懦者不可共战事，能者竞功名、善相忌，叹曰："兵者，凶危事也。独奈何以偏将贪进取，与众人争得失？"上书巡抚，引疾求归。巡抚以公习兵，思留镇根本，即上言："唐某勤苦，且饶吏干。宜且许解事赴粮道本官，以慰十年之劳。"有诏听许。又问："唐某所部多精锐，犹有几何？今屯何地？"公奉诏感泣，不敢言引退。属前襄阳道罗忠愍时为浙江巡抚，以故谊乞公军赴援。公部署精壮三千人，遣副将率以往，道战、城守数有功，卒陷湖州，死亡过半，人以是知公所将兵果可用，而服公知幾能引退也。四月朔，受粮道印。甫十日，奉诏补湖北按察使。在按察任未半年，补湖北布政使。公以省城东有洪山，旁瞰城山下十余里，有鲁巷当陆道要冲，地平宜设险以守，乃筑长垣六里，通东、南二湖，与百堵关相犄角，时或以为无益。逾年寇至，卒恃鲁巷长垣以扼寇，其审于攻取战守如此。时援军四出，欠饷至二百余万，议开米捐局，以济军需。或曰："劝捐，弊政也。"公曰："捐输积弊久矣，直省皆弊。湖北诚得其宜，则因弊而见利，亦权宜救时之法，不可概论也。其行之唯在用人。"乃延礼人望，慎择员吏。期年，得二百万。公曰：

"是不能为继也。"因考牧令，审钩稽厘，漕粮严报解。奉行新章，力去烦苛。在任三年，报销皆八分以上，交代无稽迟者。又旁求俊士，分行列县，察省利病，纤悉辄闻。尤严惩隶役，宽于礼数，常有知县终任未尝来见者。公笑曰："我识其政，不必识其面也。"

同治元年壬戌，胡文忠驻英山，病甚。寇上犯黄州，至滠口，距省城一江。城中军悉从征，在境上唯舒保将马军数百人，尽率出御之。而英夷轮船忽至，讹言夷寇相结，居民凶惧，总督以下家属尽迁居舟中，总督独与一妾躬执炊。公时未携家，有亲兵二十人，步巡城至臬司狱，狱囚已汹汹然，谋破械犯门。闻公至，乃止。明日，乱民直入公署，公率二十人突出击之，手刃二人，众骇散，诸奸轨慑服，莫敢动。公乃出训营旧衣帜，召木客健者数千人，号称训营旧部，列阵入城。顷之，捷报至，滠口寇败去，人心乃定。咸丰初，武汉之初失也，汉口奸民三十余人大呼于市，官民仓皇走，以致乱及。公单骑弭患，武汉民庶皆叹服，且韪公之功，由是名益振，威望益著，而皖鄂帅臣始相引重矣。

胡文忠薨，严树森代其任，治尚刻核，喜按察阎公精密，总督乐公平易，意各有所主。公与阎公交如兄弟，互相推助，督抚交欢，庶事咸理，上下和集，非他省所可望。凡属吏来见、岁节到任，例纳门包，司使或以为利，公曰："吾自为诸生，诣藩司领科举银，吏役勒索，时年少不谙事，至欲击藩司鼓论曲直。今身为之，岂可内外邕隔乎？"于是一蠲俗敝。自旦至夕，接对寮客，恒不暇朝食。有知府谒总督，三诣不得通。阎公闻之，询其故，以索五十金。阎公大愤，直责总督。总督初谢过，阎公复曰："不逐阍人，臬司当以签锁至矣。"总督亦大愤。公徐申阎公意，曲谕其理，竟逐之。湖北吏治，当是时为天下第一。其后公移抚安徽，阎公亦以忧去，督抚露章相纠，连败数抚，总督亦竟败，军政瓦解，江淮齐豫骚然矣。然后知公与阎公，非直能安定湖北，其所谓“河润九里，上下蒙庆”者也。

李续宜既移抚安徽，曾文正前军方攻江宁之寇，则以李部有事于皖北。皖北反侧者有三党，一曰降将李世忠，一曰练总苗沛霖，一曰群捻。而苗练为大督师者，钦差大臣胜保、袁甲三、僧格林沁皆注意苗练。胜、袁迭相代，胜主抚，袁主讨而力不足。湘军锋锐言大其实，将内愒，亦不敢直攻苗，苗亦不能战，畏湘军虚名，乃结僧王，阳输诚。僧王外藩王子，以忠自命，欲抚苗以窘湘军。李既为大言，遣五军屯颍、寿境，情见势绌，因母丧则亟谋退，众莫肯代己者，肯代者又无资名，不敢论荐。以公长者，乃举公。是时北人朝官相诅者，辄曰：“汝当为安徽巡抚!”其避畏之如此。

元年八月，李奏言唐训方久历戎行，熟谙战守。有诏饬该藩司前赴安庆接署安徽抚篆，毋稍迟延。而钦臣袁端敏连章乞病，初请以临淮军交李，闻李遽去，亦不俟代，遽以关防委之道员马新贻，与李先后驰去。公至安庆，又得僧王咨行，言楚军苗练彼此怀疑，致剿捻稽迟。又先奉诏以安徽协饷归钦臣胜保行营，而曾文正亦方奏请简派亲信大臣赴江南会办军务。时事危急，内外相疑。公初跻专阃，与李军部将皆等夷而名相统，与曾、袁皆其旧部而体相抗，尤为僧、胜所轻。湖北巡抚严树森又代公奏称皖饷资鄂，鄂已岌岌莫支。八月二十六日，公至安庆，受巡抚印。僧王奏请责成安徽巡抚攻捻寇，防西路及南路。又以苗练献城自赎，寿、颍、正阳附近百里民寇杂居，皆令巡抚安辑。尚书罗惇衍方上言，请迅饬李续宜回任。李部闻之愈骄。公募新军四营未至，适湖广总督遣总兵何绍彩率三千五百人助曾军拒寇，议率以行宁国。援寇大至，又分四营遣绍彩将以往，自率千五百人于九月到临淮。临淮防军万六千人，以总兵张得胜为大将，以王才秀、朱淮森、徐鹔、宋庆为分统。副都统克蒙额、协领巴凌阿将马军为游击之师，游击陈德雄将水师一营护粮运，皆袁部曲也。颍、寿戍兵五军万余人，以毛有铭、蒋凝学、成大吉、萧庆衍、王载驷为统将，皆李旧部也。庐州戍兵二千人，以石清吉将之，皆取饷于巡抚。公至，则以复流亡、垦荒田为先务，改淮营制以湘军法，部勒分四屯。自王庄以西至固镇湖沟南，自长淮卫至蚌埠。亲巡申警之时，捻寇头目张洛行、李成等据宿西亳东南，连结将二百里，而苗沛霖据寿、颍、正阳，与相应犄。官军南，僧王主抚苗练，颇抑湘军。曾文正惧启衅，以洪寇犯庐州属县，檄蒋凝学弃寿防庐；且奏言苗练感僧格林沁抚驭之恩，不宜以湘军逼处；又檄萧、毛等军退屯庐江。于是李部尽去，而僧王亦不肯屯寿州，尽以诿公。公驻临淮，号大营，实止三营，及留王才秀部将蔡光武一营，合二千人。十月，洪寇分党自浦口北犯和州、含山、巢县，以新军三营往援庐州，寇屯巢不敢进。十一月，李成自宿南东南掠灵璧，遣克蒙额、富和、姚广武马步军击败之。寇益东掠泗、睢，追及之，于枣沟大败之，斩俘四千。十二月，奏免绩溪等三十六州县本年丁漕银米。定远土寇起，捕讨，平四圩，余悉抚定之。遣王才秀驻蒙城，平寇圩二十一，奏给被寇农民牛种，兴学课士。

二年癸亥正月，僧军大破捻寇于涡南，禽张洛行斩之，诏公移驻蒙城。二月十五日到防，攻城西贾圩，克之。苗沛霖退屯凤台，僧军北行，沛霖自迎公于蒙城。公令同舟溯涡，戒以撤练丁、罢私局，沛霖阳诺，退令诸寨长集下蔡，扬言曰："投诚人姜台凌卒为僧王所害，我等束手就死，不如先发。"遂增修怀远城，掠夺大营粮舟。蒙城军王才秀三营益以公新军四营，在怀远西百余里，临淮大营三营在怀远东百里，中为沛霖部众所隔，军震骇。公部徐鹏会庐凤道马新贻屯蒙、亳之交，知颍州府英翰留防颍、寿，并远不相及。公闻变，笑曰："苗练叛速祸小。及今军未懈，可立破也。"先是，公已上奏，促李续宜统旧部，治军庐、寿。至是复奏言僧格林沁行未远，宜由亳、蒙取下蔡，而自请镇东路、合二军，俾寇穷蹙，无贻中原患，而尤以寿州为忧。既拜疏，急趋宿州，回屯临淮。会霖雨，骑行三日夜。临淮军迎见，大讙。援军并集，危者复安。寇诇实，乃果悉力攻寿州。屯城东北，分六大营，知州毛维翼城守。寇复结，连洪寇大酋李秀成等，自六安攻定远、凤阳，而自率党攻蒙城，屯踞怀远以应三路。公有众万四千，以张得胜、普承尧、朱淮森等屯蚌埠黑窑以扼怀远，以马新贻率王才秀、徐鹏等守蒙城，公大营惟留二千人分屯淮南北岸，其军饷月需银米九万，解者不及九千。州县残破，赋敛无所。李续宜闻苗练已叛，遂称疾笃。诏补公巡抚，兼促僧格林沁军，亦迁延不来。客有说公者曰："军势若此，公当誓死而已，不宜亟请援。援至，未必胜；不至，徒受畏葸名。"公叹曰："吾初谓苗练祸在腹心，当及初起，大举灭之，则北寇失势，江、皖通气，非自卫也。吾初将五百人，出入锋镝；今拥万众，顾反怯乎？兵不从北来，愈胜愈蔓延。徒清淮涡，何益？吾极知请援示懦怯，然得重兵扼齐豫，有益大局，虽得罪不恨！"其后寇平，卒坐此见疑讪。客为人言之，犹叹息也。四月，遣克蒙额、宋庆等拒寇定远，苗、洪、捻三寇合七八万，自六安深入。公先饬民团坚壁，寇无所食宿，饥乏相怨。马军迎击，连败之，寇还走败散，势大衰。上以临淮稳固、调度有方，优诏奖励。寇复集劲悍，增垒黑窑，钞掠上下。粮运时乏，公躬食半菽，与走卒同等。苗寇知临淮不可犯，则招诱马贼，并力蒙、寿。雉河、西阳诸集复叛应苗，亳州道断，宿州西亦有寇骑。僧王留淄川不下。总督遣援寿者，蒋凝学、毛有铭、成大吉三军。大吉久不至，蒋、毛战皆少利。六月四日，寿州陷，毛维翼死之。寇既得志，聚众屯淮岸，夹水增八十余垒。蚌埠黑窑军与大营阻绝，公乃檄张得胜等焚舟帐，溃围出，同保临淮。因出奇攻长淮卫寇屯，破之。而马新贻率王才秀军赴援，亦保临淮、蒙城，战守事委之颍州知府英翰。于是延议，见事急，频诏僧王及将军都兴阿分兵援淮。僧王遣陈国瑞自徐州赴蒙城，都兴阿遣富明阿自扬州赴临淮。其援寿州诸军蒋凝学等，均听公调遣。公知事权不一，奏以三军分路战守，而陈国瑞隶漕督吴棠，棠奏言宜特派大臣节制。总督又特奏以金国琛统蒋凝学等军，与公部各不相摄，亦各自取饷。陈国瑞号敢战，至则战，战则败。金国琛竟不果来。富明阿至临淮已授荆州将军，自骄贵，且恃其赴援功，论事多同异，军中小人多输诚富明阿。公意不得申，兵事日坏。公深自抑损，推诚任劳，以和客兵，慎择牧令，以培根本。奏擢英翰、李文森各尽其材，兼用团丁、淮人以安反侧，招才彦，亲巡蚌埠，激厉将士，策应诸军。十月，僧王自陈赴亳，亲援蒙城。公无前敌忧，始还临淮，广设间谍，诱召诸练总先后反正，招降大酋张士端。二十五日，取蚌埠。越三日，遂复怀远。怀远者，苗寇所倚以梗官军、通诸寇、为老巢者也。自公受任，未安席而苗叛，叛则以三路牵公兵奔命南北，曾不得休息。寿州不陷，援师不至，陈国瑞不败，僧王不来。公名为巡抚，号令不出三百里。其地皆残破，民生无孑遗。徒以从容应变，至粮绝，无忧惧惶怖之意。觇者感其诚、伏其勇，故士端委命归诚，披散群寇，凭轼而得坚城，出诸将意外。而富明阿尤惭忌公矣。苗沛霖在蒙城，闻蚌埠反正，惊惧无所为计。欲独身至寿州、下蔡招胁群叛，力争怀远。二十六日夜，沛霖衣短衣帕首，与数人暗越外濠，跳而颠，从者惊呼。总兵王万清巡营，率十余人往斫之，杀沛霖。寇有号者曰："杀苗先生矣！"官兵与寇众皆大惊讙，围城寇仓卒溃而走，遂大奔。官军三面乘之，寇众瓦解，下蔡、颍上、寿州正阳关旬日尽复，援军各还其屯。公檄将吏分治宿、亳、蒙城、凤阳、太和、阜阳、定远、凤台、怀远、五河、盱眙、灵璧、泗、颍、六安、合肥、舒城、英山、霍山，平圩劝农，斩从叛者七十六人，余悉称诏赦其罪，收民兵火器五千余件，淮甸大安。

方怀远之未复也，蒙城寇势殊盛，富明阿惧得罪，密疏言："唐训方撤英翰军，故寇得合围，补救为难事。"下僧格林沁案问英翰军屯故垒事，尽诬。苗寇又已平，富明阿益愧恨。因谓僧王曰："唐巡抚以诛苗功起，怀远又以抚苗为王罪。"王果怒，十一月，覆奏，不言原奏虚妄，更以调援临淮、不援蒙城为缓急失宜。又言报复怀远，未能明晰，请交部议处。吏部议依不应律及含糊奏律，降二级，再降一级，均留任。十二月九日，上谕以调度军务未能合宜开缺，以布政使降补，乔松年补授安徽巡抚。

三年甲子二月，解巡抚任。将归常宁，时议以功成获咎，皆欲为公申理。于是曾文正奉诏举江北统将，历陈诸帅才略，称公耐劳爱民，战守娴习，可代富明阿领扬防。奏上，已有诏诏公署湖北按察使。四月到官，十三日奉上谕："唐训方久在戎行，熟习军务，暂署湖北巡抚。"五月受事，时洪寇合捻寇犯滠口，官文恭督师御之，武汉岌岌。公一月三奉诏，戒以防守武昌，吏民倚公为安危，公从容镇之。六月十六日，曾军克江宁，平洪寇，东南解严。七月，湖北巡抚吴昌寿到官，官文恭奏荐公自代统军出境，且称公心地笃实、忠勇素著，前在临淮力保危域。奏甫上，诏以畿辅用兵，授公直隶布政使。十月，陛见，皇太后以二百余战身临前敌，劳勉焉。二十二日，至保定官所，其时总督刘公长佑尝与公同为岳麓院生，有文字之雅；又同以军功起家，相得甚欢。凡大政事，待公同决。直隶近畿，吏治积弊，交代尤轇葛。公至，则设专员理积欠，清厘十余年积案八百有三。司库储饷银不盈四十万，期年，库储至百余万。四年乙丑春，捻寇北犯渡洺，总督出征。时议以公习战，当督师。按察使李鹤年欲以军事自见，公出则李不能从，因请刘公自行而公留守。客谏公不宜自逸，公重违李意，遂不果出。未三月，李遂擢河南巡抚，而僧王战死，河南北大震。五年丙寅春，寇事尤棘，公条上便宜六事告总督，总督令公自奏。廷议疑督、藩有事不相谋，又言交代事过操蹙。刘公覆奏代辨，微言公精神有不周，以谢言者。三月，奉诏来京，另候简用。十二月，刘公奏公总统保定练军，防黄河，寇不得渡。刘公又以言者罢官，官文恭代之，则奏公久历戎行，总理营务，兼统练军守定州有功。六年丁卯，捻寇四掠，畿辅督师大臣六人建节并驰，所统将士各不相下，土人又相聚杀湘淮游勇。公调护和辑，赖以维系。七年戊辰，直隶肃清，官文恭奏荐公秉性忠直，老成勇往。奉旨从优议叙，并许公给假省祖墓。

冬归里，距从征时十五年矣。乡人士咸谓劳苦军间，及此时优游尊荣，乃知仕宦之乐，宜亟赴阙补官。公曰：“人知干戈之苦，而不知簿书之苦；知锋镝可畏，而不知謷笏可畏。吾受恩深，若命召，不敢辞。幸给假还，奈何不自暇乎?”则幅巾布衣，教子课孙以为业。起书楼曰“观稼”，立经纬公所于西乡，以教养文武之士。出己腴田，供其经费。修家祠，置义田，以恤族人。少时闻父老言县中科第中衰于形势，当于某方建浮图，工费繁巨，孰有能成之者?至是乃独力营造，资逾万金，曰：“非必以求益，然吾曩时心自许，今偿始志耳。”其侠果如此。九年庚午，复应聘为双蹲书院院长，县中后进受业千人。凡行束脩，一无所取。院长薪水之费，悉以充奖给膏火，兼拓堂宇，增公费。生徒奋厉，课业精进。是岁乡试，县中举者二人，其一即院中高等生也。自是以来，就石鼓肄业有名者颇众。子弟以公归老，宜佚养，明年固请，公不应聘。十一年壬申春，曾文正薨于江宁。公命驾奔丧，哭吊甚哀。秋还里，过武昌，有术者能推人宿命，言公故常宁东乡寺戒僧慧通。及诸同时人士，因缘甚幻诞。公以其言有符验，归访其寺，果有是僧。或请造像饰寺，公曰："冥眇之事，乡人易惑。且佛法不以布施增重，存而不论可矣。"平生行谊，尤笃于师友。蒲圻但公尝知常宁，试县童，拔公于未冠时。及遭乱家居，胡文忠为巡抚，乃其乡试所取士，方示大公、持宪体，惟隆礼问，未有以大济之。公迎至官署，供给周备。座师周公流寓安徽，王公就养直隶，皆虚席拥彗、躬自下食，论者以为美谈。周公贫老，助资致产累千金。其他故旧周恤，不可胜纪。然啬于自奉，妻子布衣，饮食兼人，不求精旨。常语人曰："在临淮乏粮，士卒以鹿豆和粥。吾见之惊喜，固平生所嗜也。因日食致饱，将吏乃以吾能同艰苦。"事固有适相合者，故终身无媵御靡丽之好。光绪改元，公以衰疾不能赴阙。其年冬，道府请公主讲石鼓书院，公已卧病。二年春二月丁丑，卒于里第，年六十有八。卒之前八日，命治装，家人以为新愈，或将往石鼓。明日，告装备，公笑曰："吾别有去处，非石鼓也。"丙子，召诸子告曰："明日日午，吾当逝矣。近编县人文诗集未成，以属老友贺、李诸先生，余无未竟之事也。丧葬省约，汝等嫌俭其亲，则可多出钱米以周贫乞。"将卒之时，更衣端坐，酌酒引满，乃卒，候之日正中也。公之在官，族人年八十以上者，岁有常饩。及归，或加遗酒肉焉。贫家生子，艰哺养，为收抚之。及葬，倾县来吊，有哭于道旁者男妇百数，家人皆不之识，盖其惠济有不及知者。衡州人士案公行迹，以为宜祀乡贤。孤子镜心等尝闻庭训，以为乡贤之祀自古不限名位，而自明以来官高者多得与举，遗后人以疑议，故敬述公志，抑而不敢。湖北在籍刑部侍郎雷公以诚等二十人、安徽在籍翰林侍读学士孙公家鼐等十三人，闻公之丧，推原功绩，公请院司，谓宜奏祀名宦及建专祠者，不谋同词。闿运考公官私载记，窃见公德，隐而心苦，始终不自表襮，辄次述梗概，待国史、通志采择及立言君子诔铭削稿焉。光绪三年五月辛巳王闿运谨状。

长源公碑记①

岁乙卯冬十月，余自京师南旋，侨居花石。夕阳西下，风月双清。偕二三友人，散步于超上之野。东有一山，形如眉月。有冢巍然，鸠工砌墓。余逡巡而就玩焉，见其旷宇天低，良田万顷。衡岳远峙于南，花石横亘于北。前则江湖环绕，后则罗汉屏围。胜水佳山，爽心豁目。

予留连而羡慕久之，揖乡老而问之："此吉壤也，谁葬焉？"曰："清登仕郎贺长源公之墓也。"公孝友持躬，端恭处世。不驰名，不趋利，不谄不渎，终日饮酒自娱，诚吾乡忠厚长者。公配胡孺人，生两子：长镜亭，已故；次成安，勤俭兴家。孙国襄，读书成名。曾孙书钰，少年英隽。

公生清道光三年癸未十二月初二日亥时，没于光绪十九年癸巳四月十五日亥时，享寿七十有一。始殡贺加荣庙坪，其子契接十五都八甲湖头上田山，丙申秋迁葬于此，辰山戌向，兼乙辛为茔。余闻其事而慕其风，登其山而恋其景。爰执笔略志其事，而

①辑自《湘潭贺氏嘉荣七修族谱》卷十一。

赠以铭。

铭曰：公之品行，赫赫在人。公之子孙，矫矫超群。我闻其风，今表其阡。千载而下，名亦称焉。

王闿运壬父氏敬铭。

胡公井铭并序①

历代兴亡之际，忠节必盛，故曰“疾风知劲草”。宣统四载之乱，何其酷也！匹夫一呼，而诸侯麋奔，九州四裔，不闻呵叱之声。当是之时，有人焉以身殉道，皭然自洁，如屈子之怀沙、申徒之蹈河，求仁烈于夷齐，就义出于从容，可不谓之奇士兴起乎？百世之闻者乎？吾县何廪生死于惠州，而攸人胡君国瑞自沈于弥勒县署东井，乃知天下尚大有人也。

胡君字琼笙，甲午举人。癸卯，大挑，用知县，发云南。乙巳，署沾益知州。一月理积狱讼逾百，政声流闻，岁计考曲靖八县最。丁未，署弥勒知县。二十八寨有积盗，三年易八令，不能治。君至，则告戍将曰：“请兵捕讨，寇得为备，今出不意，往可破禽也。我先行，君继之。”戎服佩刀，夜袭，禽况国至，遂次第禽斩雷珍、张朝安等，县盗悉清。隶受民钱二百枚，而令返其钱，胥吏千人逡巡自引去。戊申，大潦，蠲租振恤。留任五年，以循政奏奖，补江川令。辛亥，擢大关厅同知，并叙劳以知府用。九

①辑自《船山学报》第1期（1932年），又见于《中和月刊》1942年第3卷第11期、杨钧《草堂之灵》卷十五“录湘绮《胡公井铭》”条、冯煦《嵩叟庵随笔》、《湘绮楼集外诗文》。《草堂之灵》文前有杨钧按语云：“辛亥之役，吾邑何性存为秦子直幕僚，在廉州自杀，罗顺循钦其以秀才殉难，为作墓表。同时弥勒县知县胡公，亦投井而死，湘绮先生为作井铭，手迹在胡家，录其文于此。”

月滇乱，总督出走，君先三请疾，不许，乃以修墓告归。既得代矣，闻变，遣家先行，作书谕子庶华，曰："九月初十交卸，闻滇垣先夕失守，世方伯被杀，余无殉节者。臣子之义，万古维昭。余虽无守土之责，乃实官也。俟北信，当死以明志，汝不必来。"时庶华以附生入京师译学馆。发书后十三日，讹云京师破，即戒从者治装，期明日行。质明，汲者见井双履，告后令索之。君在井已瞑，案上得遗书三封，背书："自缢不死，又复投井。"书中云："京师沦陷，用以身殉，虽达人所不取，愚者终不失其为愚。"于是后令杨宗熙棺敛之。明年六月，庶华奉丧还攸，弥勒士民请封东井，题曰"胡公井"。湘人旅者为文表之。庶华识湘潭周逸，逸闻闿运言："自古大变，无若今之无忠节之甚者。"因以井文见示，而俾为之铭。

铭曰：崇安之胡，世习《春秋》。文治定哀，乱贼知羞。星孛东方，麟获于椒。泽及十世，文学在攸。经术饬吏，化被南陬。始试沾益，讼庭不呶。五载弥勒，道久德周。奏长江川，循声式流。擢之典午，大关民讴。奈何圣清，文武道消。国有谍泃，臣无公侯。瓦解土崩，陆沈九州。亦士之辱，况分社茅。何以写心，昔闻《离骚》。九仞之井，下通汨罗。浩浩皓皓，孔静默幽。他日龙见，烈魂孔昭。

陈佩珩公生圹记并铭①

陈佩珩观察六旬晋一之岁，湘省商界同人以其有保存公利之

①唐红卫辑自湖南图书馆藏拓片，并点校。李超平又发现于《长沙蕃椒塅陈氏总祠谱》卷六。

惠，醵钱发书，思征文以颂之。陈君三辞，同人意未慊也。陈君曰："吾闻善颂者，颂其从先大夫于九原。文玮少孤，依于母兄。今先太夫人、先中丞兄俱托幽宫于西乡，故自营生圹于龙回塘之原。与相瞻望，以寄永思。欲自为志铭而未遑也，其有能达斯志者乎？"于是佥议以为与君兄弟交游姻好最久者，莫若闿运，则具币来请。言先是君兄以留坝，君循政来告，以官书例多虚文，未及诠实，不遑传也。及中丞兄逝，复值变乱，不得会葬。正欲于君发之。新政之行，君被举为议员，故于时局得以维持补救。时议患国贫尤亟，而君有宏远之才，不恤破家以求利。人人所畏难而不敢兴者，毅然独任之。人人危虑而君不惧，竟以成立。若商钱局、电灯局创始辄费数百万，官民所不敢任也。时湘人应诏集巨资、兴大工曰"粤汉铁路"，而设汉口大局总其事。湘局以余肇康领之，成功裁百分之一。避乱而去，众议推君代之。孙文总天下铁路，已而弃去，谭人凤代之。谭故新化诸生，交通轻侠，湘督惧谭跋扈，言无不行。谭至则首诘路资，指索存款。君一切不应，又面拒之。人或询谭路政，但切齿愤叹，终不敢问。于是京中立交通部，议还民资。以张缉光领湘路，张条上苛例，与君初订颇殊。君执前合同，部议不能夺，乃仍如约，计年还本息银，得七百余万两。自湘州分部以来，无此富也。然君无所利，危身排众而为之，商民大欢。又尝白富商之冤，又收养无告孤女嫁之士人，更恤养其遗腹子，他所建议兴利除害事甚众。众之论君，皆以为豪张振奇人也。而君逡逡儒服，笃厚肫肫，慕古贤圣之风，雅尚有寄。有子二人，皆令海外游学。当欲立己，不慕浮华。故其乐道反真，非夫厌世达观之比也。昔杨王孙矫俗而命薄葬，赵邠卿逢乱而营生圹。君之自寿与人之寿君，又何异乎？

乃为铭曰：太丘之门，昆弟莘莘。既传循吏，亦显儒臣。季也怀宝，乃遘时屯。长材用屈，壮略斯申。岛夷工商，敢丑大邦。赐不受命，殖货能强。蠡称三徙，句吴用亡。谁为计臣，实陋弘羊。湘军气盛，长沙国小。昔用中兴，今成鲁缟。路电之光，自他有曜。呼吸风雷，梯航琛宝。黄鹄高举，丁鹤知归。言瞻城郭，还升赫羲。清湘幽默，枫林郁猗。中有世宅，旁连碧崖。可以息尘，吾其归化。川谷萦回，林泉闲暇。陟降有凭，懿亲攸写。傥有达人，于斯税舍。

湘潭王闿运撰，临川李瑞清书。

船山公诞祭文①

空山抱道，独怀忠孝之心；异代流芳，增美桂林之传。遗书尽出，隐德弥光。况东洲之楸梓犹存，喜故国之菊兰无绝。精庐习业，慕正学于章灵；释奠逢秋，正灵均之初度。敬陈芹藻，不沫芳菲。敢告。

为叔父发引祭文②

岁惟癸酉，月在甲寅，乙亥统日，己巳御辰，湘潭某官某人之灵柩将还长沙，某官某人谨以牲酒云云。

文曰：春风渡兮物色醒，三门不浪兮空泠清。乘晴澜兮望岳麓，指极浦兮扬舲。逝川悠悠兮夜不舍，感徂年兮劳写。固古今

①辑自《邗江王氏五修族谱》。

②辑自《湘绮楼日记》同治十二年正月十七日，又见于《湘绮楼说诗》卷一、《湘绮楼集外诗文》。

兮自然，眇愁予兮胡为者。川流兮安闲，素旐兮翩翩。吁来棹兮勿疑，神德灵兮千年。

但氏家庙碑[①]

《礼》："将营宫室，宗庙为先。"食旧之吉，守宗为孝。蒲圻但司使钦逢覃恩，晋赠三世。高官荣其祖曾，立爵本于先考。爰即家塾，拓饬殿堂。庭序崇闳，有严有翼。明堂之所彷徨，闻见之所僾忾。长发其祥，德流广矣。粤若汉都护之忠壮，明将军之勋阀。谱牒所记，史志备焉。先大夫起家乙科，作守绥山。中历慈利、零陵、善化、辰溪令，署常宁、芷江、宜章、永定、安福、会同、永明、新化令，道州牧，并有惠政，再考卓异。在零陵，纵被诬械系囚三百人，勘新田湘江狱，称平明。将去永绥，力疾守城，抗叛苗数万之众。其他治绩尤异，要其所重，得人为大。四充乡试同考官，所得士以胡林翼为首。林翼谥文忠，中兴元功。乙未分校，得其文，奇其魁伟。拟荐被驳，再荐取中，遂为名臣。咸丰之初，东南寇乱，江汉鼎沸。文忠以一旅之众，崎岖沌口，倡导勇敢，竟致富强。实倚师门，以为地主，联络民士，指画地形。及英山左次，江夏戒严，城中劫掠，纵横奔迸，按察唐训方单骑奋突，手刃凶徒，武汉再定，又其知常宁所取士也。胡、唐先后抚鄂，禀承惟谨。柴门守静，晏然娄空。赵文子之不交利，曾何足以方之。夫荐贤者赏隆，而莫贤于济天下；厚殖者获美，而莫美于收成功。用能年登大耋，再逢清晏。儒门之盛，当代荣

①辑自《华国》1924 年第 1 卷第 6 期，又见于《中和月刊》1942 年第 3 卷第 6 期、《湘绮楼集外诗文》。

之。司使少奉义方，周旋艰厄。积资论伐，监司南省。克承家谱，备兵沅北。蒸我髦士，文教更昌。三厅古无馆选，今升昆玉。不匮之孝，其在兹乎？称美述功，贵在无愧。是用揭著大端，昭示子孙。

铭曰：但自宛平，迁黄暨蒲。实炳江汉，说剑崇儒。恂恂继亭，膺贡不官。辨学博文，以植其根。永绥承之，虽吏如隐。忠惠岂弟，经术之本。廉不可为，寓食沅湘。一士之效，东南再康。子孙绳绳，黻冕高轩。遂拓旧宇，新庙有梴。载材南岳，飞甍江夏。辉映景桓，昭题栾社。过者是式，经师之庐。居者永依，堂构有模。

清故台湾同知张少衡府君碑[①]

君讳学尹，字子任，长沙湘阴人也。昔黄帝弟五子曰挥，始制弧矢，赐姓张氏，受封宜城，实为罗侯。楚文王时国移长沙，秦因县罗，后为湘阴。湘之故姓，莫先于张。其后分散，或王或公。在元至正，有洪洞张子通知平江州，即家于官。其子曰受还，迁湘阴，为君太祖。五世至惟清，以孝友笃行著称庠序，殁而为神，配食里社。君之考讳伦梁，例贡生，议叙州同衔，用君官敕赠五品，晋赠一品荣禄大夫。

君七岁受五经、《论语》，通《郑氏诗》《程氏易》《春秋古经》。从父京师入宛平学，补廪膳生，举顺天乡试弟五人，成进士，用福建知县。丁父丧，还葬，请复本籍。服除赴官，总督汪公志伊甄鉴渊眇，旁求吏材，奇君宏毅。到省五日，奏合署归化

①李超平辑自《湘阴石鼓张氏族谱》卷首，唐红卫点校。

县事。期月政成，调署莆田。大计上等，补闽清知县。到十日，檄署侯官。明年以政平讼理治行弟一，奏补侯官令。又明年，总督董公题荐君材俾绥东海，有诏擢台湾北路理番同知。声闻于天，宣宗召见。还守兴化知府，俄赴本官。巡抚颜君检用忌者胪受之诉，循例甄别，劾罢君职。家居三十一年，覃恩经术，传《春秋经义》百二十卷、《易辑义》十二卷、《诗义钞》八卷、《周官辑义》十二卷、《礼记辑义》八十卷、杂诗文集二十四卷。

道光中，西夷寇海攻鄞，尚书忠靖公总督东讨驰檄，辟君参其军谋。疾未赴，元戎死绥。其后靖夷将军、扬威将军佩印南征，皆君门人。书币骆驿，遂谢不往。洪寇初乱，周文忠公以巡抚督师，亦就里门咨询方略，多所毗赞，不尸功名。咸丰元年，年七十有七，九月辛未卒于碧湘里第。适有军事，越四年，乃克葬善化大洞鹤寿之山。又十年，以子自牧军功，有诰曰："尔张学尹循吏儒林，承流垂裕，世德既彰，茂典斯贲，兹晋赠为荣禄大夫，妻殷氏一品夫人，锡之诰命。"於乎！君明允塞渊，有质有文。论交九州，皆名臣硕士。生徒数百，显闻今世。初见捐背，咸有哀诔。孤子祗奉雅尚，弗为铭表。于是福建故民吏士撰修志乘，记其神君，传述洋洋；而故里陇墓阙然泯寂，诸生门人佥有恧焉。

乃作颂曰：於惟荣禄，材羡德饶。壮试其用，耄养其高。抗志朗融，屈信消摇。爰黄其绶，始临归化。尊礼先贤，风被杨罗。抱牒请归，咥讼而歌。菁菁冬竹，有万于陂。赋役不烦，靡科靡逋。明明大使，俾移于莆。有狱四千，见睍聿消。篇箸比伍，十户置枹。恶子还家，鹰化为鸠。县有平澳，赋食海鱼。民掬咸卤，见课煮沙。克平厥政，吏不敢苛。分别良盗，不妄唯阿。将授大县，乃补闽青。陶化十日，入省侯绥。穰穰侯官，地大民稠。巨族弗谐，张郑詹刘。日寻干戈，盗劫乘流。明府莅止，禁其鍪矛。

兼治闽县，巷无饮酒。鼓鸣于栅，闻于海口。诸偷逃奔，奴不蒲樗。有郎骄逸，负子鸮梅。尉出禽治，乃诉院司。将解其官，君用保持。毁言日至，如即墨大夫。汪董奏迁，颜曷不怡。方履鹿仔，天子所酬。三月罢之，毋处脂膏。犹立番学，捕斩盗魁。大料屯兵，七十二区。如何归矣，海外惊咨。故民投书，千人不期。讴歌汗牛，四县成谣。禄不充食，乃归陶陶。大成其学，作士规抚。淮汉洛赣，爰暨番禺。烝烝生徒，髦俊盈朝。晚久于衡，益通春秋。褰裳几先，无遘崎岖。身不营产，畾白弗渝。封陇纯素，灵绅安留。后有式瞻，名迹其昭。小子斐然，爰作颂诔。庶或知之，以赠湘罗。

清光绪元年三月湘潭王闿运纂文。

清故国子监生赠奉直大夫廖君碑①

君讳含章，字芬田，宁乡人。其先自泰和，宋端平时有为长沙将领，留家湘中。元延祐时，占宅新康。当乾隆初，岁租万石，号横田廖氏，君即其世裔也。幼而和静，识量闳朗。父讳锦江，有三子，君居其稚。年十五，即授之室，令守横田，缵成祖业。姻族惊异，观其基构，乃和谨以接外，勤俭以饬内。曾不十年，殖产赢倍。遭丧哀敬，祭葬以礼。两兄析居，各居积债，然耻于相累，反谓宣骄。君创议同居，爰谘梱内，陈其沮议，执意不迁，捉襟固谏，遂裂繻而出。仲兄感焉，竟还合爨。长老闻者，佥曰好名。君委曲将持，怡怡如也，内和外睦，既翕且湛。诸子长成，

①辑自《中和月刊》1943 年第 4 卷第 9—10 期，又见于廖树蘅《珠泉草庐师友录》卷六《湘绮楼书札》附录、《湘绮楼集外诗文》。

乃悉推家田，俾兄子与己三子均分无异；然后论者悦服，名闻远方。既蕴才智，不忘经世，浏览史籍，赅通学政。尝欲脂车怀铅，观光上京，朝官劝隐，于是辍辔，老犹悔焉。以命孙子，曰："士不致用，犹康瓠耳!"厥孙树蘅，听德彝训，文行有底，见器州将。君之志也，受性恺弟，汪汪不测，语如恐伤，而人意欢然。年六十又八，咸丰五年八月乙卯卒，于时湘沩戒严，报葬前冈。越四十六年，岁在庚子，乃卜吉神山之原，县南乡也。树蘅追滂弘铭三老之义，用敢采述逮闻，刊勒明德。

其词曰：懿矣明德，实尧之胄。横田万石，食德而富。季子承基，于宗有庆。友于兄弟，是亦为政。研说坟典，目营四海。壮心洸洸，施于孙子。神冈瀇茫，左林右壑。舒此长道，表为灵阡。

刘康侯先生之碑①

君讳麒祥，字康侯，湘乡楮山里人也。曾祖有玮，（视）[祖]父振宗，并赠一品阶官。父讳蕃，以诸生从军，（浦）[蒲]（蕲）[圻]战殁，赠知县。君以兄子来后，袭世职云骑尉。本生父蓉，陕西巡抚，以正学经世，齐名曾、罗。申以婚姻，子弟承业，多为名臣。

君幼习骑射，博通兵算。容止娴雅，被服儒素。年二十有八，谒曾文正于江督幕府，一见奇赏，留司营务。辞归咨禀，旋丁降服父忧。左文襄督陕甘，陕安道黄鼎能军敢战，故君家旧吏，请

①唐红卫、刘安定辑自《同德》1917年第2期，唐红卫点校。《湘绮楼日记》光绪二十九年十二月二十一日记载："始作刘康侯碑。"

君领前营兼理军政。经岁假归，行未百里，黄君被刺。所部睽携，飞骑召还。克安反侧，捕斩首乱，肃清千里。左公急檄随征，胜章叙绩，有诏以议叙同知，分发四川知府并（宾）［赏］花翎。

西征凯旋，曾纪泽出充英、俄、法三国公使，奏充参赞。于时崇公失辞，朝议如沸，忧危之责，属在曾侯。君义绸缪，奉命无让，遂分使节，专驻法都，小大以情，主客无猜。擢用道员，加二品顶戴。

使还，过江宁而江督内召，要与偕行。恭、醇二王合辞论荐，召见称旨，特发南洋。左公入闽，奏以自随。内艰夺情，既葬还军。治延平山寇，躬率轻骑入穴擒渠，余党骇惧，化莠为良。三郡敉平，功同曲突。服阕，送部改发江苏。江海浩穰，敝于征缮。上海制造工骄器窳，君夙精钩考，兼习西章，承檄督工，铲除积弊，以己意制快枪大炮，号称精利。法人邮书，推赞诸国，并图式以归。两洋交章记名，用海关道。光绪二十年夏，遂署苏松太巡道，监督江海关。沪县通商，久成公地，政刑民讼，动见拘牵。以君前在巴黎，咸推公敏，无敢骜桀，威望凛然。既而辽海征兵，湘军奔命。北洋告匮，器械无赍，君尽发所储马地泥枪百枝，副以快枪五百，资同县李光久，即名将忠武公之子也。后卒以孤军力战，突围得出，朝廷知君制器精能。见忌寮长，署督疑其浮费，当相责纠。遽召入对，特以王大臣领沪局，俾有禀承。天下闻者，莫不惊叹。君受（龙）［宠］益惊，祇事弥敬，督意亦解，遂授真除。乃大治流氓，捐金巨万，游惰敛手，奸（究）［宄］格心。莅政甫稘，功效弗竞，然节省公息，不利私家，前后无俦，廉惠章矣。其不徇夷俗，克明公法，隐若敌国，又其略也。补官二年，光绪二十三年八月丙戌卒，年五十有二。吏民奔走，夷场下旗。姻族迎丧，失声陨涕。以二十四年月日，葬耒乡黄塘山。

君本起儒家，喜言奇伟。以曾太傅疢心外侮，尤究夷情。越南之役，上书左相。高丽援师，策其必败。面咨刘公，请募亲军。长算未酬，以为永戚。既葬六年，而国威大屈，将相莫能枝梧。矧在一道，其敢言体制是用？追悼远烈，伐石写衷。

其（祠）［词］曰：骑尉英英，弱冠徇名。嗣子克孝，淑慎明诚。始从西师，静以养威。爰选上介，列馆分摩。朝议所忧，远人弗柔。国有与立，树义不摇。东南嚣哗，沪最饶奢。使金如粟，曾曰利家。神炮无声，海国震惊。矧况硕书，王相是听。智不偶时，命亦早衰。壮志不瞑，葬于山崖。连道多雄，曾李所宿。识此云气，以诏鸿蒙。

赠光禄卿冲勇巴图鲁刘君碑[①]

君讳腾鸿，字峙衡，湘乡人。曾祖江仁，即云贵总督刘岳昭之曾祖也，赠光禄大夫。祖东华，以君官，赠资政大夫。父讳象观，硕望明德，翔声郡学。以君死事，特封四品，赠资政大夫。

君起儒家，独怀远志。服贾周游，期览世变。贩布湘汉，遇（冠）［寇］夺舟。会水师大捷湘潭，群丑谋遁，乃诱令改装，告官禽捕。县令疑诬，没入其货。曾侍郎奇其胆智，言于巡抚，由是显名。

咸丰五年，领五百人防巴陵，因会罗泽南于蒲圻。泽南，军兴名将也，儒术自高，頡颃统帅。知君家世文学，行军整肃，一见加敬，执手同袍。七战椎锋，遂相犄角。同进夏口，奔命往来。

①辑自《青鹤》1934 年第 2 卷第 14 期，又见于《中和月刊》1942 年第 3 卷第 3 期、《湘绮楼集外诗文》。

有死之心，无坚不靡。湖北巡抚胡林翼奏授知县，别将千人。武汉兵势日盛，寇无所骋，则蚁聚江西。曾国藩困于南昌，四面沦陷。江西恬不治兵，罗泽南战死，湘鄂岌岌。胡公乃增兵益君，使救瑞、袁，以通江、郢。君率二营，暑行两月，道咸宁，略通城，涉湘阴，出浏阳，攻寇新昌，遂克上高，进围瑞州。州治高安县，故跨蜀水为二城，通以石桥。北城坚完，则先趋南城。寇不虞骤战，一鼓而溃。既克南城，援寇大集，见君营在平地，麾众直前，闭壁偃旗，静以伺隙。六进六却，屹如长城，见者莫不寒心，君意气弥厉。曾公钦伏其能，奏状请奖。诏以直隶州牧，留江西，赐号冲勇。寇愤且骄，连四十万众，漫山殷地，旌旗五色，烂于原隰。君视若群羊，孤军独对，寇不敢进。交绥即溃，追奔三十里。后援大至，驱逼更还，背城列陈。君因其离心，突攻还，寇相牵骇散，动不可止，望风瓦解，开通千里。江湘诸军闻之，勇气自倍。曾公益其所统，合三千六百人为大营。与胡、骆诸公相响应，虽号鄂援，未尝遥制。寇乃坚壁自保，持久困之。自建昌、义宁，东西密连；更袭上高，断我粮餫。乡民见君战力，輂负助饷，不劝而集者三十余万金。以卑官领偏师，俨若一国。自军兴至今，未之闻也。既分兵复上高，然后增垒筑城，誓与相守，必死可虏。攻坚为灾，议者媢能，兵家有忌。胡公危思，檄令退屯。君以三方观听，无嫁自弱，相持一月，长围始合。八月辛酉，躬执旗鼓，肉薄城下，中炮凡五创。壬戌，复战逼（槁）［桥］下炮台，胁中飞丸，通中仆地，两弟扶舁强视，曰："城不破，无敛我！"遂死阵前，年三十有八。七营愤恸，争前并命。其夜克瑞州府城，舁尸入敛，军民悲谨，呼号动地。江、湘、郢三州闻者感泣，诏依道员优恤，赠光禄卿。归葬邵阳六都巴蕉山之原。弟腾鹤领其军，明年战死建德。当是时刘峙衡名闻天下，湘后营厮役、驺卒见者，莫不加敬。

后七年洪寇平，曾公推本战功，专奏请谥，谥曰武烈。又二十二年，有诏图形紫光阁。族弟连捷，以部曲起为大将。君虽百战百胜，未成大功，官止五品，年辈在后；然曾、胡、骆、左皆倚公为轻重。高安摇足，必亡三省，今瑞民社祀，家无军财，可谓烈已。

夫人同县李氏，忠武之族妹，后五十年卒，年八十有四。嗣子青甸，早卒。孙日碄，袭世职云骑尉。李夫人末命曰："武烈功在国史，墓道无碑，乡人莫知其绩，当求文表之，乃复葬我。"闿运昔从义军，遍习诸帅。既显君于军志，又著瑞守之碑，用述威神，昭章伟烈。近慰贞灵，远诏来叶。

其铭曰：惟皇中兴，文武龙骧。桓桓武烈，万夫之望。一剑勇人，九军为雄。席卷千里，左右胡、曾。偏师高安，日冒炮丸。击则如雁，屯则而山。人悴其忧，我智不殚。江湘响应，日月燕闲。塔、罗野死，君亦致命。首离不惩，笳鼓逾竞。万众舆尸，践城而轊。人百其勇，吊随以庆。天昭其功，东南再康。崇祠龙冈，佩剑紫光。谁赏寝丘，贫廉乃彰。鼙鼓声谨，百世不忘。

赠光禄卿泗城知府龙君济生墓碑[①]

君讳溥霖，字济生，攸人也。曾祖、祖父并有文行，具于省牒。考讳友夔，祀乡贤，著重名。有子三人，皆为国器。长汝霖，笃正学，为循吏。季湛霖，学士祭酒，博通《尔雅》。君比兄为

①辑自《龙氏七修族谱》卷四，又见于光绪长沙龙氏家塾刻本《攸县龙氏贤孝录》。《湘绮楼日记》光绪十四年四月二十三日记载："作龙济生墓志竟成，亦一奇也。"

通，方弟为介，最为交友所称。恒留乡里，孝事父母，睦姻和族，是亦为政。尤善科举文字，年未及壮，号为大师。先达后生，闻风景仰。弟子登仕进者数十人。院师知名，疑其高隐。君乃随牒应试，无异孤生。年四十有二，与兄子同举。兄已倦仕，弟亦列卿。佥曰强艾之年，非帖括之日。入赀由部郎改外，试用广西知府。夙练官常，尤能守静。雅好顾学，利病了如。巡抚杨公自负能治，异其谈议，复赏君文。首郡选员，遽令跻署。百僚惊耸，且观新政。文书吏客，填委府庭。沛若有余，人厌其望。谳狱数百，平反六死。及将受代，按察崧公特请权平乐府，贤能之与，邕、桂风声。乃课农桑、开渠堰，饬正男女，各执其功。立学兴教，亲开讲席。颂声将作，母丧去位。服除，而有越南之役，遂总营务，参帷幄，内镇四郡，外馈南关。从巡抚出屯谅山，被檄护槛。故抚因补泗城，就令引见。徐公畏罪，迟留中道。君先已感瘴，更冒暑寒，行历三时，旧疾增剧。光绪十年十月甲子，卒于邯郸，年五十有一。同学知者，惜枉其才；而桂府长官，惊于丧宝。追荐治状，奏从劳恤。有诏赠光禄卿，入祀广西昭忠祠。仍荫一子，表殊绩也。粤以明年四月，葬于善化县南庄田之冈。惟君席珍庠塾，分符交趾，文政未敷，俄闻潜耀，然犹超越僚辈，见礼五公。取印如夺筹，补官如拾芥，一以为速，一以为淹。悲荣晦之多途，谅人才之难得。乃伐石金鸾，树铭邹坝。

其词曰：湘潭故国，零陵旧家。世有明德，三桂同华。仲子恂恂，壮而老学。执经莘莘，拚飞雕鹗。宜终教授，乃沽其宝。曾不十年，政成功就。南交弗恤，既困俔张。岂其一守，克奠要荒。逝将去矣，曷云避难？言止赵都，捐尘驿馆。邹庄美稻，子昔经营。来归永宅，弦诵犹声。过垄嗟贤，溯湘考绩。傥有思铭，来观刻画。

诰授光禄大夫头品顶戴特授内阁学士朱君神道碑[①]

君讳昌琳，字雨田，长沙人也。其先盖明之宗室，自南陵迁于湘。考讳采鹄，积学隐德，有二子，君其长也。三代皆赠一品封。家承儒业，生而和静，屡试，提学以文高见疑。道光之季，农伤谷贱，千钱三石，富室困敝。君假馆城中，独债千斛。明年大水，常澧流离，谷贾十倍又五，遂擅其利。乃益招流民，收集材木，营度隙地，百堵并兴。城乡居宅至今弘丽，本其略也。明年寇起，辟地江湖。俄东南瓦解，遂归潜隐。文武龙骧，独无所与。祎隋十年，以医自晦。时方用兵，财用奇绌。既复江宁，乃议盐利。分立四岸，笼商于官。群情疑沮，莫肯领运。君独见机先，遽请百票。厘定章则，淮运大通。票费初直十金，后卖巨万。东南行盐，实兴于此。君由是多在城市，不能自暇，故交寒门，亦多显赫，官士推重，今五十年。

或疑君独总利权，欲核其数，挥斥巨亿，豪厘不染。凡有募施，皆出己资。尤尽心于救荒，秦、晋、皖、鄂蠲振辄数十万。尝运米陕西，布囊盛米，因致布数万匹以为寒衣，其密致如此，时人方之陶侃。左文襄奉手劳曰："君杰士也！一见审矣。"以振饥叙功道员，加按察使衔。二纪之间，湘政是毗。巡抚倚之，贫国富强。出家财前后巨万，以新开城北船步为伟绩。前名臣赵申乔、陈弘谋，莫克奏绩，君竟成之。始费六万金，浏口未通。又

①李超平辑自《棠坡朱氏家谱》卷六，唐红卫点校。又见于《小说月报》1919 年第 10 卷第 6 期、《中和月刊》1943 年第 4 卷第 5 期、《湘绮楼集外诗文》。

十年，卒浚浏瀹湘，又费七万金。并不烦官财，以为己任。奏奖三品卿，再举耆贤，特授内阁学士。自布衣而升禁垣，古之典也。

君之言利，不任心计，因时翕张，主于能散；亦特有天助，济其博施。盐策将敝，茶纲大通。新河既开，褰裳遂去。始终隆盛，不劳三徙。其在乡党，逡逡不能。自少至耄，未尝改色。凡所兴利，皆为后规。博施弘济，事以百计。故乱民偷盗，不窥里门；达官豪族，皆倚为重。既出儒家，尤礼名士。熊、何、冯、郭，喜同游宴。训诱诸子，并通经义。学官乡科，名字孔彰。长子彝，司训耒阳，人怀教泽。仲子恩缙，以道员署皖南镇总兵。叔子恩绂，署江宁布政使，奏充朝使，入为典礼直学士。季子恩绶，儒业克成。门阑赫奕，君若无与。退居郊原，好行其德。寒衣贫粮，时月有程。年九十有一，岁壬子十月丁未，微觉神倦，戊申夜鸡鸣，方习导引，垂手而逝。子孙崩摧，邻里号咷。海内闻者，莫不称慕。匹士行善者，未有若斯之著称也。

君生有异禀，亦有奇祯。生平服大黄过万两。又尝得危疾，夜起服水，水苦色赤，有异香，饮而立愈。研精医术，设院惠济。医药之费，咸出捐资。妻同县胡氏，先四十三年卒。妾陈氏，摄君继室，淑惠有闻。湘抚陈公登堂致敬，君虽怀谦抑，颇述徽音。服勤终身，犹悲半死。粤以甲寅岁五月庚午，奉葬君于本县纯化乡杜塘之原。于是城效故人，攀慕先惠。共引灵绋，经过城中。夹道万人，酹奠瞻送。会葬之盛，古未有也。既寿且荣，怀德增凄。孙男女二十六人，并号从。诸子思述遗徽，乃伐石南岳，铭纪方来。

其词曰：昔汉国老，受衣九龙。于显耆儒，亦登紫廷。老辞安蒲，优游在林。三遘氛祲，厌世上升。善不可为，其德允馨。遗德伊何，久溥于乡。爰起振饥，九郡克康。大施晋秦，湘谷沛滂。卅年通积，乃社为仓。虽饥无害，讫用穰穰。爰昔赵陈，讦谟湘利。大起工徒，再縻金币。船步弗通，风涛焉辟。非常之功，倚君弘毅。浏其清矣，其利百世。帝嘉乃绩，民说无疆。俾我耆旄，升于政堂。时乎不谐，其亡其亡。逝将去斯，返我仙乡。涉临皇曦，社祀靡忘。

翰林院检讨重宴鹿鸣加翰林院侍讲衔礼部礼学馆顾问官王闿运撰。

皇赠太子太傅故陕甘总督兼甘肃巡抚太子太保杨公神道碑[1]

公讳昌濬，字石泉，长沙湘乡人也。先世自浮梁来徙，称桐瑞杨氏。曾祖世鼎，爰居瀫水。祖代庆，迁今涧山。父讳荣琥。并以公官，赠光禄大夫。仍世田功，谨身育德。公禀纯和之气，当生申之运。嬉戏设像，列坐师儒。十岁丧母，居丧合礼。罗忠节方弘濂洛之教、兴湖州之学，阙绩传讲，励志希贤。年二十有五，补县学生员。咸丰改元，粤寇兴乱，同学诸生属徒奋武出征，居守并出罗门。曾、左之兴，皆因其力。公儒冠往来，枕戈谭道，隐山侍父，敬养七年。

湘军援浙，左卿秉钺，始达公名。起家用知县，总浙抚营务，领中军亲兵。密疏论荐，诏特补衢州知府。曾未三载，屡擢至本省按察使。拜命军门，要鞬帕首。尝独将攻寇余杭，大捷。安、吉、杭、湖既复，奏凯鸣驺。左帅督闽，留公善后。逾月，迁布

①李超平辑自《湘乡杨氏族谱》卷首，唐红卫点校。《湘绮楼日记》光绪二十八年三月十日记载："作杨石泉碑文。"

政使。抚民戢军，仁及草木。山川民物，熙于春阳。浙之善政，甲于南服。述职入对，克餍帝心。同治九年，补浙江巡抚。在镇七年，坐公事免。明年，即家起四品帮办甘肃新疆军务，驰驿抵皋兰，转饷济师。于时元戎出关，秦陇凋敝，旱蝗地震，供亿驿骚。恃公仁良，导迎善气。寻加三品，署甘肃布政使，护陕甘总督会办钦差。解督补藩，入觐请假，即家授漕河总督。光绪九年，闽海用兵，左相视师，诏公帮办。移督闽浙，兼署巡抚。军罢莅官，兼福州将军，摄副都统。十五年，迁陕甘总督，加太子少保。庆典叙勋，晋太子太保。二十一年，以回叛自劾免官，回平逊位。明年八月，薨于长沙里第，年七十有二。两领兼圻，三副黄钺，八持使节，无改初服，翼翼小心。妾无附珠，门才旋马。遗疏惓惓，惟明主德。诏赠太子太傅，复官赐恤。二十四年三月，奉葬其县三十八都画桥山之原。

惟公终始笃敬，政遵经术。国有奢俭，从容有常。躬拯浙民，加之煦妪。海塘濬港，博兴水利。督漕有泄坝减水之惠，度陇有群乌啄蝗之异。淮、泗大水，兖、豫流亡，出家钱募义助，收养灾民男女四万八千余口。亲至离亭，视其疾疫。所至崇朴，蓄积充羸。式庐封墓，表彰旧德。纯用儒学，以治军饬吏。妻子布素，在官如乡。再督秦陇，值移军赴辽，镇戍空虚。循化海城，叛羌蹈隙，河洮蠢动，提镇陷围。公命将赴援，先后百战，克完狄道。引咎推功，巾车告归。三已无愠，乡里见者懘然，知道学之醇也已。故民门客追风如在，以为国史家集纪述显功。愔愔之德，穷于望听。暗然日章，是在斯文。既刊赐碑，爰本勒铭。

其辞曰：罗山讲学，恪靖荐贤。文武之盛，卿相比肩。惟公雅德，曰相后先。不竞不絿，奋武以文。东渐于海，西被流沙。越肥秦瘠，并养以和。纯儒处静，良吏无华。舍之则藏，恩在悬车。追昔之耆，天褒锡羡。宠以太保，勤斯勋眷。如何黄发，悼心屯蹇。岁不我与，吏民其泫。画桥阴清，康此赐茔。翼翼川原，悠悠旆旌。非盛难居，惟儒是型。后有来者，审实视名。

皇授光禄大夫黑龙江将军谥壮敏庄噶奇特公神道碑铭并序①

公讳恩泽，字雨三。蒙古庄噶奇特氏。驻防荆州，隶厢蓝旗。康熙中，西安防御们特依，以平藩来移。世有军职，公其胄也。祖父特吞布，致产巨万，故为雄族。父讳寅海，道光初举人，陕西知县。初令平利，御寇保疆。历试刊城，政符豹产。补延川令，卒官。

公禀气纯渊，弱冠通经。受学监利王氏，博赅文史。东南用兵，以笔帖式主稿印房，将军巴扬阿倚其廉干，历迁佐领。同治末，从都统金顺军规复新疆。副帅失机，首建奇荣，攻下六城，屯田牧地，论功记名副都统，赏花翎、头品顶戴。西师凯旋，奏署巴里坤领队大臣，移乌鲁木齐。并广开屯田，搜补军额。边帅论荐，授吉林副都统。于时倭韩构兵，俄人乘衅，龙江、鸭绿所在驿骚。选贤推能，实资弘毅。公以民为国本，无信不立。官饷抹兑，牟利生奸。平准货币，申禁空帖。在官五年，移镇珲春。南倭东俄，并窥高丽。界乎两敌，久无边政。图们江垦户数万，并韩人阑入，不受驱留。公抚容属国悉土断隶籍，建四堡三十九社，熟田升科万五千余垧。贫民赴俄，例请护照。人纳数金，官以为利。公曰："我不能养，奈何锢之？"裁取钱五百，悉充公费。

①辑自国家图书馆藏拓片。

日本攻韩，陪臣乞师，公请于将军，由温贵出师元山，扰倭粮运。轻兵三日，贵于神速。长算不用，奉天戒严。改公署吉林将军，补黑龙江将军。马贼教徒，鸮张乘乱，静遏内外，增兵制器，屹然自立，名闻敌国。和议之成，公独忧愤。还本任，谋集兵食，常若待战。俄人修北线铁路，采木五城，朝议听其入山。公请立公司购运，市价廉平，俄工悦服。终任无纤介之隙。光绪二十五年冬十二月甲子薨于位，年六十有二，恤从优例，谥曰壮敏。复以将军寿山奏请，诏立专祠，录其长孙长龄以主事分部。明年国是始变，三年大棘，旧京沦胥，内讧外忧。孝钦临朝，泣曰："恩泽若存，当不至此！"是知深谋密词外不得闻者众已。公长于文翰，军书檄疏皆自属稿。轻财乐善，笃于周亲。焚券万金，曾不市义。粤以光绪二十六年冬十二月归葬于江陵之茔。官立丰碑，人私巷祭。孤子喜源等惧公忧国之诚徒荣褒宠，陵谷迁易，精爽焄凄，神驰万里，旁皇如在。用是伐石荆山，表树后来，乃为铭焉。

其辞曰：皇之入关，威烨八荒。三藩受槛，机发于荆。显允壮敏，嗣召与方。自西徂东，于理于疆。昔龙之骧，蹴踏西极。何凤之衰，铩其六翮。在厄思奋，去兵去食。公侯干城，隐若敌国。天命不融，盛必有穷。舍此军府，翔栖太蒙。升皇赫戏，临睨旧邦。杳矣云鹤，来对冢封。

宣统二年岁次庚戌正月丙午朔十七日壬戌建，特授翰林院检讨礼部礼学馆顾问官王闿运撰，内阁侍读国史馆校对本衙门撰文赵世骏书。

皇赏四品卿衔晋三品授资政大夫前汉阳知府湖北补用道员周君之碑[①]

君讳乐，字笠西，其先吴人也。父讳梦熊，占籍善化，入长沙府学。君其仲子，自高祖三世货殖致富，后以儒困，箪食屡空。与湘阴左宗棠同习科举，恒乞水火，以供盥爇。根道核艺，究精儒术。年廿四，入府学。道光甲辰，乡试举第四人。大挑二等，用教职。咸丰三年，粤寇波迸，文武失次。岳州被兵，吏民散亡。君权府学教授，佐知府魁公团练乡兵。开释无辜，绥靖反侧。躬入虎穴，振威撰教。虽在儒官，旃伏肃清。（阙文）严正，商吏畏服，敛手奉公。期月之间，银钱山积。诸贵仰成，鄂遂富强。中兴之功，实由兹起。在局六年，累奏议叙，由县令至知府：补江陵令，署荆州同知，护知府事。收用剧盗，安辑八县。弭乱禽渠，无折矢之费。特加道衔，擢署汉阳知府。大都繁会，（阙文）商曰：两姑不和，唯有痛哭。讦以徼利，所不能也。盈廷竦然，大吏冰释。而鄂政日衰，兵吏无纪，幡然引退。以兄丧去官，家居卅六年，乐其初服。前后巡抚皆造门问政，逊遁恂恂。俭以治家，国奢无染。二子儒素，号为双璧。脂膏不腻，全其晚福。光绪十九年，以十二月壬辰奉葬于本县七都老屋湾田庄北山。位不副德，禄则有余。乡族追仁，遂刊名美。

其辞曰：周之在吴，至德之苗。言迁于湘，秉礼不骄。君子愔愔，被服儒素。亦既云扰，奋为同袍。江汉滔滔，盐利阜饶。铺士百万，遂克三都。贤谢图止，复还授书。教诲两子，荣名天

①辑自《中和月刊》1942年第3卷第9期，又见于《湘绮楼集外诗文》。

衢。身实国老，为□大夫。鹿鸣呦呦，鹤唳遥遥。美成善终，遗惠孔昭。子孙子模，比烈弥高。

清故武英殿大学士赠太保王文勤公神道碑①

公讳文韶，字夔石，仁和人也。先世自宋平章王爚居于上虞，后占籍杭州，自钱塘居仁和。父又沂，商于嘉定，遂生公焉。公天姿醇暇，孝友笃诚，赠公轻财好施，家自不赡，箪瓢好学，未冠有成。年十九，为县学生员。二十二岁，乡举中式。文宗初元，

科第积重，监临常公惊其少敏，开阁礼之。明年成进士，用主事，分户部。军兴财匮，司农仰屋，曹司老郎，绌于迁缓。初入观政，洞达机宜，长官同寮，敛手推服。由郎中京察一等，授安襄荆郧兵备，并叙筹饷功，加运使衔。明年移汉黄德道。

于时东南勘定，五口通商，江汉殷繁，夏口辐辏。冲剧之区，匪能莫膺。公久著干材，加之缜密，温恭肆应，沛若有余。左、李两督，交章论荐。奏办西征粮台，擢湖北按察使，特诏署布政使。案事湖南，遂补湘藩。巡抚刘公，大举援黔，兵饷浩穰，悉心毗赞。刘公免，即代其位。湘人六督五抚，专阃将帅又以十数，节传交驰，会府哗嚣，一镇以静，怗然愉服。乃大崇文教，亲试诸生，广辟举场，甄拔寒畯。徐收权利，政由官出。弊俗大革，时和年丰。在镇七年，颂声流闻，疏请陛见，入署兵部左侍郎、军机大臣，寻补礼部。请开缺迎母，赏假两月。还都入直，兼总理衙门，补户部左侍郎，署尚书。朝廷以海内升平，始开言路，

①王振中辑自卞孝萱抄稿，唐红卫点校。《湘绮楼日记》宣统元年十月十六日记载：“作王文韶碑，亦颇有声色。”

台臣讥切政府，以为名高。公自引咎，疏请归养。温诏慰留，论者谓宜听所请，以优礼大臣。光绪九年回籍。

明年，母丧，服除请病。钦圣临朝叹息，称公练习。枢臣遽请，即家授湖南巡抚，召见慰遣。以乡民倾望，巷忭衢歌，果符圣谕。下令流水，无为而理。明年迁云贵总督。岩疆疮痍，方资威德，而辽海师溃，京师戒严，诏以军机大臣征权督直隶。征兵百万，转饷巨亿，更端代匮，专心补救。经营四年，始召入直，授户部尚书、协办大学士。康、梁窃枋，乱我国是，黜陟大臣，不由政府，公独立不惧，亦莫敢侮。未及三年，莠民倡乱，荧惑王公，别立军府。兵交阙廷，卒召外军。乘舆西行，公犹在直，仓卒徒步，及于怀来，三日不食，气息僾属。钦圣垂泣相对，诸臣愧焉。扈从艰难，盖无与比。疆臣刘、李诸督，闻公侍直，喜得禀承。大驾还宫，授全权大臣，先还约和。补体仁阁大学士，迁文渊阁、武英殿，为汉臣首辅。而政由外请，新法滋多，在公八年，恒引衰病。家丁丧咎，年逾耄耋。光绪三十三年，五疏陈请，诏许驰驿回里。仍留京两月，始遂南还。

明年，以乡举重逢，加太子太保。冬闻国丧，惊恸哭临，发病遂笃，十有一月癸卯，薨于里第，年七十有九。赠太保，谥文勤。粤以宣统元年十一月十八日，奉葬钱塘留下乡小和山麓先茔之西。夫人嘉定钱氏，同茔合冢，礼也。惟公四绾疆符，周历五部，翼亮紫宫，十有三年，异数例恩，不可胜纪。恒谦柔自牧，虑以下人，笃于故旧，不遗微贱，克勤小物，尤崇俭约。故能居高不危，在厄克济，富贵耆寿，享有令名，饰终之典，赐碑褒惜。门人故吏，永怀懿德，是用列树贞石，表述徽猷。

铭曰：相门出相，惟王在越。五百名世，以文自达。猗与文勤，危时释褐。江湘既澄，爰未秉钺。入作喉舌，何言之哤。退奉慈母，归于旧邦。我后思贤，时宰弗聪。当入而出，从沅溯江。鱼在于渚，共和是辅。轻车再征，俾作砥柱。国是三变，绸缪谯羽。终负羁绁，至于艽野。还翼帝舆，无陂不平。靡室靡家，既竭股肱。庶几卒岁，地坼天崩。我集于枯，人谓其荣。呜呼荣枯，孰非命欤？言树松柏，于墓之庐。世有达者，来观楷模。陵谷三迁，金石不磨。

皇授光禄大夫太子少保四川总督兼巡抚刘公碑铭并序①

公讳秉璋，字仲良，庐江人也。自赣来迁，十世敦庞。曾祖光祖，县学生员；祖大彩；父讳世家，出后伯父大德，并封一品阶官。公岐嶷颖异，生有至性。年六岁，袜行内寝，父见呵之，则对曰："王父寝疾，恐履声惊寐。"家人悚然，知其远器。母躬家事，辄先起汛埽。及长，读书不屑章句，试府县辄出，乃徒步入京，即中式顺天乡举，年二十六。东南兵起，还从军防徽，保叙知县。庚申进士，选庶吉士，授编修。于时夷寇交侵，东南瓦解。重臣宿将，相随僵仆。曾军特起，纯用文儒。李鸿章治军上海，故曾门弟子。公前从李受经，继入翰林。同荐公材，奏以佐李。淮将分铭、鼎二军，英人戈登将常胜军，同授常熟，遣公策应，进兵福山，寇解围走，遂克太仓。寇悉踞浙西，以联苏杭，公别募新军六千人浙境，克嘉善枫泾镇。援寇数万，逆战破之，

①唐红卫辑自《刘尚书奏议》卷首，并点校。李超平又发现于《刘氏宗谱》卷四十九，题名《刘庄公神道碑铭并序》。《湘绮楼日记》宣统元年十二月十八日记载："作刘秉璋碑成。"

克西塘镇。寇退守张泾汇，公会太湖水师力战大捷。我壮寇蹙，望风乞降，嘉善、平湖、海盐爰及乍浦皆为王土，诏擢侍讲。益进兵，克嘉兴、湖州府城，赏花翎、巴图鲁号，曰振武，补右庶子，转左。江南底平，补翰林侍讲学士。军中开坊，时无其比。曾侯征捻，奏调徐州，改江苏按察使。李公代统，六传纷驰，寇亦腾突，分东捻、西捻，公常游击驰骋淮、徐、豫、鄂间，寇乘虚入皖百里争利，钞出宿松，追至孝感，大战河口。复还军济宁，卒禽渠魁，迁山西布政使。以凯撤，告养父丧。服除，特召授江西布政使。巡抚刘公慑公盛名，侧席待之。乃综核库储，清理官欠，积饷银数百万。授江西巡抚，母老请养，再疏得归，以五世同堂，御书旌美。又召陛见，固辞，留侍母。服除，授浙江巡抚。仍核官欠，仿江西之政，得库款数十万。廷议善其理财，以比萧、刘。法、越构兵，沿海戒严，独浙防军再击敌船，伤其大将。在任五年，迁督四川。乃疏节阔目，崇威养望，屏斥华士，镇遏浮嚣。边夷内盗，不轻黩武。在镇八年，吏民畏服。蜀俗倾危，颇构飞语，言官论列，再烦诏使。爰以捕斩教士，致之吏议。六疏乞休，卒乃罢归。家居四年，有诏特征，以伤发不赴。光绪三十有一年，年八十，薨于里第。遗疏上闻，诏开复原官，依总督例恤，功绩宣付国史馆立传。江苏巡抚以士民爱戴，奏立专祠，有诏听许。于是故吏门人以赐碑褒美，别树玄石，述公志行。

公学在经世，尤长舆地。所过山川，悉图险要。故见知李公，许为名将。行军持重，应机乃发。为政宽简，尤耻言利。榷烟采卝，皆疏陈其弊。执志高亮，未尝降屈。师事李公，兼为举将。每见严敬，无所依回。颇（仵）［忤］于时，亦以自憙。深疾浮华，而敬爱文学。训迪诸子，被服廉俭。部曲列校，皆有儒风。可谓贫不陨获、贵不充诎者已。英俊沦亡，时代迁改。虽陵谷之未异，悲风雨之如晦。

乃为铭曰：湘淮立军，训士以文。湘开胡、李，淮则刘、潘。佩刀开府，解甲乘轩。猗与尚书，始临章贡。民安其政，舆人有诵。禄不易养，母舆亲奉。再起抚浙，东海扬波。蛟门虎蹲，罴卧貜过。鸣炮如霆，千里清和。蜀土荒远，教民奸宄。扇我良懦，激为蛇虺。往捕其魁，获嘉有喜。爰初发轫，已屈戈登。矧兹持节，而畏冯陵？不调众口，翻为盗憎。返我初服，怡余暮齿。多寿多男，亦文亦史。翰院既陛，蹇裳遂起。荣名有尽，风概难忘。惟帝思艰，慨念凋丧。功存大树，宠视连冈。

皇故资政大夫两广盐运司使段君之碑①

君讳起，字培元，清泉人也。祖鹏程，耆□尚义。父明轩，敦笃明允。君少依祖训，通五经章句。试州县，有文名。临桂寇起，衡、永戒严，始以国子监应募广西，领义军赴援全州。招谕山盗，叙功赏六品翎顶。久留岭外，不为群帅所任。咸丰六年，曾军左次，江西危乱，乃招募徒众，自成一营。授兵裹粮，诣曾侍郎，请自效。檄援建昌，克复吴城，兼收德安。时兵寇杂糅，诡得诡失。客军偏师，功不得上。八年，捐饷叙知县。浙寇游兵至衢，饶、信防边，浙抚湘人，知君羁旅，檄调赴援，游寇解散。衢州总兵论功，奏赏花翎。自以官卑名微，无阶自显，入赀，议叙道员，仍领所统。于时巡抚昏庸，曾军寄食，兵饷无纪，壮士观望。君独振厉，自托江军。江西有军，由君始也。苏杭崩溃，

①辑自《青鹤》1934 年第 2 卷第 10 期，又见于《中和月刊》1942 年第 3 卷第 3 期、《湘绮楼集外诗文》。

屯防东境。游击轶寇，屡晋勋阶。以布政使衔，留江西补用。沈文肃来抚，始相倚重。同治元年，明保记名，特补粮巡道。统水陆军，肃清鄱湖，加瑚松额勇号。三年，莅本任。四年，兼按察使。湖北霆军叛于金口，军故鲍提督所统，多收降寇，江楚列营，闻风响应。南昌城外，霆军最为劲兵。君闻鄂警，策其必叛，不遑告院司，单骑按屯，骤入其垒，则束载露刃，全军骚动，见君掩至，仓黄散走。乃开诚晓譬，自任保全，详示利害，安其反侧。其时鄂湘诸屯，席卷千里，江介震动，五岭驿骚。章贡晏然，君之力也。君起孤门，曾无援系，宣力十载，唯补一官。漕运既停，众利其缺，乃怀色斯，假疾告去。沈公亦以忧归，闲居八年，手书相慰，要以同力。光绪元年，病起，例补原官，奏调福建。及督两江，仍奏自随。其年坐补江西粮道，调补徐州，专治盗匪，萑蒲克靖。丁继母忧。服阕，张靖达奏调广东，总海防营务，擢两广盐运使，大厘积弊，洁己裨公。元日朝会，卒中风疾，遂卒，光绪八年正月朔平旦也，年五十有一。张公方倚共治，未展其能。痛悼云亡，悉胪治状，兼陈战绩，请宣史馆。朝命优隆，听立专祠。屈于生前，荣于身后。君前以清查火山，全活浙闽余民万户。山民冒禁，私建生祠。国典论功，馨香为允。三子先后殒没，孤孙翱印攀祖德，爰述遗徽，有善弗称，祇惭暗鲁。

乃为铭曰：义军起湘，曾实应江。胡又荐左，情私义公。英英运使，崛起靡同。虽托于湘，无与共功。二纪奔命，一麾去官。谁谓明扬，翻成党援。潜之伏矣，声闻于天。名者实宾，乃夭其年。有绩必彰，无庸不酬。既光祀典，示纪鸿休。史述其美，畴阐其幽。勒此丽牲，以庆耆犹。

清故中宪大夫曹府君墓表光绪丙申①

君讳勋，初名立元，字子善。其先嵫阳人也，康熙时有天恩者，贩木至湘，始旅长沙，六传至君。父讳辉楚，娶长沙王氏，以道光四年生君。前岁除夕，继祖母吴孺人梦君祖父万青君抱婴儿授之，因奇爱君。幼贫，母更适，与祖母相依为命。饘粥恒不饱，白足行雪中，不以饥寒自馁。佐姻家酒酤，日夜念自立在多能，遇事习之，治事精练。善察伏，侪辈皆严惮。君既自设酒肆，值军兴，百产麇集，以其间货贵籴贱，因起其家，先尽偿父积负。长沙曹氏，衣冠大族，闻人达士如林，祠合七县祀。田屋岁久荒废，祠基质于人。以君精能，推总其事。君受空簿弗辞，请期二十年复之。先辟半楹赁人，岁租铢累增积之。族人察其勤忠，资助不疑。赎基更新，费巨万计。悉躬劳役，未尝告劬。用是显名，以羁孤为宗功。少失学，从人问稗官小说，遂通古今。及诸子从师，问所受，辄知师学术，尤敬礼儒生。至其所设施，恒以智深勇沈先人。尝言："贾如兵机，不知趋势，不足制胜。"又言："机非可蓄于心，凡利钝，广座稠人中自可察知。"始贾，尽丧于兵。及后累千金，遽辍业，唯劝子勤学。次子广桢乡举，亦不以为喜。乃移乡居，将课农桑。每戒子孙："节用不若勤业，不能自食，虽不食无益。"其训语皆从心得，多与庸俗异。本起孤穷，尤恤贫寒。族有孤女与弟居，从兄谋夺其产，为治产嫁女、长育其孤。尝贩豆洞庭，舟重，暴风，弃豆以全客装。刚断好义，行事多类此。年六十有六，光绪十五年己丑正月二日卒于长沙九睦段里居。

①辑自《中和月刊》1943年第4卷第6期，又见于《湘绮楼集外诗文》。

子广权，癸巳举人。广桢，壬辰进士，刑部主事。学行有成，君名始著。既卜葬封树，礼当表碣，具状行事，合于古贤。佥以为德功无常，唯所践履。虽曰未学，卜氏钦焉。妻善化何氏，先君三年卒。越以十七年二月，葬君于善化河西都杨梅山之原。是摭景行，以彰畸杰。

铭曰：圣设六职，工商载道。季世凌迟，官师伪巧。不有达人，谁回昏浇？昂昂曹君，在市能高。克勤其职，孝乎惟孝。弗施有政，唯家之教。二子文通，博宏瑰宝。孙亦彬彬，思乐芹藻。伊谁之诒，无射有造。不登其躬，斯誉其髦。曾入于楚，杞梓维乔。何恤迁地，汶水滔滔。灵乐湘丘，视此华表。

邓郎中墓志铭[①]

君讳绎，字保之，一字辛眉，武冈人，资政君之次子也。世有清望，家余于财。资政君讳仁堃，起家拔贡一等，用四川知县，卓异明保，累迁至江西按察使，兼权布政。东南用兵，文武著闻。以矫援赣州，失督师旨，假事劾罢，得归终养。君髫龀颖秀，五岁能诗。弱冠从兄读书城南，惊其长老。于时湘州才彦始盛，兄弟参焉。凡有名人，无不忻慕。声誉之美，远近推衿。越三十年，张之洞总督岭南，手书延聘，移节两湖，礼为师友。其先湘抚陈宝箴备兵河北，亦聘为书院师，号为纯儒，博通古今者矣。宋明诗敝，实能复古。政学议哤，综而通之。盖博览篇籍，口吟手披，

---

①辑自闵尔昌编《碑传集补》卷五十一，又见于《小说月报》1916 年第 7 卷第 11 期、《中和月刊》1943 年第 4 卷第 6 期、《湘绮楼集外诗文》，据《阅江学刊》2011 年第 4 期朱则杰《晚清作家集外诗文辑考》点校，唐红卫审校。

凡所经览数十万卷，著《井言》《读书记》数百万言。少好论兵，壮而逢乱。湘阴左宗棠督师浙闽，奏辟营务。以征嘉应克收全功，议叙由员外郎用浙江知府，并赏花翎。后引见，吏言翎枝无案，君遂不问，竟不赴补，归而终隐。年六十有七，卒于里第。

君少而侠动，众畏锋芒，资政君独曰："此其儒也。"知子唯父，论早定矣。恭人长沙陈氏，名父之女，温恭淑慎，生六子一女，次子出后大宗。妾吴氏、骆氏，各生一子一女；刘氏，生二子。闺房之内，肃如官寺，终身敬畏，亲族刑焉。后君一年卒。于时皇纲失统，海水群飞；饰终之仪，未皇铭志。孤子琅，独衔永恤，请述遗风。弱冠联镳，今叹耄及。辄述粗略，以示后来。

其铭曰：祝融百宝，始发文宣。曾、胡讲武，二邓昌文。群贤响应，济济翩翩。仲子英发，兼备能全。读书万卷，下笔千言。佐军嘉应，雷鼓阗阗。逋寇知死，犯我戎旃。君曰可虏，炮发而颠。收功辞名，归隐大田。都梁之崖，弦诵铿然。后有尚论，来观《井言》。

清故资政大夫江苏补用知府章君墓志铭[①]

君讳寿麟，字价人，长沙人也。其先河间名族，辟乱南徙。祖讳志，长沙府增生。独行高蹈，穷而好乐，庠序宗敬，名冠一时。父讳云汉，邑廪生，克继先业，文誉彪发，见重名儒。君少孤穷，从舅氏彭嘉玉学，师诵三礼，兼习韬钤。值军事初兴，诸生授兵乘城，练丁侦寇。君袖铁尺，从搏贼谍。守吏疑其冒功，

---

①唐红卫、李超平辑自国家图书馆藏拓片，唐红卫点校，又见于闵尔昌编《碑传集补》卷二十五、《中和月刊》1942 年第 3 卷第 10 期、《湘绮楼集外诗文》。

置而不录。彭舅奇壮其志，荐于侍郎曾公，俾从莫府，众论讶之，君恂恂而已。

时长沙孤危，寇屯上下。曾军初集，自岳州败退，还城自保。巡抚骆公不听入城，曾公亦耻于依人，独率水军十营，散屯湘岸，与寇共水，皆半日可接。于是议率全军并力湘潭，彭君独议寇酋踞靖港，宜先攻坚。长沙乡人亦来。军五营已上，其五营帅留自将，定翊午亦发，即夜改计下攻。君知仓卒无陆军相辅，宾寮不从，未敢沮师，则潜身从往。师船乘流，直逼寇屯。寇指笑坐待，众不敢进。或从东岸浮桥济师，则篙竿高低，桥坏版浮，于是退舟逆风恃缆而上，寇从岸斫缆者，舟众溃奔，曾公立旗以收溃卒，众皆绕旗旁走。五营败绩，曾公愤投水，众无知者。君独从舟出，赴水，负公登岸。公怒问："汝何为至？"徐曰："方从城外来报湘潭捷音耳。"乃收众还城南，其夜捷书至，遂不暇言死事。闻者以此推君功，曾太公尤念之，手书慰劳焉。

君遂从军出征，叙劳累官至直隶知州，留安徽补用知府，初试署江西新建令。安庆既复，曾公以江督开府镇焉，奏牧滁州。既克江宁，调绾营务。君起军中，娴于戎事。竭其黾黾，期有设施。会曾公薨，亦即引去。越数年，大学士左公督两江，夙知君，檄宰仪征，为盐场运汇。商患佣值昂，请官定价，醵金巨万，君笑却之。乃贿通榷局，伺君交替，檄县勒减，于是船丁大哄。会总督巡江，泣诉踣水者数千，卒依先例，而君前事始彰，廉声著闻。奏署海州，辖境辽阔，故称盗椒。君兴办保甲，团练壮丁。复请营兵，自率巡乡，遍历属境，常涉旬月，缉捕为列郡弟一。迁知泰州，勤于听览，以文治与民休息，设希两斋，试词赋策论，得士偁盛。凡领五城，皆流疋化。故诸子承训，蔚有文采。长子同，署山西大同府知府、忻州直隶州知州；次子华，翰林院庶吉士，改部郎，入直军机章京，邮传部邮政司郎中；三子鼎，江苏知县；四子琦，两淮盐大使；五子朴，候选知县。夫人同县向氏，早卒；继室裘氏，新建文达公后也。育诲五子，并有名僻。一女适广西知县、同邑黄鼐。君以光绪丁亥八月己巳卒于泰州官署，年五十有五。即以其年十二月奉葬于江宁县清凉山虎踞关曹家园之原，距曾公薨十四年矣。江介初平，功勤未沫。川原凭眺，城郭依然。人事再更，仅逾二纪。治平无望，艰厄徒劳。是用勒石铭幽，摅其积憾。

其词曰：河间之章，本自雍王。助秦启汉，胙土分疆。北荣武胜，南徙文昌。增生纯儒，箪瓢晏如。文学继武，节操廉隅。世德必达，孤童应符。习礼髫年，佩衿城阙。冉与属徒，汪能荷蔽。莫府初开，终童典谒。蠢彼凶徒，敢涉重湖。巴陵左次，沩水尸舆。我为鱼肉，坐陷狼貔。在困思飞，询谋并协。岂曰必胜，要以无怯。十营减灶，中宵击楫。知死非勇，胡再不谋。掀公出淖，义激如虓。诚同赴火，信过逾沟。昔鲍拯胡，勋超五等。孰谓斯人，浮沈簿领。功不上闻，嘉斯雅静。晚知五印，众颂循声。阴德明德，五子簪缨。既福于南，载窀载宁。石头龙蟠，昔劳蕃宣。爰作我乡，湘人是安。无厌王气，以翼张阡。

清故诰授通议大夫彭君墓志铭并叙①

君讳岳奎，字仁斋，湘乡人也。家世良农。父讳安泾，辍耕服贾，遭乱困贫。母黄持家，提携三子，君其仲也。兄为曾忠襄

①辑自《中和月刊》1942年第3卷第6期，又见于《湘绮楼集外诗文》。《湘绮楼日记》宣统元年八月十七日记载：“作彭仁斋（岳奎）墓志。”

寮友。湘潭钱商多其县人，强君弃儒业、操筹算。信乎廛市，借兄余资，自成一家，遂有名字，与巨商颉颃。父兄继殂，丧葬以礼。奉母市居，营宅壮丽。推子嗣弟，以孙孙兄。布衣终身，不迩声色。湘潭商总贵重，县官加礼。闻名相招，竟不造门。阴行善施，荐引贫乏。身殁之日，闻者失声。母黄淑人，悲伤勤劳，倾资散财。吊奠之酬，薄来厚往，饰终之费，殆过万金。远近走观，填街塞巷。其日市火，殡以在途。万众喧传，君名益显。嗟乎！行善食报，何必旎期。以光绪三十四年十有一月癸卯卒，年四十有八。宣统三年三月六日，葬于县西乡十亩丘之原。二子号咷，伤其阴德，用述志行，慨念生平。君勤俭温良，言无矫饰，轻财重信，尤能退让。湘俗赁佃，每讼退庄，有赁宅者，傲不肯去，三以礼让，反出恶声，谬索多金，激君成讼。乃悉如所要，奉金待命。闻者感服，交道益隆。值时议重商，朝廷虚伫，宜蒙褒访，命不我宏。

乃为铭曰：连道之彭，翼启诸曾。亦有武烈，光赞中兴。恂恂仁□，以文为富。诚孝克恭，宜神所佑。胡不耇艾，俾炽而昌。盛不可满，言从褰裳。箓竹之居，树萱堂北。妇孙逡巡，代袭子职。昔逢儒贵，今以商兴。君皆游焉，其乐有朋。逝水终潮，青山隐秀。式谧幽宫，保康厥后。

涂觉纲墓志铭[①]

君讳觉纲，字莘畬，长沙人也。其先涂山之后，自唐虞受国，为夏兄弟。汉有涂禅，官谏议大夫。氏族绵盛，历十三统，隐君

---

①辑自《（光绪）湖南通志》卷三十六。

石台，自南昌来迁。七世至志远，以明德懿行见推州郡，实君之曾祖也。县牒有称，固无述矣。祖定祥，贡生。父讳朝，任国子监生。

君少游县序，驰洽闻之誉。道光中，校试生员，连置第一，遂充己酉选拔贡生。厥年卅一，升秀紫微。文宗亲策第，君上等，授吏部七品司官。学优则仕，铨衡鲜匹，旋推考功主事。自名文史，不亟于吏。乃复试顺天，中壬子举人、丙辰进士，始还部补官。父丧归，服除，补文选司，题升本司员外，旋迁郎中。宽以持官成，严以烛吏奸。部例如山，览之如水。有陕牧罣议，吏持其短，君直而轻之。上饶输狱，苛以迟误，君诘而正之。戊午、丁卯，两充京闱同考官，甄识幽微，若叙其选。戊午之役，考官严谴，内外帘吏靡不危悔，君夷然无忧，亦无所坐。非夫守廉静、惩唯呵者，其何以致兹？吏部交通百官，疲于津梁。同治以来，政在共和。功令之典，高下在心。侍郎奏事忤旨，管部文公晨诣堂中，召戒功司，俾从严议。君案法引科，奏薄其过。在职二十年，以资年转叙，引对殿中，记名以繁缺知府用，非其好也。退食委蛇，贫于未仕。尝有偷夜入，涉廇上阶。君然镫执卷，长吟达旦。偷顾晓当去，不觉蚩然。家人闻声，君方自哂，故其恬憺清寞，传闻朝里。母丧归，羸疾弥困，丧终不仕。未二年，光绪丙子九月丙戌卒，年五十有八。

孤子景涛，方以举人留试京师，闻丧星奔，悼心靡宁。于是执友、门人临穴仰高，乃以为徽志德音，宜有所述，伐石西麓，旌贞介焉。

其辞曰：九江之原，世淑明达。显允郎中，安详省闼。訚訚侃侃，羔羊自节。克亮天工，将聘熊軷。慈荫弗留，色斯邈厉。惟君雅儒，幼学赅闻。揽英挹秀，会友擅文。靡不敛衽，犹不振振。耽静持约，既仕乃贫。何污何隆，以保令闻？謇謇曹司，功用未极。恂恂闺阈，规矩失式。遨寿庶登，如何华夕。滋兰考降，馨香其涤。抱器幽潜，俾后有直。

湖北知府张君墓志铭[①]

君讳日焜，字梓钦，汀州永定县人。南宋自宁化迁上杭，及明中叶再迁永定。累世儒科，卜居瑶夏，遂为县人焉。高祖光德，旌表孝行，乡谥恭穆。曾祖萱，富而好施，寿登百岁，五世同堂，建坊里门。祖天锡，岁贡生，佐林文忠、张惠肃幕府，高洁不仕，诏赏四品职衔。父友仪，肄业国子监，学兼汉宋，仁孝有闻。母陈，避寇负姑，旌表节孝。君即其长子也，秉纯懿之德，兼颖悟之姿。五龄授经，十岁能文。妙工分隶，号为圣童。十四岁丁外艰，哀敬尽礼。奉母纯孝，孤贫力学，自厉坚贞。弱冠，赴试顺天，挑国史馆誊录。祁文端，君父师也，嘉君文艺，叹为肯构。由是博交通人，相与切磋。

时粤寇入闽，乡闾焚荡，始习技击，专治韬钤。闽督左文襄移镇陕甘，招入幕府。丁承重忧，遂辞不出。湖北设官书局，延致文儒，以君尤精舆图，俾专其事。侯官郭公方抚鄂中，及闽侯陈君濬领典盐道，贪君通博，辟为幕僚，强之入仕，以前史馆议叙，分发湖北县丞。左文襄设汉口粮台，派君坐办。回平，叙劳擢知县，加同知衔，赏花翎。清厘湖北积谷，治广济江堤，至今利焉。光绪中，知广济县。勤于听讼，以文为政。祖母忧，去官，老幼走送。服除还省，两司交礼，委管藩库，坐办谳局，善理繁

①辑自《青鹤》1936年第4卷第9期，又见于《文艺丛录》1911年第1期。

剧，才智有余。督府委治斋匪，株连百数。君坐罪会首，裁录数人，用是失旨，亲加诘责。君对不屈，徐理民冤，乃得覆勘。众皆依阿，君固争执，遂无以夺。坐是沈滞，三年不出，两司歉之。俾榷税沙市，脂膏不润，商民颂声。旋佐盐道，整纲厘弊。因在宜昌，摄令东湖，捕治府寮，得罪郡守。三月受代，民庶攀辕。君以刚直性生，事人宜黜。会西夷窥闽，诏立省团，归统练军。事平，加四品衔，迁直隶州知州。留佐船政，充水师学堂监督。奏叙知府，监造钢甲战船，奖三品衔，船政大臣特保引见，母老不赴。以助赈，晋从一品阶。奉母从子官湖南，省墓武陵，遂留旅寓。母卒卜葬，负土成坟。辛丑夏涨，寓馆被水，旅装尽没，书画文集，胥淹巨浸。悲愤沮丧，兼感湿疾，以其年九月乙亥卒，年六十，遗命葬于长沙。妻同县李氏，先卒，年五十九，旌表孝妇，封一品夫人，葬善化六郡曹家桥汉山坡。以宣统己酉八月壬辰，奉葬君于善化六郡中白泉甘充子之原。前鄂督张文襄闻丧悼惜，诔为循吏。

君禀赋耿介，傲兀自喜。立身训子，必崇名节。从官廿年，廑宰二县。晚厌俗靡，自号遁盦。怀才弗展，知交叹惋。子超南，能称先美，仕学有声。以进士用知县，尝令湘潭，多惠政，历官大理院推事、四川道加布政使衔。起南，运使衔，湖北同知，升用知府。道南，同知衔，分省知县。选南，五品衔，候选运判。女子五人。孙男女八人。君所著文、诗、经史、金石、小学、笔记廿余卷，俱没于水。篆书《周易》《孝经》，分书《鼓山记》《琴台铭》《黄鹤记》，廑有传本。诸子憯恸，思慕遗徽。典型云亡，风规不沫。用是镂文贞石，寄之孤慨。

其铭曰：瑶夏之张，龙武开祥。恭穆笃孝，五世逾昌。矫矫太守，克敬以刚。爰在髫龀，砥厉文章。问学京国，睹奥升堂。

出典盐策，蜀鄂加纲。都水广济，江有大防。东湖流化，折狱惟良。廉吏难为，直道不行。归整闽武，孤拔敛兵。造舟教战，厥绩觥觥。宜可大受，为国干城。胡独侘际，弗用而藏。天之厄我，并夺其长。将泯其名，而遘水殃。浩气不害，窀穸南衡。沧海横流，身蜕弥康。一抔终古，万丈光芒。青松郁郁，白泉之乡。谁招屈贾，来吊芳香。

资政公岳舲府君墓志铭[①]

君讳昌藩，字岳舲，长沙人也。考讳采鹄，儒隐纯修，流光积庆。君性识谦敏，心竞于贤。幼而体羸，不宜苦学。慈父恩养，且令优游。材智有余，博通世务。善化唐氏资业繁猥，厘务阙人，请君综核。于时武冈邓司使方守剧郡，会计钩盘，将理棼丝，远求能者。君年甫及壮，应聘南昌。公私银币，度支丛集。前有典者，怙能骄倨。折节降心，假其先路。曾未一月，尽搜蔀覆。邓公览籍叹曰："藩司户部才也。"由此显能，恢恢益裕。天性好学，雅敬文儒。豫章游客通都，才人接辈，悉拂席推襟，馈餐设醴。自以未谙草隶，日夕临池。见者笑曰："君何用此？"乃益潜心使转，悉通章草。事有棘难，应机条析，忠于谋人，不劳参省。

五十以后，承兄洪荫，家业骤隆，号为陶顿，遂屏居乡里，莳蔬种果，取适性情，不关人事。或以君坐席丰厚，羡其安享。所知语君兄曰："令弟忘身徇家，志期必济。属有天幸，不用其材；若处困穷，方显能力。"而务名好胜，自类兰膏。衰疾早侵，节颐无及。年六十有五，光绪十四年八月初一日奄从怛化。恃君

①李超平辑自《棠坡朱氏家谱》卷六，唐红卫点校。

义者，叹惜失图，才晦知希，则其命矣。然里氓农老，被仁归德，百里之内，嗟悼同声。君见义必为，待人犹己。虽慕鉴家，不求珍异。百觚之量，常餐无酒。晚究丹方，喜言施药。和丸㕮片，躬自平量。临卒之晨，起居如节，亦可谓超乎病苦，没有令名者也。子姓振振，并有文行。孤子绍禧恩綍，克继前修。其年十月辛卯，葬君于本县纯化都山塘坡之原。丑山未向，兼癸丁，宜也。士大夫来会葬者，佥以闾运羁丱同游、艾耆无间，将铭阴德，托书元石。

其词曰：圭璋特达，有玉藏诸。韫而愈美，匪俗能誉。之子之才，白手兴家。天不能穷，乃令富腴。至今论者，羡若鸠居。君亦默然，食肉乘车。犹复夙夜，执经荷锄。校课农圃，授子诗书。苟足无求，恒处有余。高门相望，如茨如苞。生乐园林，体托阿隅。翔徉安灵，美矣松榣。世有识微，吊此幽垆。

清故陕西巡抚夏府君墓志铭并序①

君讳时，字叔轩，桂阳州人也。先世江西，来迁大弯，五百年而名族始大。王考吉仪，名德仁厚。父讳廷槐，尝应武科，早入州学，五岭盗起，防遏有劳。君幼敏重，下笔成章，从两舅讲习，兼资文武。仲舅陈侍郎崛起儒门，尤好兵法，每同游林谷，指画山川，郴、桂筹防，干城千里，遍相倚重，事必诹咨。君弱冠升庠，志在文翰，虽谋军奇中，不乐兵间。尝从谒曾侯，一见倾赏，欲留幕府，辞而还读。

---

①辑自《中和月刊》1942 年第 3 卷第 3 期，又见于《蔚报》1929 年第 21 期、《青鹤》1934 年第 2 卷第 10 期、《湘绮楼集外诗文》。

同治初，以乡举入都，遂留待试，分工部观政。郎署十年，六试不第，乃谋禄养。蜀督丁文诚夙相知契，改四川道员。甫至，闻母丧，旋丁父忧。负土居庐，无复宦情，乃被急檄奏领四川盐局，权利所趋，贪人切齿。前局员怙势专辄，挥霍自如，督府征求，不立文簿。君始用绳墨，支发有章。及文诚殂谢，朝议齮龁，台官劾奏，重使再临。蜀运千纲，出入五十余万，案牍山积，司员毛举。君召集百吏，列坐堂阶，颐指手挥，有问必答；诘问千端，应之侃侃。毫发无欺，无可摭拾。坐前督不先奏请，免后督官，君亦坐免。鹿尚书督蜀，奏荐送部引见，复职，仍总官运。及奎公代鹿，奏署川东兵备，以东抚滇。督丁、刘、鹿公频疏论荐，慈圣识名，遂简放实任，明诏总督，展其才用。

宦蜀十年，三权巡道。东川民吏，久乐归仁；两恤邻饥，活人亿万。夔巫群盗，应桴奔遁；盐局承法，至今无弊。方将兴学劝农，畿辅有乱，奸民假义，诳惑大臣，乃征大兵，将焚使馆。朝官疆帅，各怀一心。君不预国谋，独深忧虑，请于督府，开缺入卫。总督始惊大计，终感愚忠，许募湘军。已闻西狩，未行。补四川按察使，奏署布政使。又议当联合东南，率师赴难。又电告政府，言今敌已无所挟，宜绝和议，弃燕迁播。义屈不申，知者壮之。

大驾还都，迁陕藩。入对，首褒蜀政，命浚陕渠。于时抚臬同心，百废具举。奉敕吏厘，悉（法）［祛］繁苛。簿书期办，朝闻夕报。浚通济渠未竟，诏署江西巡抚。授职十年，遽跻专阃，不由声援，同列惊焉。召觐入朝，时议兴学。君以为今方教战，未暇修文，独请练军，防江固圉。朝夕申儆，躬在行间。政急理财，尤工裒益；征敛取携，未尝告匮。部请加派，直省皆穷于应。江西银四十万，一日起解，藩司不知也。其后流言放散库款，亦由于此。盖众浊独清，众绌独赢，怨及朋友，固其宜矣。然江西建学，估工巨万，君省费罢役，亦为众笑。人奢我俭，抑又违时。江督张皇教案，干涉专政，急电询诘，一应以情。鄂督专设税局，欲笼赣利，据理保权，终无以夺。王公遣员，辄称朝使，群帅迎候，君若不闻。积此三衅，固难终日，犹用治绩，擢授陕西巡抚。受印一月，有诏开缺。三已无愠，待放知恩。众议屈之，誉言日至。何图天步，星坼台衡。年七十，光绪三十二年七月三日日中薨于长安公馆。明年正月三日丧还里第，其年六月庚申朔窆于常宁长贵山之原。夫人同县龚氏，先卒一纪，奉柩合葬，礼也。

君温恭沈毅，临事无让。思不出位，道不干名。俄、倭来战，独耽虎视。两疏论事，谋秘不闻。宠深望浅，踊金蹶骥。舍之则藏，其命也夫！惧夫陵谷易迁，忠诚永闷。用叙所怀，铭之幽翳。俾同瘗于重泉，庶昭明于精气。

其词曰：禹功开夏，受姓蕃华。发祥白阜，甥舅建牙。两姓同时，三子词科。不有明德，孰翼其仪。爰在东胶，夙储兵略。从政冬官，不污尘孱。入蜀牢盆，铄金弥灼。公望始章，斯皇朱襮。滔滔江流，带领苞湖。杼柚其空，吏窳民偷。夙兴夜寐，用戒不虞。期月而已，畴闻讦谟。昔藩咸阳，仁风早扇。高轩至止，衢歌巷抃。如何不留，王泽未遍。菁华竭矣，奄从轺传。中兴之功，亲见群公。主辱臣死，谁其蹈海？史鱼直哉，宁武则愚。世有知者，来昭九幽。

道生公墓志铭①

君讳大本，字道生，其先吉安安福人也。明洪武初，有欧阳

---

①唐红卫、李超平、刘安定辑自《湘潭锦石欧阳氏五修族谱》卷二十九，唐红卫点校。

邦美官长沙卫指挥使，卜居湘潭锦石，遂为大族。家雄于资，历十三世。君祖父树宙，德厚财薄。父讳德褆，以医名世，君力耕以养。道光中，俗敝农困，货贵谷贱，百金之田弗给一人。乃辍耕，挈兄出贾，以佃金六十畀妻武氏，曰：“善奉堂上，吾不富不归矣。”武氏者，同县人，父讳盛泰。贤明率礼，能事姑章，克赞其行，俾无内顾。于是贸货天津，辄利三倍值。河漕繁侈，随市江淮，殖镪累千，请兄还里。及归，问生产，辞以盗胠。君固无言，武亦不愠。式好之美，实在型于。以义为利，遇丰能节，俱宏施济，仁声遂远。光绪中，巡抚奏赠中宪大夫。欧阳大本妻武氏捐金助赈，诏表其门。殁而光荣，可劝义矣。君卒之日，则同治十有二年六月二十四日也，年六十有五。武恭人后七年，以光绪五年四月初十日卒，年六十有七。有四子四女，孙男女十六人。君远慕樊宏，自营寿藏。子楷、子蕃、子藻等于同治十三年二月二十四日，葬君铁江坝田坪之原，乙山辛向，武恭人别葬其乡杨湖。同都异域，于是蕃追仰先德，旁咨乡老，佥以君有勤笃之善、敏信之才，中兴其家，克开厥后。其生平周急睦仇，助施济众，拯弱友于囹圄，戢强御之畔援，宜表风规，庶几惇史。

其词曰：繄欧阳，显临湘。枝条分，曼安成。祀二千，还旧邦。田尔田，年干长。有淑人，隐于商。启儒业，三世良。厥配武，徽音扬。金累累，自女红。佐义政，州牧旌。楄其门，君有光。曜锦石，久芬芳。

同邑举人王闿运撰，赐进士出身翰林院编修江南道监察御史衡山陈嘉言书，赐进士及第翰林院编修茶陵尹铭绶篆。

价人公墓志铭[①]

君讳蕃，字价人，湘潭人也。锦石旧族，世有令望，先公碑文述之详矣。君故家中落，童年学贾，托迹廛肆。逾五十年，官士走卒皆知名字。始疑终信，暮岁克诚。尝三散巨金，比智陶朱。为富为仁，不满不溢。爰初任侠，急人之厄。积望所孚，自总商会。调协平准，克餍群心，县有大议，恃君而决。频遇灾荒，并先事储粜，转运神速，官伏其能。淮盐阙纲，湘州淡食。君有子店，独早虞其乏，飞电借船，连樯充市。官商妒其机敏，谤为专利，犹烦吏核，乃得自明。乃悉簿录所负，以店屋推抵，将息影谢事，以佚余年。长子远宦，适复官归省，其岁殖货赢资获利三倍。以宣统二年正月初旬偶感微疾卒，前一日犹赴公宴。十八日癸亥，终于园寝。临几末命，唯言积谷。年六十有四，可谓善终者已。

君孝友自然，尤思诒令。再输巨资，皆称遗命。父母并荷特褒，荣于诰赠。仁心为质，见义必为。尝至其子光化令廨，见狱舍湫隘，遽出囊金，即令新之。六十生辰，光化民有远来称祝者。好客善交，敬礼文学。有无通假，或累万金。又创建救生红船，岁费巨万。湘乡曾公子、善化汤巡抚，均赞其成。袁总督以京尹还乡，慕君义声，独主其家，由是宾客益盛。恢张挥霍，而自力勤俭，黎明必起，食无重肉。训子就学，布素恂恂。货有居无，算无遗策。惜其屈于阛阓，徒利里闾。粤以宣统三年七月初九日，葬于县南十都六甲天柱山，戌首辰趾。

①唐红卫、李超平、刘安定辑自《湘潭锦石欧阳氏五修族谱》卷二十九，唐红卫点校。

临穴思贤，乃为铭曰：书堂旧族，代有畸行。匏叟儒侠，君其侠商。孝弟为仁，仁不妨富。睦恤孤贫，怀安老幼。湘南大市，阛喧廛栉。诉讼填门，小大必察。虽曰市隐，与闻政谟。光光朱绂，骖靳朱胡。克俭克勤，退寻素业。塾有弦诵，门多车辙。长子学成，汉濒作宰。实禀庭训，民歌悌恺。既裨于国，亦起其家。坐客常满，宜肴有加。慎始善终，晚隆阀阅。翩其褰裳，菁华未竭。松茂柏悦，考槃在阿。幽居永谧，贞石不磨。

父讳大本，晋赠资政大夫，葬县南乡铁江坝。母武氏，赠夫人，葬县南乡杨湖。夫人同县许氏，侧室朱氏，以子官封淑人，梁氏貤封宜人。子二，皆朱淑人出。长龘，前光化、襄阳令，奏调辽阳知州，以河工劳留山东。次翔，同知衔。女八，长适附贡生、衡山陈云鷀，次适湖北候补知县、同县文世权，次适候选同知、甘泉沈德权，次适附生、衡山陈云鹦，次适二品荫生、长沙方绥潮，次许嫁余姚邬氏，余均待字。湘潭王闿运撰，道州何维朴书，族侄述篆盖。

正斋公墓志铭[①]

君讳楷盛，字正甫，一字正斋，湖南湘乡人也。曾祖宜载，浙江平阳知县，廉俭无家，子孙旅食，落游州县，留宅长沙。父讳齐浙。君九岁而孤，母何氏携持授读。性质端悫，自然儒雅。年十六，补县学生，廪膳高资。充道光丁酉选贡，朝考一等，用七品小京官，分礼部。己亥北闱举人，屡荐南宫，卒从吏补，在部二十年，补主客郎中，掌祠祭司印，兼乐部和声署正，记名御

①李超平辑自《湘乡黄氏五修家志》卷末，并点校，唐红卫审校。

史。议奏孟皮、公明仪、文天祥从祀学宫，议驳昭忠祠主分祀京城、直省私馆，反吕留良裔孙补医官，并建正义七堂嗟美。每襄大礼，帝谓“端凝”。会黔府用兵，苗民不靖，铜仁失守，爰兹屏翰，属在儒臣。先是，君县人曾国藩起宗伯督师，甚有名迹，诏旨譬勉，单车赴官。同时监司称疾避难者，逡巡相望。登车叱驭，闻者壮之，至则被檄权大定知府。明年，莅本任，府临沅辰，唯领一县，百物凋散，寄坐苗蛮。黔府荒贫，朝不谋夕，无尺兵斗粮之籍。到未逾月，土寇蜂屯，伪署名号，遽窥府境。轻骑案行，突其前部，寇骤睹旌盖，奔迸出疆。我陵我阿，复为王土，遂择地江口，始立民团。军费不供，民请率私财助饷。手谕突谢，一无所取。军兴，文武并资，捐输为利，君别白公私，临财无得。提督田兴恕开府贵东，故嫌君迂朴，及闻兹事，折节请交。帅守翕和，封境完固。君路遐练亲，本以义逝，既转危为安，乃遂告归。在官三年，可速则速，宦囊无钱。还馆东皋，湘州文武喧阗，居处饶衍，深衣布履，谆然塾师。曾威毅伯深所礼敬，县中大事悉推祭酒。又荐主校经讲席，城中院司始见典型。家居廿余年，光绪十有二年十二月辛巳卒，寿八十有一。君笃学暗然，尤精鉴别。在京师，请曾敏烈为子师；在大定，拔果夷黄生冠府录。及主校经，弟子二十余人，悉登贡举，时人称其甄核。然志存淡泊，不竞文名，皓首宿儒，终于陋巷。有子八人。以光绪十四年三月奉葬君于善化县八都莲塘区高家冲之原，首庚趾甲。第七子焘守狄道城，克迁叛回有功，不伐君之教也。

追慕请文，乃为铭曰：平阳廉吏，四世清芬。三迁连道，佑启铜仁。爰佐礼曹，趋跄剑履。出守岩疆，纵横流矢。儒服无改，羿彀何伤？既安且吉，慈颜悦康。饮菽能欢，岂曰非禄？依于旧庐，毋机子读。仁者静寿，克享大龄。闻见三世，弦歌太平。宰树既青，乐丘有谧。思考幽贞，刻此玄石。

皇清诰赠建威将军追赠都司衔故守备衔千总杨君桂芳墓志铭[①]

君讳桂芳，字礼堂，湘潭人也。杨氏著姓，宦学相承，备于谱志。父讳河清，皇赠建威将军。君少负畸略，不乐章句，以骑射刀石冠等，补县学武生。咸丰初，有诏团练，县中募军儿戏，君意疑焉。闻湘乡团练整肃，裹粮私访，于时练总则罗忠节、王壮武诸人也。既而湘勇出征，罗为名帅，君从转战，克三十余城。时义（帅）［师］初起，先功后爵。武昌先登，仅拔外委。寻从李忠武攻九江，充哨长，始建奇策，攻寇小池口城，拔之，擢把总，奏赏蓝翎。克九江府城，迁千总，加守备衔。李公援庐，精选部曲，自非百战骁果不以自随。君先以假归，承命侍留，军中荣之，君独忧之。已而推锋直前，我骄寇惧，未及合肥，中军大败，所谓三河之战也。李公死绥，君遂并命，年三十有八。天子悲壮是役，恤加三等，赠都司衔，世袭云骑尉，从祀四省昭忠祠。恩例优隆，乡里哀敬，然殺尸不封，忠骨无还。八年十二月辛亥，始奉衣冠招魂，葬于象形山之原。夫人同县何氏，操行婉约。先奉遗书，深知烈义。凶问既至，誓言无死，提挈诸孤，咸克有成。长子玉书以军功记名提督，长女嫁湖北提督、同县郭松林。儒素之门，甲第相望，咸以为忠节所致。先咷后笑，夫人祗服先训，在贵逾恭。及于弥留，遗命薄敛，丧祭余资悉入保节堂，以助义振。后君卒十有六年，同治十三年十二月癸酉薨于长沙里第。四

---

①李超平辑自《衡湘杨氏五修族谱》卷三，并点校，唐红卫审校。

子玉书、必仁、宗彝、时敏并荷育成长，攀慕兹仁。还葬象形山，与君共域。

铭曰：括辱秦坑，卫荣汉冢。君死三河，泰山之重。东南之精，毕于此征。自兹巧惯，遂成功名。群帅生还，殚心宅藏。君骨棱棱，委于大圹。杞妇独悲，薄葬山崖。刻石明恨，望气裴回。

同县王闿运撰，安化黄自元书。

葆吾先生墓志铭[①]

君讳敏真，字葆吾，巡抚艺渠侍郎之中子也。世系昭于方志，先功著于国史。君幼沈静，有质有文。庭诰端严，不令从宦。诸子省觐，留不淹旬。然每闻吾至，慈颜有喜，令见宾客，称为保家。以议叙中书，如分部郎中。湖南部属，偏重正涂，自余莫行均席。

君将观政，章京萧韶告于众曰："葆吾至矣，可以赀郎例耶？"印给合同自君始也，分兵部车驾司，无车马膏粱之习，京察一等，用知府。论西城团防攻，加道衔。性乐澹逸，尤寡交游。父罢畿藩，旋侍南返，孝养愉愉，人言无间。巡抚公无疾考终，攀慕靡及。太夫人寝疾，尽心侍养，刲臂和药，诚撼乡闾，翕然诣府，列其实行，大吏嘉欢，奏荷特褒。同时大臣子丁、左并以孝旌，年在童冠。五十而慕，君其庶乎？久管家事，不为溪刻。长兄早卒，从子入都，君独挟千金，单舟上省。或问所事，云："筹其邸费。"嗟夫！兄弟同财，薄俗罕矣。躬诚谊笃，有恻予心，天不佑仁。光绪十有八年月日卒，年五十有四。其年月日葬于本县蓝江

---

①李超平辑自《常宁唐氏七修族谱》卷七，唐红卫点校。

里横冲之原，礼也。闿运交同群纪，尤承礼敬。孤子求文，谅无愧色。桂阳陈侍郎君之父友弥留之际，犹以相推怀旧感知。

乃为铭曰：唐之食宜，世以文通。先公经纬，廿载隆隆。君逢其盛，披服儒风。既践南亩，亦戾西邕。观政戎曹，誉流京国。言侍明农，返吾初服。逡逡乡党，婉容愉色。天子所予，邦人是式。世臣世宦，岂敢优游。改官得外，五马其休。当享胡福，不闷少留。遽辞冠盖，永医松楸。畴昔论交，绸缪世好。曾不二纪，疑衰三吊。人寿几何，维德斯曜。何以铭君，孝乎惟孝。

象贤公墓志铭[①]

君讳心中，字象贤，湘乡成氏。幼倜傥，其父视之严，其大父特器之。读书务通大要，兼习骑射，一试中选。清同治十二年，山西按察使蒋公延君入幕。蒋公旋升秦藩，委管银库。光绪二年，左文襄公督办新疆军务，委司行营支应。旋参刘襄勤公军事，累功保花翎知县、加同知衔。分发福建，历署霞浦、龙溪、闽县、松溪、同安县，补顺昌县；历司谳狱、铸钱、诏浦盐厘、东冲海防、税厘闽安、税课木兰坡、货厘各局、划鳅山及崖石炮台工程。

君性惇才铄，精心洞譿，所至吏胥不能欺，士民怀其诚。每听讼，霁颜怡声，俾两造尽其辞，徐出数语折之，罔有不中情实者。在同安缉获多匪，分别诛释，无枉无纵。有奸杀巨案，谳已成，君为平反，大吏伟其能，以卓异荐。人佥谓可借以驯至大官，然君之意倦矣，遂于三十年归里。明年，补顺昌县，累檄趣赴任，不起。

---

①李超平辑自《湘乡西阳成氏族谱》卷首，唐红卫点校。

夫君素非独乐善其身者，值服官政之年，而又精力过人，其声誉亦隆隆起，乃竟勇退坚卧，其故何哉？盖以为当前清之末造，外忧内患蜂起，文恬武嬉，万事堕坏，运穷势蹙，挽救无从。系恋一官，知者不为。乃归，仅数年而清社遂屋，君子于是叹君之识之卓也。宅旁筑思补楼，日常登望，或偕友朋啸咏以为乐。自奉俭觳，公益则乐任之。倡建补济桥，以便行旅。独任国民捐，不累周亲，其较然者。

君生于咸丰二年壬子正月十日，卒于民国元年十二月六日，年六十有一。曾祖讳达桂，祖讳道崟，考讳祖鉴，封中宪大夫。曾祖妣蒋氏，祖妣罗氏、蒋氏，妣李氏，封恭人。配蒋氏，封恭人。侧室刘氏、陈氏。子二：长男盐大使庸封，继男庸刚。女七：长适黄东林，次适傅淑敷，三适李溶泉，四适曹佛生，五字蒋孝扬，六待字，七字蒋孝恒。孙诗志、诗立。民国四年乙卯八月中浣九日，葬本邑薛半区侯家边笔圈山，牛形吉壤，庸封以行状乞铭。

铭曰：古西域，赞戎事。古闽中，作循吏。衢正骋，忽解辔。伟哉君，明决备。铭厥实，告弈世。

湘潭王闿运撰。

郑君咏樵墓志铭[①]

君讳业正，字咏樵，湖南长沙县人也。曾祖世宝，以君伯祖恪慎公贵，赠光禄大夫；妣萧，一品夫人。祖敦谠，县学生；考先祜，太学生：覃恩均赠如君官。祖妣黄，母黄，均封恭人。君

①李超平辑自《尊阳郑氏族谱》卷十二，唐红卫点校。

生而明敏，长益练达。接人以和，律己以严。随事致心，各造其极。家人多病，料量药物，即邃于医。不泥陈迹，砉然奏效，精诣入神而辄自晦。年二十，游于庠。父殁，遂有隐志，故自号曰樵隐。光绪癸卯岁，君以他事履省会，昆友维之入试，竟乡举焉。旋入赀为吏部郎，因缘所至，亦非其好。枯寓京邸，不偕眷属。退食自公，罕与人接。一年而病，倏忽奄化，年四十有五。其未病也，君已悄然遗书弟昆，遽托后事，矢不旋归，虑贻母戚。前知则哲，吁可哀矣。丧归，君子家俭，以祖母命，葬君邑东尊阳乡杪柯山之阳，首乙趾辛。

先事请志，为之铭曰：枉用相寻，既诒我肆。曾无荣遇，岂曰不显？永怀风树，淑音如存。慈晖犹慕，潘悼闲居。谷悲征赋，言归真穸。松柏萧然，何期尘劫。四海烽烟，存者徒劳。厌世其仙，勒名纪懿，以诏曾玄。

湘潭王闿运撰。

皇清诰授中宪大夫湖南桂阳直隶州黎君墓志铭[①]

君讳墉，字筑云，夔奉节人也。其先高辛火正。祝融开楚，爰衍西南。父讳长馥。辉胙丰昌，三子并仕。剖符佩绶，皆袭银黄。君少徇敏，日诵万言。兄弟从军，独留奉养。除丧，入黔，从巡抚张公飯嘔。兵寇攻守，四载叙劳，选来凤令。避兄同省，改补安乡。于时江沅回斗，濒湖漂播，城邑沮洳，吏有菜色，受任施赈，因荒为政。不恤己私，达于台听。曾未半稘，移任宁远。

①辑自湖南图书馆藏拓片。《湘绮楼日记》光绪三十一年八月十日记载：“作黎墉碑。”

九疑之麓，号曰蛮徭。俗勇私斗，盗为逋棷。宣布舜化，首重挨团。躬莅穷乡，劝谕宗强。旱苗粜贵，擅发常平。幕僚固谏，君不为沮。还本任，再考均列上中。水患既徙，民富可教，首创学田，月课诸生。学至而彀，小人易使。调署善化，展其骥足。众所避者，曾不告劳。用是量移衡山，复署溆浦、浏阳。繁剧之邑，脂膏所膻，颓然处之，居敬行简，我静如镜。复入任首县，真补长沙。大计卓异，擢桂阳直隶州牧。边州要地，旧置银官，自矿议亟兴，讼斗滋扰。君首崇悃愊，不阿时旨，在任一载，四城安靖。避瘴请觐，旋遘厉疟，年六十有五，光绪卅年十月丙辰卒于长沙邸舍。八县追惠，哀丧我慈。寮属咨嗟，思慕仁贤。佥以为生不赫赫，没有余荣。所以旌往示来，用酬纯懿。

乃作铭曰：於穆黎君，恭俭慈惠。在贫不忧，居富无累。愔愔酒德，渊渊琴思。回翔八城，野有驯雉。一典虎符，境无厖吠。齐轞李赵，作湘廉吏。言返于夔，滓耀皪晢。表刻磐堂，颂芳其觌。

湘潭王闿运撰，清泉萧邦怿书。

萧提督妻周夫人墓志铭①

夫人湘潭周氏，讳泽益，字曰佩云，盖濂溪宗裔也。父讳先鹤，以军功授游击，为国干城。母同县吴氏，清门淑媛，姆范维严。夫人毓德韬仁，娴仪习度，葛覃中谷，令闻喈喈。年及笄，来归于萧。夫讳陞高，字荣阶，皇清记名提督、扬勇巴图［鲁］、

①辑自《青鹤》1936年第4卷第14期，又见于《国光杂志》第18期（1936年）、《南社湘集》第6期（1936年）。

河州镇总兵官也。时君姑在堂，家计且薄。成婚未久，应募从戎。夫人燕尔食贫，逡巡盥馈，承欢观志，肃穆婉容。既而君子有光，对扬王命。军书侍夜，驰美誉于漳江；脱珥供糈，侈美谈于京国。是以仆鳌介福，受祉蕃嫣；尔乃南风孔雀，西峙高楼。同穴之哀，誓其皎日；断杼之教，厉以熊丸。损己济贫，恤周黾勉。贵而能俭，老且弥恭。乡族睦姻，固靡得而缕已。方谓膺受蕃祉，永绥多福，仁而中寿。粤以壬子十月己酉方浣之际，奄终庭霤。妇婴惶骇，号攀无措。春秋五十有九。孤子幹谨以其年十有一月，奉葬湘乡五都四亩冲庄之原，丁山癸向，宜也。临引之日，邻鄙并赴。老幼追送，哀感观人。树德有征，曷其无述？

其铭曰：宋有共姬，中兴春秋。仍世邦壶，德被于萧。夫人禀秀，亦来自周。光显二姓，匪爵而修。爰初作嫔，克媚君姑。以孝以敬，遂昌其家。樛木之惠，福禄所绥。岂弟君子，翟茀是宜。敬姜绩缕，圣姒浣衣。岂曰好劳，俭恭尔仪。乌石岩岩，川原隐秀。用卜幽居，清连之右。泉扃固安，风尘弗垢。硕人之蔼，式佑我后。

萧总镇继妻谷夫人墓表[①]

夫人姓谷氏，讳敦泰，字慎清，湘潭人也，其先盖出汉谷永。父讳长春，以明恕仁慈见崇乡里。母曾氏，并有淑誉。夫人幼而端严，婉娈有度，无劳姆教，素习女仪。同县萧君讳陞发，字桂堂，汗马积勋，镇军秦陇。主妇阙位，思妇采蘋。仲子有文，宛然在乎。年十有九，来为继妻。夫人逮事夫子，竭养威姑，箕帚

①辑自《豫言》第15期（1917年）。

浣纫，惟躬憔悴。中间总兵公奉江督左侯调遣差次，内而承欢甘旨，外而家政摒挡。虽以介妇之行，逡巡妇姒，劬劳独任，曾无惰容。礼秩雍雍，家门肃穆。训励诸子，克严克仁。年十六年，生三男。长子英，次绍明，三季芳。女公子一，适王并承慈义。容止翩翩，三略六书，各有师法，可谓威仪棣棣，德音不瑕者矣。秉命不融，年三十四，光绪二十年孟秋月日在甲子昧爽卒。粤明年以夫人卒之日，葬于料佳山私第后山之原丑山未向，礼也。又七年，绍祖等追维罔极，重加封树。懿德不泯，当有碑表。

乃俾闿运作为斯文，镌著玄石，爰述颂曰：潭名被郡，百里相望。昭陵东汇，景泉西滂。河涧千里，译陈十方。民安物阜，美媲南阳。笃生令媛，福曜坤灵。柔嘉维则，淑誉载轰。作嫔于萧，家道始宏。静好琴瑟，为世典型。思媚君姑，克和姒娣。小心翼翼，厘尔伉俪。肃肃夫子，整旆南强。征车言道，有矢斯张。儿方在抱，女未成行。丸熊瞻励，荻画灰将。爵隆德显，佩玉锵锵。仁寿如征，允宜大康。如何不淑，早世殒倾。兰（催）[摧]莫赎，桂折於陵。鹃啼泪尽，风急舟横。刻兹华琬，俾后作程。茫茫千载，灵爽孔长。

廖郎中妻张恭人墓志铭并序①

恭人张氏，宁乡人。父讳运广。先世富于资，道光中，旧族尽衰，张亦贫窘。恭人母杨，生子女三人，早卒。继母彭，有二

①辑自《中和月刊》1943 年第 4 卷第 9—10 期，又见于廖树蘅《珠泉草庐师友录》卷六《湘绮楼书札》附录、《湘绮楼集外诗文》。《湘绮楼日记》民国五年四月十七日、十九日记载：“作廖荪畡妻墓志铭。”“遣罗童送廖志去。”

子一女，后于父二年卒。祖母刘，痛子伤贫，悲悯诸孤。恭人年十五，谨率弟妹，上奉重闱，浣濯缝补，针灰恒具，复时婉喻，以释沈忧，贤孝之称，有闻三族。年十九，归同县廖氏。夫曰树蘅，字荪畡，横田旧族，礼法夙名。贵女来妇，恒当自矫。恭人习成若性，婉娩执笄，善事两姑，无劳训督。时廖亦中落，夫恒远馆，恪承羞膳，黾勉有无。子女十人，并躬自抚育。既无漱裳之妾，尝嘲拥絮之儿。粲粲成行，劬劳甚矣。然习于华膴，尤持门户，匪独不言假贷，尤乐施与。辛勤卅年，乃获优暇。廖君以徇友治矿，遂开湘利，适以军功补宜章训导，当檄之官。巡抚资才，特移清泉，俾得将家，就近理事。水口山者，本唐宋银场，新收沙利，西洋估价，岁银百万，为五洲第一。得假便宜，不承台命，大利所在，烜赫一时。恭人椎髻青裙，其容不改，督饬家政，在富如贫。时诵淑言，劝夫偕隐，如此一纪，果获全归，功成身退，盖由内助。廖君年届悬车，恭人亦六十有九。光绪三十有三年七月十四日，终于内寝。卒前，廖君尝感异梦，衣冠临镜，章服四品，镜满落花。时犹老诸生，旋以奏司总局，由郎中晋阶四品。恭人未及受封，遽从前逝。勤勚无酬，吁其蠹矣！况诸子承训，靡恃靡依，出入靡瞻，廓然何寄？既遗命薄葬，封树虚存，是用铭德刻哀，昭兹懿美。

其词曰：珠泉如沸，清淑蕴灵。克配贤媛，有闻无形。爰在孤幼，已彰劬孝。提（絜）［挈］弟妹，成之襁保。初笄外成，作配文儒。恭承素业，媚顺两姑。天锡多男，夙夜劳矣。有孩有婴，不遑朝矣。勤俭翼翼，耄而犹力。岂曰好勤，虔恭是职。家门俄盛，驷马喧阗。竭来官舍，机声轧然。赢金非富，庭松依旧。言返吾庐，提瓶浣漱。诸妇济济，嗣徽斯美。偕老齐眉，息我以死。天地风尘，吾返吾真。不污浊世，桂隐为邻。

齐璜祖母马孺人墓志铭[①]

孺人马氏，父讳传虎，湘潭人。生十岁，丧母。能自成立，孝事严父，慈育两弟。年十有九，归同县齐君万秉。两姓寒族，礼数大家。始昏三日，椎髻执爨，井臼躬职，有慕孟光。夫性刚烈，婉之以礼。敬顺舅姑，克和娣姒。尤精纺绩，衣布有余。服贫四纪，夫丧乃老。有一子二孙，慈勤顾复。每助秋获，带笠负雏。众笑其痴，已增其爱。长孙璜，果以行能秀于乡里。每述懿德，欲报劬劳，而风树不宁，贞松已老。终身茹苦，孝养徒殷。年八十有九，光绪廿有七年十二月十九日，卒于内寝。越明年正月，葬于烟墩岭蓼叶园之原。孙男六人，曾孙有四，并翼翼祗事，负土成坟。

璜以隐德宜彰，亲镌玄石，铭曰：潭之有齐，振秀湘南。马亦儒族，乡歌葛覃。愔愔孺人，克昌五世。翼子诒孙，勤则不匮。璜也多艺，无忝慈恩。恩深报浅，孰奉鸡豚。匪寿不遐，匪养不逮。妇职无希，母德斯被。蓼园教孝，佳名是同。铃声似昔，响答松风。

宣统三年夏四月。

---

①辑自北京画院藏王闿运手迹，转引自王明明主编《北京画院藏齐白石全集·综合卷》，又见于《中和月刊》1942 年第 3 卷第 6 期、《湘绮楼集外诗文》。《湘绮楼日记》宣统三年四月四日记载："作齐木匠祖母墓志。"

清晋赠夫人郑恭人唐氏墓志铭①

恭人讳云生，善化人，陶山先生之曾孙也。父讳尔羡，副贡生。世传礼学，教女有仪。恭人幼习家型，博通女传。年十七，归长沙郑氏。夫曰业敩，即襄阳守祀名宦敦允之孙，赠道员优廪生。府君讳先，朴之子也。二姓名家，式相好矣。执笄盥馈，思媚重闱。夫值侄儴，脱巾万里，从军西域，旋渡岭南。恭人僶俛荣枯，自教三子女。妹、夫弟昏嫁有程。靡室之劳，持门为胜。岁逾二纪，夫旅天津。奉养既终，方图偕老。间关北上，赁突未黔。甫至廿日，奄然遽殁，以光绪己丑四月戊戌卒于公馆，年四十有七。即以其年十有二月，归葬长沙东乡万松原。

恭人俭而好施，尤宗和顺姻党，婢媪咸化温柔。每遇竞争，必为罕譬，先引古事，化其褊心。旁习方书，能医急疾，三族门内，感惠者多。及闻其逝，无不悲仰。所著《琼漪阁诗》二卷，略存其行。子凯恩，广东小靖盐场大使；家喆，国子监生，后恭人十年卒；沅，甲午进士一甲第三，授编修、南书房行走、翰林侍读。并哀号追慕，伤不逮养。孙三人，兆绩、兆绅、兆椿。曾孙延熹。攀恋慈徽，瞻企幽宫。感岁月之若驰，悲懿美于无穷。追刻玄石，冀慰神恫。

其铭曰：唐氏礼门，郑名望姓。两美攸合，其昌必并。婉婉恭人，有荣无命。克生才子，翱翔紫禁。畴昔倚闾，每望泥金。胡期芝检，莫慰泉阴。津沽之来，道里悠深。原隰悲凉，枉用相

①唐红卫、李超平辑自国家图书馆藏拓片、《尊阳郑氏族谱》卷十二，并分别点校，唐红卫审校。

寻。既诒我肄，曾无荣遇。岂曰不显，永怀风树。淑音如存，慈晖犹慕。潘悼闲居，縠悲征赋。言归真穸，松柏萧然。何期尘劫，四海烽烟。存者徒劳，厌世其仙。勒铭纪懿，以诏曾玄。

诰封一品夫人张母李夫人墓表[①]

夫人李氏，合肥人。父文安，道光中进士，刑部主事，赠大学士、一等伯。母李氏，并有名德，传于当世。家习勤苦，薄宦弥贫。同县张氏，故家旧戚，有子曰绍棠，幼而奇伟。赠公当官京邸，幼子婴营，时夫人年甫十七。既成嘉礼，便俾诸弟依以立家。及弟妹长成，二亲还里，见而喜曰："女益百男，此之谓矣。"舅婴沈疾，昕夜靡宁。己亦罢羸，强自劳力。舅既绵惙，仅能饮；夫人初得元子，哺以糕糜，节乳奉亲，竟延吼息。其后析居，独供姑养。乡闾丧乱，淮西板荡，室无全卵，道绝炊烟。夫则杖策从军，夫人间关事畜，饔飧以时具，诗礼以年授，闻者不堪其困苦，处之若暇豫焉。方谓时清，来苏小息，及家门骤盛，二兄作牧，夫起行中，勋阶一品，僮奴厮养，意气敷腴。未满四年，奄从大化。春秋卌，以同治六年二月甲子卒于江宁。天与以艰贞，不与以安乐，宜诸孤之椎心而泣血也。仲兄鸿章传其贤孝，汪士铎、孙衣言皆立言。君子有诔有文，既克返葬，附兆尊章。廿年之后，家道愈隆，三子成名，参伍时望，兴之勃也。岂不有由若徒指盛门不追徽德，则名家淑媛高谢浮云。是用推本孝思，作为神诰。

其词曰：淮泗沛丰，起云骧龙。乘我庙算，蔚其武功。本始

---

①李超平辑自《竹居先德录》，唐红卫点校。

于李，父子寒士。刑部之贫，甑尘庭水。有女媞媞，荆布初笄。纫缄补缀，抱瓮提携。诸雏妪煦，四邻颦鼓。丁肚援枹，妇持门户。老姑在堂，朝饵夕粻。三子粥粥，手机口读。奉姑有终，从母于洪。艰难转徙，肃敬和雍。家之多难，以我御穷。二姓受禄，我辞其福。克仪于母，遗泽允长。珍瑜从政，珩有文章。无曰似舅，谁念荼苦。无德不报，岂售如贾？素位而行，率妇职焉。成功不居，视此表阡。

诰封一品太夫人梁荣禄妻刘氏墓志铭并序①

太夫人刘氏讳韵篁，湘潭人也。父讳华镁，永顺县学训导。夙承世德，晚乐闲居。以经史授女，用传庭诰，淑嫕有闻。同治五年，归江宁梁氏。夫讳本荣，字珣笙。初旅桂林，辟地还湘，依族祖居湘潭南郊。从黄忠壮受经。训导君过忠壮，见所课文，惊赏其才，遂请昏焉。入门之日，独王舅携妾旅食，樵苏不爨，四壁萧寒，黾勉有无，克庄以敬。然糠佐读，靡念室劳。十年之内，育四男一女。缝组浣污，悴其十指。劬勤撙节，竟以成家。强近之亲，曾无永叹。夫以六困乡举，爰营薄宦，叙生员，佐榷军税，用县丞分发江南。留家湘潭，俾教诸子。贫可安也，离又伤之。往来江湘，经营昏嫁。晚更生一子一女，三妇生孙，羁旅漂流，乃成繁累。及长子焕奎癸巳乡举，旋以特科廷试，用江苏知县。次焕章、焕彝、焕均、焕廷，并游学西洋，习业有闻。丱冶专门，今为湘冠。门庭赫奕，乾荫早倾，欲报劬劳，岂忘风树？既营筑别业，犹憾未宏。大启高门，众称轮奂。而俭勤之德，不

①李超平辑自梁焕奎编纂《梁氏世谱》，唐红卫点校。

异初终。施予有加，饔飧如素。家人率礼，在富能贫。论者不美其安贫，而钦其处乐。晚益繁盛，笄总㛹㛹，容色怡然，未尝有忤。而诸子弥谨，若奉严君。侈汰之情，不戒自戢。秉性仁惠，雅习方书。和药施诊，瘳悛应手。冬衣夏扇，岁施有恒。是以仁声远闻，祝其康寿。幼通释典，暮彻准提。年六十有六，偶示微疾，子孙问安，辄笑曰："病者非我。"甲寅七月丁未日稷，假寐不寤，遂尔捐尘。虽善逝有终，攀号靡及矗矣。前六十岁满，已自卜生圹于湘潭二都大叶塘夫茔东北。粤以岁十月奉葬高原辰山，戌向，永惟淑德，宜睹徽音。言镌玄石，式慰幽潜。

其铭曰：梁伯游吴，孟德始彰。彭城之淑，亦显于湘。爰始执笄，食贫恐鞠。肆肆不违，悠悠思服。相夫翼子，譬彼桓禽。四方之志，无响予心。有子奋飞，或翔区外。万里户庭，岂伤慈爱。还依阐闼，其色愉愉。宁异畴昔，咿唲灶觚。一菀一枯，其容不改。况彼人世，桑田沧海。营此幽宅，近望青坤。雨花非远，怅忆何穷。

皇清诰赠建威将军杨公妻何氏墓志铭①

湘潭烈士杨君讳桂芳，咸丰中以武生从军，阵亡三河。三河之败，天子震悼，凡在死绥，均获优恤，用是赠都司衔，入祀昭忠祠，给云骑尉世职。其妻同县何氏，父曰启汉，母彭氏。何氏之归于杨，年七岁矣，贫素克俭，夙夜肄劳。及遘愍凶，孤弱绕庭，何有何无，殆逾一纪。嫁一女，训四子，天佑庆善，驷马其门。同治六年，以长子玉书军功殊等，被诏特封一品太夫人。在

①李超平辑自《衡湘杨氏五修族谱》卷三，唐红卫点校。

贫不忧，处贵不贵，然以己艰贞，推念穷嫠，子女所献，悉用施振。十三年冬十二月癸酉薨于长沙里第，年五十有二。遗命薄葬及丧祭务在损约，营赙余资并入保节堂，示素怀也。越明年四月庚午，归葬湘潭十三都象形山之原。

铭曰：善必有富，顺助于天。无往不复，如泰之坤。爰有淑妇，昔事贞臣。忠节双厉，莫知我艰。提挈诸孤，训诲恩勤。乱离斯瘼，克济克全。椎髻布总，俄珠其冠。杞妻之庐，为陶母门。观者感羡，泣念其贫。夫人有戚，不干自尊。福非我荣，将报黄泉。百岁之圹，下有玄珉。既缜既洁，贵德之完。

同县王闿运撰。

诰封一品太夫人旌表朱太夫人陈氏墓志铭并序①

太夫人陈氏，善化人。父讳煌莲，为五经师，早卒。孤女失怙，依长沙朱公时阁学宇恬。公讳昌霖，方里居授徒，兼治农谷。堂上具庆，中馈事劳，嘉其敏慧，俾居篚室。年甫十二，礼若成人，女君胡夫人字而友之。时湖外饥荒，继有兵警，举家避地，旅寓武昌。扶侍女君，不遑夙夜。尝宵分进茗，侵晓燀汤。及鞠育子女，犹侍巾栉。兵乱稍定，家业渐隆。乡里优游，宾客弥盛。女君逝世，继室当尊，而食客比于春、陵，奴童同于卓、郑。振振子姓，蓁蓁诸妇，内外禀承，纤悉咸理。家政秩秩，令闻喈喈。景东刘公钦其妇德，恒命女妇礼为女师。尤执谦抑，无改恒度。

①李超平、唐红卫辑自国家图书馆藏拓片，并分别点校，唐红卫审校。李超平又发现于《棠坡朱氏家谱》卷六。

爰历四纪，懿望益彰。于是巡抚陈公以阁学旧交，习闻孅德，乃以丁酉冬季六旬生日，躬率僚士升堂称寿，远近闻知，群贤并会。阁学固执让退，至日咸轃，遂朝服答礼，诸子拜后。观者动容，传为异典。于时高门列戟，玉树充庭。利管盐茶，遥通邸舍。西羌东海，琛货阗盈。应速置邮，算由房闼。人歆富盛，我习劬劳。既而君陟紫庭，子持双节。输金助振，荣命旌门。特封一品，不由例诰。岂直里媪颂德，邻妪称贤而已。阁学既以考终，逾年亦从鹤驭，年七十有七，以甲寅十一月己酉戌时卒于内寝。嫡子恩缙攀慕弥哀，初请崇尊，俱从礼抑。爰以年月奉葬本县八斗冲山庄之原。永慕尊荣，何申报悃？以昔助振之善，曾荷旌门。敬奉遗言，出家谷万斛，立仓备振，常年田税，悉施穷嫠。孤子恩绂等谨建四斯堂经理其事。义仓储积，题曰朱陈，昭先惠也。私家金粟，富拟公堂。庶得永诒令名，无忘慈德。爰刻玄石，用奠幽宫。

其铭曰：有妫卜凤，光远弥昭。肃雍有令，谦以忘劳。爰昔初笄，方逢世变。饥馑师旅，播迁流转。躬维习礼，职在服勤。克恭克俭，何富何贫？福禄之来，唯虚是集。翼翼祗承，洋洋盛炽。鼓钟声外，邦伯推贤。乐善之德，乃闻于天。曰暨我君，谦以自抑。虽休勿休，俱臻旄耋。山陵相望，魂气攸潜。无惭奉栉，长留妇箴。

靖远令吕君长妾许宜人墓志铭[①]

宜人许氏，皋兰人也。父讳崇斌，陕甘总督材官。同治初兵

①辑自《妇女杂志》1919 年第 5 卷第 1 期，又见于《中和月刊》1943 年第 4 卷第 5 期、《湘绮楼集外诗文》。

变，守御犯难以死。孤女自粥，以供敛葬。益阳吕君奉母在甘，闻而哀之。母李太夫人命留女葬父，因归于吕。婉娩勤敏，善得主心。年甫及笄，遂侍巾栉。吕君以文儒参军，出为令长。女君归主家政，恒在乡里。太君笃老，安其侍养，扶持敬事逾二十年。孝事有终，葬祭以礼。厘我女士，论者称焉。主君除丧，遂不赴补。家贫，移省城，授徒自给。女君以老自佚，恒依长子。何有何无，靡室劳矣。每承筐提瓮，析薪数米。卒岁无衣，未尝告匮。施贷姻族，人忘其贫。谦柔御下，卑以自牧，而教督子女，有慈有威。子苾筹既冠，就昏潘氏。蹶父之子，佩玉琼琚。将嗣徽音，以酬劳贯。劬勤积疢，嗽上骤增。天不佑仁，伤其顾复。年四十有六，光绪三十一年八月卒于小寝。吕君夫妻，悲于失助。新妇改服，归奉几筵。孤子思哀，哀可知矣。粤以三十四年三月，命葬长沙北郊砚瓦池之原。庸德难名，玄扃永闭。既考幽贞，式怀淑懿。

其铭曰：许有穆姬，采虻阿丘。茕茕孝女，亦感吕侯。爰自河关，来依萸水。思媚君姑，克供三礼。乔凫既反，范甑仍尘。孰是糟糠，而甘食贫。拙宦有田，巧炊无米。愉惋一室，忧劳三纪。幸因子贵，始见男昏。方褒阙翟，渠叹虞渊。荇菜思贤，菊芳亡绝。冢草留春，池波漾月。皋兰万里，将母无悲。乐此湘曲，铭之夜台。